DES NOUVELLES DE MARY

DU MÊME AUTEUR :

Dans la série « Alex Gross » :
Le Masque de l'araignée, Lattès, 1993.
Et tombent les filles, Lattès, 1995.
Jack et Jill, Lattès, 1997.
Au chat et à la souris, Lattès, 1999.
Le Jeu du furet, Lattès, 2001.
Rouges sont les roses, Lattès, 2002.
Noires sont les violettes, Lattès, 2004.
Quatre souris vertes, Lattès, 2005.
Grand méchant loup, Lattès, 2006.
Sur le pont du loup, Lattès, 2007.

Dans la série « Women Murder Club » :
Premier à mourir, Lattès, 2003.
Deuxième chance, Lattès, 2004.
Terreur au troisième degré (avec Maxime Paetro), Lattès, 2005.
Quatre fers au feu (avec Maxime Paetro), Lattès, 2006.
Le Cinquième Ange de la mort, Lattès, 2007.

La Diabolique, Lattès, 1998.
Beach House, Lattès, 2003.
Souffle le vent, Lattès, 2000.

www.editions-jclattes.fr

James Patterson

DES NOUVELLES DE MARY

Roman

Traduit de l'anglais (États-Unis)
par Nicolas Thiberville

JC Lattès
17, rue Jacob 75006 Paris

Collection « Suspense et Cie »
dirigée par Sibylle Zavriew

Titre de l'édition originale
Mary, Mary
publiée par Little, Brown and Company, New York.

ISBN : 978-2-7096-2789-4

À mes potes Johnny, Frankie, Ned, Jim et Jim, Steve, Mike, Tom et Tom, Merill, David, Peter, B.J., Del, Hal, Ron, Mickey et Bobby, Joe, Art.
Et à Mary Jordan qui, je ne sais comment, fait en sorte que tout fonctionne, et qui ne pourrait être plus éloignée de la célèbre Mary.

Prologue

LE NARRATEUR

1.

Acte I, scène 1, songea le Narrateur, soudain pris de vertige à l'idée de ce qui allait se produire. Pourtant, chaque jour, des gens tout à fait ordinaires commettent le crime parfait, celui dont personne n'entendra parler pour la simple raison que son auteur ne sera jamais démasqué.

Lui non plus ne serait jamais inquiété. Ce point-là était clairement établi dans l'histoire qu'il s'apprêtait à raconter.

Cette journée n'en restait pas moins nerveusement éprouvante. C'était même le moment le plus intense qu'il ait connu au cours de ces dernières années de folie. Il était prêt à tuer quelqu'un, n'importe qui, et avait décidé que New York serait le lieu idéal pour son premier crime.

Ç'avait failli se produire au sous-sol du Bloomingdale's, juste devant les toilettes, mais finalement l'endroit lui avait semblé inapproprié.

Trop de monde, même à 10 h 30 du matin.

Trop bruyant, et à la fois pas assez pour offrir la discrétion adéquate.

Et puis il n'aimait pas l'idée d'avoir à s'enfuir dans Lexington Avenue, en territoire inconnu, dans l'atmosphère oppressante des couloirs du métro.

Lorsque le moment serait venu, il le saurait et agirait en conséquence.

Le Narrateur décida de quitter le magasin et se rendit au Sutton Theater, cinéma puant et défraîchi situé sur la 57e Rue Est.

Peut-être l'endroit rêvé pour un meurtre. Le côté ironique de la chose lui plaisait, même s'il était le seul à comprendre pourquoi. Ouais, peut-être bien que tout ira comme sur des roulettes, se dit-il en prenant place dans l'une des deux petites salles.

Il assistait à la projection de *Kill Bill 2* en compagnie de sept autres aficionados de Tarantino.

Sans le savoir, l'un d'entre eux allait devenir sa victime. Mais lequel ? Toi ? Toi ? Ou toi, là-bas ? Le Narrateur façonnait déjà le récit dans sa tête.

Pourquoi pas ces deux grandes gueules, coiffées de la même casquette des New York Yankees – portée à l'envers, bien entendu. Ils n'avaient pas cessé de jacter pendant les interminables bandes-annonces et autres publicités. Ces deux abrutis méritaient de crever.

Ou encore ce couple de retraités aux vêtements hideux. Ils n'avaient pas échangé la moindre parole durant la quinzaine de minutes qui avaient précédé l'extinction des lumières. Buter ces deux ploucs serait une bonne action. Presque une mission d'intérêt général.

Une femme d'une quarantaine d'années, d'apparence fragile, semblait prise de tremblements deux rangées plus loin. Elle ne dérangeait personne – à part lui.

Il y avait aussi un grand Black, les pieds posés sur le siège devant lui. Il n'avait jamais dû apprendre les bonnes manières, ce merdeux, avec ses horribles Converse taille 52.

Enfin, un barbu, genre fana de cinéma, qui avait sûrement vu le film une bonne dizaine de fois et qui, bien entendu, vouait un véritable culte à Quentin Tarantino.

Il fut le premier à se lever, vers la moitié du film, juste au moment où Uma Thurman se faisait enterrer vivante. Comment pouvait-on quitter la salle en plein milieu d'une scène d'anthologie ?

Poussé par le devoir, le Narrateur laissa s'écouler quelques secondes et s'engouffra à sa suite dans le couloir miteux menant aux toilettes pour hommes.

Voilà qu'il se mettait à trembler. Était-ce donc ça, le grand moment ? Son tout premier meurtre ? Le point de départ de cette histoire dont il avait rêvé pendant des mois ? Disons plutôt des années.

Il avançait en pilotage automatique, essayant de ne penser à rien d'autre qu'à l'accomplissement de sa tâche, puis à ressortir du cinéma sans qu'on ait remarqué sa présence.

Debout devant l'urinoir, le barbu offrait un cadrage idéal d'un point de vue artistique.

L'homme était vêtu d'un T-shirt noir et informe affublé du logo de la *New York University Film School* : un clap de cinéma. Il lui rappelait un personnage sorti tout droit d'une bande dessinée de Daniel Clowes, matérialisé en chair et en os.

— Et... action ! lança-t-il.

Il logea une balle à l'arrière du crâne de ce pauvre loser, l'observa s'effondrer comme un poids mort, puis plus rien. Plus aucun mouvement. La détonation résonnait encore dans sa tête, se répercutant d'un mur à l'autre de la pièce carrelée, bien plus fort qu'il ne l'avait imaginé.

— Qu'est-ce qui se passe ? C'est quoi ce bordel ? entendit-il derrière lui.

Le Narrateur se retourna brusquement pour faire face à son public.

Deux employés du Sutton Theater venaient de faire irruption dans les toilettes. Sûrement intrigués par le bruit. À quoi avaient-ils assisté, exactement ?

— Crise cardiaque, lâcha-t-il aussitôt en tâchant d'avoir l'air convaincant. Il est tombé d'un seul coup. Aidez-moi à le relever. Il saigne !

Aucune trace de panique, pas le moindre affect ni la moindre hésitation. Tout n'était plus que pur instinct.

Il leva son pistolet et shoota les deux types qui étaient restés plantés les bras ballants, l'air hébété. Il tira à nouveau sur les cadavres à terre, par prudence. Histoire de la jouer professionnel.

Il tremblait maintenant de tout son corps, les jambes comme de la guimauve. Pourtant, il se força à marcher calmement en sortant des toilettes et quitta le Sutton Theater pour se retrouver sur la 57e. Il se dirigea vers l'est. Tout lui semblait irréel, il se sentait détaché du monde et de cette ville aux chromes aveuglants.

Il l'avait fait. Il en avait même tué trois pour le prix d'un. Ses trois premiers meurtres. Ce n'était qu'un entraînement, mais il l'avait fait, et vous savez quoi ? Il se sentait capable de recommencer.

« C'est en forgeant qu'on devient forgeron », murmura le Narrateur à part soi comme il s'approchait à grands pas de sa voiture – la voiture avec laquelle il allait prendre la fuite. Dieu que c'était jouissif. Il n'avait rien connu de tel de toute son existence. D'ailleurs, comment comparer cette expérience au reste de sa vie ?

Méfiez-vous dorénavant, méfiez-vous...

De Mary, de Mary, ou plutôt l'inverse.

Ça, bien sûr, il était le seul à le comprendre. Du moins pour l'instant.

2.

Tu te sens capable de tuer à nouveau, de sang-froid ? Cette question, il se la posa un nombre incalculable de fois après les trois meurtres.

Tu crois pouvoir tout arrêter à présent que l'histoire a commencé ? Tu le crois vraiment ?

Le Narrateur attendit patiemment – presque cinq mois de cette autotorture délibérée qu'on appelle aussi discipline, professionnalisme, ou peut-être encore lâcheté – jusqu'à ce que l'heure ait sonné.

Puis il se rendit à nouveau dans la zone de meurtre, mais cette fois, il n'était plus question d'entraînement. Les choses sérieuses avaient commencé, et le prochain à mourir n'était pas un inconnu.

Le Narrateur, lui, n'était qu'un visage parmi tant d'autres, ce jour-là, à la séance de 15 heures du cinéma le Westwood Village Theater, à Los Angeles, pour la projection du film d'horreur *The Village*. Le public était venu en nombre, plutôt une bonne nouvelle pour lui, et, supposait-il, pour le réalisateur du film, M. Night Shyamalan. Tu parles d'un nom à la con, Night Shyamalan ! Quel mariolle, ce type !

Apparemment, Patrice Bennett faisait partie des rares personnes à n'avoir pas encore vu le film.

Patrice qui, pour s'envoyer sa dose de cinéma, avait consenti à se rendre dans une vraie salle, entourée de vrais spectateurs qui avaient payé leur place. Quelle originale, cette Patrice ! Elle était connue pour ça. C'était son petit truc à elle. Elle avait même pris son billet à l'avance, et c'est ainsi qu'il avait appris qu'elle assisterait à la séance.

Il n'était donc plus question d'entraînement et tout devait se dérouler à la perfection. Mais il ne doutait pas du succès de son entreprise. Dans sa tête, l'histoire était déjà écrite.

Le premier point consistait à n'être repéré par personne. C'est pourquoi il se rendit à la séance de midi ; puis, lorsque la projection démarra, il s'enferma dans l'un des box des toilettes jusqu'à la séance de 15 heures. Une attente qui mit ses nerfs et ses ongles à rude épreuve, mais qui, au final, ne fut pas si terrible. Après tout, si quelqu'un l'avait repéré, il aurait tout simplement abandonné la mission.

Mais personne ne le vit – et le Narrateur ne croisa aucune de ses connaissances.

À présent, une bonne centaine de spectateurs avaient pris place dans la salle – autant dire une centaine de suspects en puissance. Il en aperçut une dizaine qui auraient parfaitement convenu pour ce rôle.

Et surtout, son flingue était maintenant équipé d'un silencieux. Il avait tiré les enseignements de sa répétition new-yorkaise plutôt mouvementée.

Patrice était assise au deuxième balcon. Parfait, Patsy, songea le Narrateur. Tu m'as l'air bien pensive, dis-moi... Étrange pour une écervelée de ton espèce.

Il l'observait depuis l'autre côté de la salle, quelques rangées derrière elle. Tout cela était tellement exquis – il aurait voulu que cette voluptueuse anticipation de sa revanche durât toujours. Sauf qu'il mourait d'impatience d'actionner la gâchette et de foutre le camp avant que les choses tournent au vinaigre. Mais que risquait-il d'arriver, hein ?

Au moment où Joaquin Phoenix se faisait poignarder par Adrien Brody, il se leva calmement de son siège et se dirigea directement du côté où Patrice était assise. Il n'hésita pas une seule seconde.

— Pardon, excusez-moi, fit-il en passant devant elle, ou plutôt par-dessus ses jambes nues et fines, pas si impressionnantes que ça pour une telle célébrité hollywoodienne.

— Doux Jésus, mais taisez-vous donc ! se plaignit-elle.

C'était bien du Patrice tout craché, si inutilement désagréable et méprisante.

— Ce n'est peut-être pas Jésus que tu vas bientôt rencontrer, glissa-t-il sur le ton de la plaisanterie.

Il se demanda si Patrice allait comprendre la blague. Probablement pas. Elle appartenait à ce genre d'actrices qui n'ont pas accès à la finesse d'esprit.

Il tira deux balles – une dans le cœur, une autre pile entre ses deux yeux remplis d'horreur. Un cadavre n'est jamais trop mort pour ce genre de psychopathe. Et puis on ne sait jamais, Patrice pourrait sortir de sa tombe pour revenir se venger, comme à la fin de *Carrie*, le premier roman de Stephen King adapté au grand écran.

Il effectua l'évasion parfaite.

Ouais, comme dans les films…

L'histoire avait démarré.

I

L'AFFAIRE « MARY SMITH »

3.

De : Mary Smith
À : agriner@latimes.com

Arnold Griner, homme presque chauve atteint de strabisme, plissa les yeux et, de désespoir, se prit la tête à deux mains. Oh, mon Dieu, non, pas encore, se dit-il. La vie est trop courte pour endurer ce genre de choses. Je n'en peux plus. Je n'en peux plus de cette Mary Smith !

Comme tous les matins, la salle de rédaction du *L.A. Times* fourmillait d'activité : sonneries de téléphones tous azimuts, personnes entrant et sortant au pas de course ; à côté de lui, quelqu'un était en train de commenter les nouvelles grilles de programmes télé pour la rentrée – comme si ça avait encore de l'importance à l'heure actuelle.

Curieux de constater à quel point, au milieu de toute cette agitation, Griner, derrière son bureau, se sentait seul et vulnérable.

Les comprimés de Xanax qu'il s'enfilait allègrement depuis le premier e-mail de Mary Smith, une semaine plus tôt, semblaient totalement inefficaces pour lutter contre ce sentiment de panique qui le transperçait comme l'aiguille d'une seringue géante.

Panique à laquelle venait se mêler une curiosité morbide.

Il n'était peut-être qu'un simple chroniqueur de cinéma, mais Arnold Griner n'en savait pas moins repérer un scoop brûlant. Une histoire qui ferait la une des journaux pendant plusieurs semaines. *Une richissime célébrité assassinée à Los Angeles.* Nul besoin de lire le message pour en avoir la certitude. « Mary Smith » avait déjà démontré ce dont elle était capable, et il valait mieux la prendre au mot.

Les deux questions qui l'assaillaient étaient les suivantes : qui avait-elle assassiné cette fois ? Et que venait-il, lui, Arnold Griner, faire dans cette affreuse histoire ?

Pourquoi moi ? Il y a forcément une raison, et si je savais laquelle, j'aurais sûrement de quoi flipper pour de bon, non ?

Tout en composant d'une main tremblante le 911, il ouvrit le message de Mary Smith. Je vous en supplie, faites que ce ne soit pas quelqu'un que je connais.

Incapable de résister, il se mit à lire, même si une voix intérieure le lui déconseillait vivement. Mon Dieu ! Antonia Shifman ! Pourquoi elle ? Pourquoi Antonia, l'une des rares personnes de valeur dans ce milieu pourri ?

À : Antonia Shifman

Je suppose qu'on pourrait appeler ça un mail antifan, même si, avant, je faisais moi aussi partie de tes admirateurs.

Quoi qu'il en soit, 4 h 30 du matin, c'est affreusement tôt pour une femme brillante comme toi, qui a remporté trois oscars et qui est mère de quatre enfants, tu ne crois pas ? J'imagine que c'est le prix à payer. Du moins, c'est l'une des contreparties.

Ce matin, je suis venue te montrer un autre des mauvais côtés qu'on rencontre lorsqu'on est riche et célèbre et qu'on vit à Beverly Hills.

Il faisait nuit noire lorsque ton chauffeur est arrivé pour te conduire sur le tournage. Tes fans sont loin de mesurer les sacrifices auxquels tu consens, Antonia.

Je suis entrée derrière lui par le portail et je l'ai suivi le long de l'allée.

Soudain, j'ai eu le sentiment que ton chauffeur devait mourir si je voulais arriver jusqu'à toi. Malgré tout, je n'ai eu aucun plaisir à le tuer. J'étais bien trop nerveuse pour ça. Je tremblais comme un arbrisseau dans la tempête.

Le pistolet aussi tremblait dans ma main lorsque j'ai toqué à la vitre. Je l'ai caché derrière mon dos et j'ai expliqué que tu serais prête dans quelques minutes.

« Ça marche », a-t-il répondu. Et tu sais quoi ? Il m'a à peine regardée. Pourquoi aurait-il prêté attention à moi ? Tu es la star des stars, quinze millions de dollars par film à ce que j'ai entendu dire. Il a dû me prendre pour une domestique, tout simplement.

J'avais l'impression de jouer un second rôle dans l'un de tes films, mais fais-moi confiance, pour cette scène-là, j'avais bien l'intention de te voler la vedette.

Je devais sur-le-champ commettre le grand acte dramatique, sinon il aurait fini par se demander pourquoi je restais plantée là. Et puis j'avais peur d'être trop effrayée pour agir s'il me regardait. Mais il s'est finalement tourné vers moi - et tout s'est enchaîné.

J'ai braqué le pistolet sur son visage et j'ai appuyé sur la détente. Un simple petit geste, presque un réflexe. L'instant d'après il était mort, et moi, j'avais le champ libre.

Alors j'ai contourné la voiture pour aller m'installer sur le siège passager en t'attendant. Une voiture superbe, confortable et luxueuse. Fauteuils en cuir, éclairage tamisé, minibar et frigo rempli de tes mets préférés. Des Twix, Antonia ? Une femme de ton standing ?

D'une certaine manière, j'ai été déçue que tu arrives aussi vite. Je me sentais bien dans ta limousine. Ce luxe, cette tranquillité. Durant ces quelques minutes, j'ai compris ce qui t'attirait tant dans cette vie. Cette vie que tu ne mèneras plus, désormais.

Rien qu'à écrire ces lignes, rien qu'à revivre la scène, je sens mon cœur qui s'emballe.

Tu es restée un instant debout à côté de la voiture avant d'ouvrir toi-même la portière. Tu avais beau porter une tenue décontractée et ne pas être maquillée, tu restais d'une beauté à couper le souffle. À cause de la vitre sans tain, tu ne pouvais pas me voir, ni moi ni ton chauffeur mort, mais moi, je te voyais. Toute la semaine je t'ai traquée, et à aucun moment tu ne m'as remarquée.

Quelle expérience incroyable ! Moi, assise dans ta voiture. Toi, à l'extérieur, en veste de tweed toute simple qui te donnait des airs d'Irlandaise.

Quand tu es entrée, j'ai immédiatement verrouillé les portières et baissé la cloison vitrée. En me voyant, tu as eu un visage effrayé. Je t'avais déjà vu cette expression – dans tes films, quand tu faisais semblant d'avoir peur.

Ce que tu n'as probablement pas compris, c'est que j'avais aussi peur que toi. Mon corps tout entier était pris de frissons. Je claquais des dents. C'est pour ça que j'ai tiré avant que l'une ou l'autre n'ait eu le temps de parler.

Tout est allé beaucoup trop vite, mais ça, je l'avais prévu. C'est à ça qu'allait servir le couteau. J'espère seulement que ce ne sont pas tes enfants qui t'ont découverte. Je n'aimerais pas qu'ils te voient dans cet état. Tout ce qu'ils ont besoin de savoir, c'est que maman est partie et qu'elle ne reviendra plus.

Les pauvres petits – Andi, Tia, Petra, Elizabeth.

C'est pour eux que j'ai de la peine. Ces pauvres enfants, tout seuls sans leur maman. Y a-t-il chose plus triste au monde ?

Moi, je sais que oui – mais ça, c'est mon secret, et personne ne le découvrira.

4.

La sonnerie du réveil de Mary Smith se déclencha à 5 h 30, mais elle ne dormait déjà plus. Elle était même parfaitement réveillée et réfléchissait, entre autres choses, à la manière dont elle allait confectionner à Ashley un costume de porc-épic pour la pièce de théâtre de l'école. Avec quoi vais-je bien pouvoir faire les épines ?

La veille, elle s'était couchée assez tard, incapable d'évacuer de son esprit l'interminable liste de choses à faire.

Il fallait racheter du beurre de cacahuètes, du dentifrice, du sirop Zyrtec et une ampoule pour la veilleuse des enfants. À 15 heures, Brendan avait son entraînement de foot, qui commençait à la même heure que le cours de claquettes d'Ashley, mais une bonne vingtaine de kilomètres plus loin. Le genre de problèmes impossibles à résoudre. Elle se demandait aussi comment le rhume d'Adam avait évolué au cours de la nuit, car elle ne pouvait se permettre de rater une journée supplémentaire de travail. Il fallait d'ailleurs qu'elle pense à poser sa candidature pour effectuer d'éventuels remplacements.

Et encore, il ne s'agissait que de la partie la plus calme de la journée. Elle ne tarda pas à se retrouver derrière les fourneaux, criant de loin ses consignes pour que la matinée se déroule sans encombres.

— Brendan, aide ta sœur à faire ses lacets, s'il te plaît. Brendan ? Je te parle !

— Maman, mes chaussettes sont bizarres.

— Elles sont sûrement à l'envers, retourne-les.

— Je peux emmener Cléo à l'école, maman ? Je peux ? S'il te plaît, dis oui, maman.

— D'accord, mais il faut d'abord que tu le sortes du sèche-linge. Brendan, qu'est-ce que je viens de te demander ?

D'une main experte, Mary déposa une portion d'œufs brouillés dans chaque assiette. Au même moment, les quatre tranches de pain sortaient du toaster.

— Le petit déjeuner est prêt !

Pendant que les deux grands attaquaient leur repas, elle conduisit Adam dans sa chambre, l'habilla d'une salopette rouge et d'un T-shirt marin, puis le prit dans ses bras pour aller l'installer sur sa chaise haute.

— Qui est le plus beau marin de toute la ville ? Qui est mon petit homme ? demanda-t-elle en lui chatouillant le menton.

— C'est moi ton petit homme ! lança Brendan avec un sourire. C'est moi, maman !

— Toi, tu es mon *grand* petit homme, répondit Mary en lui caressant la joue. Et tu grandis de jour en jour, ajouta-t-elle en faisant mine de tâter ses biceps.

— C'est parce que je finis bien mon assiette, dit-il fièrement en poussant avec son pouce le dernier morceau d'œufs brouillés sur sa fourchette.

— C'est très bon, maman, fit Ashley.

— Merci, ma chérie. Allez, maintenant, B.B.L.L !

Tandis qu'elle débarrassait la table, Brendan et Ashley s'engouffrèrent dans le couloir en chantonnant : « Brosse, brosse, lave, lave. Tes cheveux et tes dents, ton visage et tes mains. Brosse, brosse, lave, lave... »

Pendant que les deux grands faisaient leur toilette, elle déposa les couverts dans l'évier, débarbouilla Adam à l'aide d'une serviette en papier humide, ouvrit le frigo pour en sortir les déjeuners des enfants préparés la veille et les mit dans leurs sacs à dos respectifs.

— Je vais installer Adam dans son siège-auto, cria-t-elle de loin. Le dernier arrivé n'est qu'un ver de terre !

Mary n'aimait pas trop avoir recours à ce genre de procédés, mais une petite compétition innocente permettait d'activer le mouvement. Elle les entendit pousser des hurlements et des rires, effrayés à l'idée d'être le dernier à prendre place dans le vieux tacot. *Seigneur Dieu, qui emploie encore le mot « tacot » à l'heure actuelle ? Seulement Mary, Mary. Et qui dit encore « Seigneur Dieu » ?*

Comme elle attachait Adam, elle essaya de se rappeler ce qui l'avait maintenue éveillée si tard. Les jours – et maintenant les nuits – semblaient se confondre dans un tourbillon de ménage, de cuisine, de listes de courses et autres mouchages de nez, sans oublier les heures passées en voiture. La vie à Los Angeles comportait son lot d'inconvénients. Elle avait l'impression de passer la moitié de son temps coincée dans les embouteillages.

Elle aurait bien besoin d'une voiture moins gourmande en essence que cette antique et énorme

Suburban avec laquelle elle avait fait le voyage pour venir s'installer à L.A.

Elle jeta un œil à sa montre. Sans qu'elle comprenne comment, une dizaine de minutes venaient de s'écouler. Dix précieuses minutes. Pourquoi était-ce toujours ainsi ? Comment se retrouvait-elle toujours à perdre du temps ?

Elle se précipita vers la maison et pressa Brendan et Ashley vers la voiture.

— Pourquoi êtes-vous si lents, ce matin ? On va encore être en retard. Doux Jésus, mais regardez l'heure qu'il est !

5.

Voilà, nous y étions : à l'ère où certains, pleins de cynisme et de colère, se mettent en tête de créer des mythes, l'un des journaux les plus influents du pays, du moins l'un des plus lus, s'était mis à m'appeler le « Sherlock Holmes américain ». Quel titre ! L'affaire continuait à m'agacer ce matin-là. Un journaliste d'investigation du nom de James Truscott avait décidé de me suivre et de réaliser des reportages sur les meurtres que j'étais chargé d'élucider. J'avais néanmoins réussi à l'esquiver. J'étais parti en vacances avec toute ma famille.

— Je pars à Disneyland ! avais-je dit en rigolant à Truscott lors de notre dernière entrevue à Washington.

Pour toute réponse, le reporter s'était contenté d'un sourire narquois.

Pour le commun des mortels, une semaine de vacances n'a sûrement rien d'exceptionnel. Le genre de choses qui arrive tout le temps, parfois même deux fois par an. Pour la famille Cross, il s'agissait d'un événement majeur, un nouveau départ.

Comme par un fait exprès, à notre arrivée dans

le hall de l'hôtel, les haut-parleurs diffusaient la chanson *A Whole New World*[1].

— Allez, dépêchez-vous ! lança Jannie en passant devant nous en trombe.

Damon, tout juste entré dans l'adolescence, semblait plus réservé. Il tint la porte à Nana tandis que nous passions du confort climatisé de l'hôtel au chaud soleil de Californie.

Aussitôt, une foule d'odeurs enivrantes nous assaillit. Senteurs de cannelle, de beignets tout chauds mêlées à d'appétissants effluves de nourriture mexicaine. De loin nous parvenait un grondement de train de marchandises, ainsi que des cris de frayeur – le genre agréable, ceux qu'on pousse lorsqu'on joue à se ficher la frousse. Je connaissais suffisamment l'autre genre pour apprécier la différence.

Contre toute attente, ma demande de congés avait été acceptée, et je m'étais arrangé pour quitter la ville avant que Burns, le grand patron du FBI, ou l'un de ses sbires ne viennent me trouver avec une bonne dizaine de raisons pour me faire rester en ville. Le choix des enfants s'était porté sur Disneyworld et Epcot Village, en Floride, mais pour des raisons qui m'étaient propres, et parce que c'était la saison des cyclones dans le Sud, j'avais finalement opté pour Disneyland et son nouveau parc d'attractions : Disney's California Adventure.

— Pas de doute, nous sommes en Californie, fit Nana Mama, la main en visière pour protéger ses yeux du soleil. Je n'ai rien vu qui ne soit pas artificiel depuis notre arrivée. Et toi, Alex ?

1. « Ce rêve bleu », thème du dessin animé *Aladdin*. (Toutes les notes sont du traducteur.)

Elle fit une petite moue mais ne put s'empêcher d'éclater de rire. Ça, c'est Nana tout craché. Elle ne rit jamais des autres, elle rit avec les autres.

— Tu ne trompes personne, petite dame. Peu importe le lieu, l'heure ou l'activité, tu adores nous voir tous réunis. Même en Sibérie, tu serais ravie.

— Justement, c'est un endroit que j'aimerais beaucoup visiter. Voyager en transsibérien, voir les montagnes du Sayani, le lac Baïkal. Tu sais, ça ne leur ferait pas de mal, aux petits Américains, d'aller découvrir d'autres cultures.

— Prof un jour..., fis-je en adressant un clin d'œil aux enfants.

— Prof toujours ! compléta Jannie.

— Prof touzour, répéta Alex Jr.

Âgé de trois ans, Alex Jr était notre petit perroquet à nous. Nous ne le voyions que de façon irrégulière et j'étais assez stupéfait de constater ses progrès. L'an passé, Christine était repartie vivre avec lui à Seattle, et les disputes qui nous opposaient concernant la garde partagée ne connaissaient toujours pas de trêve.

La voix de Nana interrompit le flot de mes pensées.

— Quelles attractions...

— *Soarin' Over California* ! s'écria Jannie avant même que Nana n'ait fini de poser la question.

— D'accord, mais après, on fera *California Screamin'*, intervint Damon.

Jannie tira la langue à son frère, qui riposta en lui donnant un coup de hanche. C'était un peu comme le soir de Noël pour ces deux-là – même les disputes se déroulaient dans la bonne humeur.

— Le programme m'a l'air plutôt alléchant,

approuvai-je. Nous irons aussi à *It's Tough to Be a Bug !* pour votre petit frère.

Je pris Alex Jr dans mes bras et l'embrassai sur les deux joues. Il m'observa de son regard paisible.

De nouveau, la vie était belle.

6.

C'est à cet instant que j'aperçus James Truscott, son mètre quatre-vingt-quinze, sa veste de cuir noir et ses longues mèches rousses retombant sur ses épaules.

D'une manière ou d'une autre, Truscott était parvenu à convaincre ses rédacteurs en chef, à New York, de publier une série de reportages sur moi, arguant du fait que j'avais régulièrement démontré ma capacité à résoudre des affaires de meurtres retentissantes. Peut-être aussi parce que ma dernière enquête, dans laquelle la mafia russe était impliquée, s'était avérée la pire de ma carrière, et qu'elle avait défrayé la chronique. J'avais pris la liberté d'effectuer quelques recherches sur ce Truscott. Âgé de seulement trente ans, diplômé de l'université de Boston et spécialisé dans les affaires criminelles, il avait à son actif la publication de deux ouvrages sur la mafia. Une phrase que j'avais entendue à son sujet me trottait dans la tête : « Ce gars-là fait ses coups en douce. »

— Alex, s'exclama-t-il en me tendant la main avec un grand sourire, comme si nous étions des amis de longue date tombés l'un sur l'autre par hasard.

Je lui serrai la main à contrecœur. Je ne le détestais pas foncièrement et ne remettais pas en cause sa liberté de journaliste, mais il s'était souvent immiscé dans mon existence en usant de procédés plutôt cavaliers à mon goût – comme me bombarder quotidiennement d'e-mails ou débarquer à l'improviste sur les scènes de crime, et même à notre domicile de Washington. Voilà qu'à présent il faisait irruption dans nos vacances familiales.

— Monsieur Truscott, commençai-je d'une voix calme, vous n'êtes pas sans savoir que j'ai refusé de collaborer à vos articles.

— Aucun problème. Ça ne me dérange pas.

— Moi si. Je ne suis pas en service, je passe des vacances en famille. Alors vous pourriez peut-être nous foutre la paix. Je vous rappelle que nous sommes à Disneyland.

Truscott hocha la tête comme s'il partageait entièrement mon point de vue, puis ajouta :

— Le récit de vos vacances intéresserait grandement nos lecteurs. Je vois ça d'ici : *Le calme avant la tempête*. Ce serait génial, et Disneyland est l'endroit rêvé. Vous devez comprendre ça, non ?

— Et moi, je ne suis pas d'accord, intervint Nana en s'approchant de Truscott. On ne vient pas se mêler de la vie privée des gens. Vous ne le saviez pas, jeune homme ? Eh bien vous devriez. Vous avez du culot de venir nous importuner ici !

C'est alors que je remarquai, du coin de l'œil, un drôle de manège : une femme vêtue de noir, armée d'un appareil photo numérique, nous tournait autour en prenant des clichés – de nous, de ma famille. De Nana affrontant Truscott.

Je me plaçai devant les enfants pour faire rempart.

— Ne vous avisez pas de photographier mes enfants, lançai-je à Truscott d'un air menaçant. Et maintenant vous allez me foutre le camp, vous et votre petite copine.

Truscott leva les mains en signe de capitulation. Souriant avec effronterie, il recula de quelques pas.

— Comme vous, j'ai des droits, Dr Cross. Et ce n'est pas ma petite amie, c'est une collègue. Nous sommes là pour réaliser un reportage.

— Déguerpissez ! Mon fils n'a que trois ans. Je ne veux pas que notre vie soit étalée dans la presse. Ni maintenant, ni jamais.

7.

Nous tâchâmes d'oublier James Truscott et sa photographe. Avec succès, il faut bien le dire. Après un nombre incalculable de tours de manèges, un spectacle mettant en scène Mickey Mouse, deux pauses snack et d'innombrables jeux de carnaval, j'osai suggérer un retour à l'hôtel.

— Pour la piscine ? demanda Damon en souriant.

Comme nous, en allant prendre le petit déjeuner, il avait repéré l'immense piscine du Disneyland Hotel.

À l'accueil, comme prévu, un message m'attendait. L'inspecteur Jamilla Hughes, de la police de San Francisco, était en ville et souhaitait me rencontrer. *Le plus tôt possible, et même plus vite encore,* disait la note. *Alors magne-toi mon pote !*

Je gratifiai mes petits requins d'un sourire de regret et pris congé. Après tout, j'étais moi aussi en vacances.

— Vas-y, papa, va arrêter les méchants ! me taquina Jannie.

— C'est Jamilla, hein ? fit Damon, en souriant derrière son ensemble masque-tuba aux verres embués, le pouce levé en signe d'encouragement.

Je traversai le parc séparant le Disneyland Hotel du Grand Californian, où j'avais réservé une autre chambre. De style American Arts & Crafts, ce dernier s'avérait plus conventionnel que notre hôtel.

Je franchis les portes en verre poli pour me retrouver dans un hall dont le plafond semblait s'élancer vers le ciel. Des madriers de séquoia s'élevaient six étages plus haut. Au centre du niveau inférieur, éclairé par des lampes Tiffany, trônait une immense cheminée en pierre.

J'y prêtai à peine attention. Je ne pensais plus qu'à l'inspecteur Hughes, là-haut, chambre 456.

Incroyable – j'étais bel et bien en vacances.

8.

Jamilla m'accueillit à la porte en m'embrassant, un baiser délicieux qui réchauffa mon corps tout entier. Lorsque nous relâchâmes notre étreinte, je pus apprécier sa jupe noire, assortie d'un chemisier bleu clair et d'une paire d'escarpins noirs à talons. Pour sûr, elle ne ressemblait en rien à un flic de la criminelle.

— Je viens juste d'arriver, me dit-elle.

— Pile au bon moment, murmurai-je en me penchant vers elle.

Comme toujours, les baisers de Jamilla me donnaient la sensation d'être de retour au foyer. Je commençai à me demander où tout cela nous menait, mais décidai aussitôt de couper court à ces réflexions. *Détends-toi, Alex, laisse-toi aller.*

— Merci pour les fleurs, me glissa Jamilla à l'oreille. Elles sont magnifiques. Je sais, je sais, pas autant que moi.

— C'est vrai, fis-je en éclatant de rire.

Jetant un œil par-dessus son épaule, je constatai que le maître d'hôtel, Harold Larsen, avait fait du bon boulot. Des pétales de rose étaient disséminés dans la pièce en un camaïeu de rouge, de pêche et de blanc, et je savais qu'un bouquet attendait sur la table de nuit, ainsi qu'une bouteille de sauvignon blanc dans le minibar, et plusieurs CD dans la chaîne stéréo, des albums choisis avec soin – un best of d'Al Green, de Luther Ingram, *Tears of Joy* de Tuck and Patti, et les premiers morceaux d'Alberta Hunter.

— Je suppose que je t'ai manqué, fit Jamilla.

Nous nous étreignîmes avec passion et échangeâmes un baiser fiévreux tandis que je laissais mes mains glisser jusqu'à ses reins. Elle avait déjà à moitié déboutonné ma chemise lorsque j'entrepris d'ouvrir la fermeture Éclair de sa jupe. Nous nous embrassâmes à nouveau, ses lèvres étaient fraîches et douces.

— Si j'ai tort de t'aimer, alors je veux avoir tort, chantonnai-je à mi-voix.

— Ce n'est pas un tort, répondit Jamilla en souriant.

Esquissant quelques pas de danse, je la guidai vers le lit.

— Tes talons doivent te gêner, non ? demandai-je.

— Tu as raison.

Elle se débarrassa de ses chaussures. Sa jupe glissa sur le sol.

— Tu veux que j'allume les bougies ?

— Chhh, Alex, il fait déjà bien assez chaud, tu ne crois pas ?

— C'est vrai.

Dès lors, la conversation se fit plus rare. Jamilla et moi semblions deviner les pensées de l'autre – parfois, les longs discours ne servent à rien. Je me rendis compte qu'elle m'avait manqué, et plus encore que je ne l'aurais cru.

Enlacés poitrine contre poitrine, nous respirions au même rythme. Je me raidis et sentis une humidité contre ma cuisse. Je m'interrompis pour contempler son visage.

J'avais l'impression qu'elle lisait en moi comme dans un livre ouvert. Elle me sourit, comme buvant les paroles que je n'avais pourtant pas prononcées.

— Ah vraiment ? murmura-t-elle au bout d'un moment.

Elle ponctua sa phrase d'un clin d'œil. Ce n'était pas la première fois que nous partagions cette petite plaisanterie.

Je l'embrassai encore, et sa respiration se fit plus profonde comme mes lèvres entraient en contact avec son cou, ses seins, son ventre. Chaque fois que je m'arrêtais à un endroit, j'avais envie de m'y attarder, et tout autant de pousser plus loin mon exploration. Elle passa ses bras autour de moi et nous fit rouler sur le lit.

— Comment fais-tu pour être à la fois si ferme et si douce ? demandai-je.

— Secret de femme. Contente-toi d'apprécier. Je pourrais d'ailleurs te poser la même question...

L'instant d'après, je la pénétrai. Assise sur moi, la tête rejetée en arrière, elle se mordait la lèvre inférieure sous l'effet du plaisir. Perçant la vitre de la fenêtre, un rayon de soleil traversa lentement son visage. Tout était splendide.

Nous atteignîmes l'orgasme ensemble – l'un de ces idéaux que tout le monde croit inaccessible, mais qui ne l'est pas, enfin pas toujours.

Elle s'allongea contre moi en expirant doucement, nos corps toujours emboîtés l'un dans l'autre.

— Tu risques d'être fatigué, demain, pour les manèges, dit-elle enfin.

— En parlant de s'envoyer en l'air…
— Des promesses, encore des promesses.
— Et tu sais que je les tiens toujours.

9.

Je ne sais plus à quel moment Jamilla et moi avons sombré dans le sommeil, cet après-midi-là, mais je fus réveillé par mon bipeur. Celui que je m'étais procuré spécialement pour ce voyage afin que seul un nombre restreint de personnes puissent me joindre – John Sampson, l'assistant de Burns, et Tony Woods. Trois personnes, c'était peut-être deux de trop, mais que faire, à présent ?

Je poussai un râle de mécontentement.

— Désolé, Jam, ce n'était pas prévu au programme. Je ne suis pas obligé de répondre, tu sais.

Je prononçai cette dernière phrase sans réelle conviction. Elle et moi savions bien ce qu'il en était.

— Je vais te confier un secret, me dit-elle. Le mien est dans le tiroir de la table de nuit. Prends l'appel, Alex, ça ne me dérange pas.

Comme je le craignais, le bureau du directeur, à Washington, cherchait à me joindre. Toujours allongé sur le dos, je décrochai le combiné et composai le numéro tout en jetant un œil à ma montre – 16 heures. Je n'avais pas vu passer la journée, ce qui, en un sens, était plutôt bon signe. Jusqu'à maintenant, en tout cas.

— Ron Burns, glissai-je à Jamilla. C'est mauvais signe.

C'était même très mauvais signe. Elle hocha la tête. Un appel en provenance directe du grand patron était forcément synonyme d'une affaire sérieuse qui ne pouvait attendre. Quoi que ce fût, je n'avais aucune envie d'en entendre parler.

Ron Burns en personne me répondit. Ça commençait vraiment à sentir le cramé.

— Alex, c'est bien toi ?

— Tout à fait, soupirai-je.

Rien que moi, Jamilla, et toi.

— Je suis content que tu me rappelles. Désolé de te déranger pendant tes vacances, je sais que tu n'en as pas pris depuis longtemps.

Il ne pensait pas si bien dire, mais je restai coi.

— Alex, je dois te parler d'une affaire très délicate. Je t'aurais envoyé dessus de toute manière, mais en l'occurrence tu n'auras pas à aller loin. C'est à Los Angeles, et le fait que tu sois en Californie est une heureuse coïncidence, si l'on peut s'exprimer ainsi.

Cette entrée en matière ne me plaisait pas du tout.

— De quoi s'agit-il ? Pourquoi est-ce une heureuse coïncidence ?

— As-tu déjà entendu parler d'Antonia Schifman ?

Il commençait à piquer ma curiosité.

— L'actrice ? Oui, bien sûr.

— Elle a été assassinée ce matin, ainsi que son chauffeur. Ça s'est passé devant chez elle, sa famille dormait à l'intérieur.

— Ils n'ont rien ?

— Personne d'autre n'a été agressé, Alex.

— Pourquoi le FBI est-il sur le coup ? demandai-je un peu décontenancé. La police de Los Angeles a besoin d'un consultant ?

— Pas exactement.

Burns marqua une courte pause.

— J'aimerais que cette conversation reste entre nous, si ça ne te dérange pas. Antonia Schifman était une amie du Président, et même une amie intime de sa femme. C'est lui qui a sollicité notre aide pour cette enquête.

— Oh...

Contrairement à ce que je pensais, Burns n'était pas totalement immunisé contre la pression de la capitale fédérale. Malgré tout, il était la meilleure chose qui soit arrivée au FBI depuis longtemps. Et même si je n'exerçais mon mandat que depuis peu, il m'avait déjà plus d'une fois accordé des faveurs. Bien entendu, je lui avais largement renvoyé l'ascenseur.

— Je te demande simplement d'aller jeter un coup d'œil, et j'apprécierais vraiment que tu le fasses. Je te garantis que tu seras de retour pour dîner avec ta famille. Allez... disons pour le souper. Tu jettes un œil à la scène de crime et tu me fais un compte rendu. J'ai pris la liberté de – enfin, ils t'attendent sur place.

Je raccrochai et me tournai vers Jamilla :

— La bonne nouvelle, c'est que je n'ai pas à prendre l'avion. Antonia Schifman a été assassinée ce matin à Los Angeles.

Jamilla s'assit dans le lit à côté de moi.

— C'est horrible, Alex ! J'adorais ses films. Elle avait l'air si gentille. Quel gâchis ! Eh bien, au moins, ça me donnera l'occasion de dire du mal de toi avec Nana pendant que tu seras parti.

— Je vous retrouverai pour le dîner, même si ça risque d'être un peu tard.

— Mon avion ne décolle qu'à 23 heures, mais il faut absolument que je prenne le dernier vol.

Je l'embrassai d'un air penaud, un peu honteux d'avoir capitulé face à Burns. Mais avais-je réellement le choix ?

— Va faire de la Californie un lieu sûr – enfin, un peu plus sûr. Quant à moi, je garderai un œil sur Mickey et Donald pour m'assurer qu'ils ne pètent pas les plombs.

Quelle drôle d'idée.

10.

Le Narrateur se rendit tout droit sur les lieux du crime. Bien que conscient de commettre un acte imprudent, il était incapable de s'en empêcher. Il se disait même que ça pouvait être une bonne idée.

Après s'être garé, il quitta sa voiture et se retrouva au beau milieu d'une intense agitation. Il connaissait la maison et ses luxueux alentours comme sa poche – Beverly Hills, Miller Place. Il sentit son cœur s'emballer ; il aimait ce sentiment de danger, cette impression que tout pouvait arriver. Il était le Narrateur, après tout.

La presse et la police de Los Angeles avaient investi les lieux en masse. Il y avait même quelques haut gradés. Tellement de monde qu'il avait dû se garer à plus de cinq cents mètres. Tant mieux – c'était plus sûr, plus intelligent. Quelques minutes plus tard, il se mêlait à la foule des admirateurs et autres fouille-merde venus accomplir le pèlerinage sur le lieu saint où, le matin même, la pauvre Antonia avait quitté cette vie de fou.

— Je n'arrive pas à croire qu'elle soit morte, entendit-il à côté de lui.

Il tourna la tête et aperçut un couple, tous deux

l'air grave comme s'ils venaient de perdre un être cher. Était-il possible d'être aussi cinglé ?

Moi, j'y crois, mourait-il d'envie de leur dire. J'ai commencé par lui loger une balle dans la tête, puis je lui ai lacéré le visage pour que même sa propre mère ne puisse plus la reconnaître. Croyez-le ou non, malgré ma folie, j'ai une méthode bien réglée. J'ai élaboré un plan magistral.

Pourtant, il se retint d'adresser la parole à ces deux pleurnichards pathétiques. Il poursuivit son chemin vers les portes du paradis, en direction de la maison d'Antonia Schifman ; parvenu au portail, il se posta dans une attitude de recueillement – la procession funéraire rassemblait des centaines de personnes. La grande attraction de Beverly Hills venait tout juste d'ouvrir, et la ferveur n'allait pas tarder à gagner la foule.

On était au cœur d'une affaire retentissante, et devinez quoi ? Aucun des journalistes présents ne connaissait la vérité. Ni à propos d'Antonia, ni à propos de son meurtre.

Il était le seul à être au courant ; le seul dans tout Los Angeles à savoir ce qui s'était passé et quelle serait la prochaine étape. Oui, il était le seul, et c'était une sensation grisante.

— Hé ! Comment va ?

Le Narrateur se figea sur place. Il se retourna lentement pour voir qui lui avait adressé la parole.

Il reconnaissait le visage, mais était incapable de se rappeler son nom. *Où ai-je déjà croisé ce type ?*

— Ça va. J'ai appris la nouvelle à la radio, et vu que je passais dans le coin, je suis venu lui rendre hommage. Quel drame, hein ! On vit vraiment dans un monde de dingues. On ne sait jamais ce qui peut nous tomber dessus, je veux dire, de nos jours.

Le Narrateur s'interrompit, conscient soudain qu'il s'était mis à bredouiller.

— C'est vrai, on ne peut jamais savoir, répondit l'autre. Qui voudrait s'en prendre à une femme comme Antonia Shifman ? Il faut vraiment être un fou, une espèce de maniaque.

— Ici, à Los Angeles, ce n'est pas ça qui manque, non ?

11.

Quinze minutes après le coup de fil de Burns, une Grand Marquis noire m'attendait devant le Disneyland Hotel. Je secouai la tête de dépit, et aussi de colère – tout cela présageait une nouvelle approche du travail qui ne me plaisait guère.

L'agent du FBI qui se tenait à côté de la voiture portait un pantalon treillis impeccablement repassé et un polo bleu clair. Il semblait prêt pour une partie de golf au Los Angeles Country Club. Sa poignée de main était ferme et comme un peu trop empressée.

— Agent spécial Karl Page. Enchanté de faire votre connaissance, Dr Cross. J'ai lu votre livre plusieurs fois.

À en juger par son apparence, il était fraîchement diplômé de l'Académie de Quantico. Son teint hâlé et ses cheveux blonds presque blancs suggéraient qu'il était un autochtone. Il pouvait avoir dans les vingt-cinq ans. Le style jeune policier dynamique et consciencieux.

— Merci, répondis-je. Où allons nous exactement, agent Page ?

Page se figea sur place, apparemment confus de n'avoir pas devancé ma question.

— Bien sûr, où avais-je la tête ? Nous allons à

Beverly Hills, Dr Cross. Sur la scène du crime, au domicile de la victime.

— Antonia Shifman, ajoutai-je avec un soupir.

— Exact. Mais… personne ne vous a briefé ?

— En fait, non. Pas vraiment. Il me manque de nombreux détails. Et si vous me racontiez ce que vous savez pendant le trajet ?

Il se dirigea vers la voiture, voulut m'ouvrir la portière, mais se ravisa et alla s'installer côté conducteur. Je pris place à l'arrière. Une fois en route, Page se détendit un peu tandis qu'il me parlait de l'affaire.

— Le nom de code est « Mary Smith », m'apprit-il. La semaine dernière, un chroniqueur cinéma du *L.A. Times* a reçu un e-mail provenant d'une certaine Mary Smith, dans lequel elle s'accuse du meurtre.

Je n'en croyais pas mes oreilles.

— Minute. Il y a déjà un nom de code ?

— Tout à fait.

— Il ne s'agit donc pas d'un meurtre isolé ?

Je perçus la tension dans ma propre voix. Burns m'avait-il délibérément caché cette information, ou n'était-il lui-même pas au courant ?

— Non, il s'agit au minimum du deuxième homicide. Il est encore trop tôt pour affirmer quoi que ce soit, mais il semble que nous ayons affaire à une personne possiblement atteinte de psychose, agissant seule et selon un schéma bien organisé. Certains éléments évoquent une forme de rituel. Par ailleurs, nous pensons que le tueur est une femme, ce qui est plutôt inhabituel.

Page possédait donc quelques informations. En attendant, j'avais la très nette sensation de m'être fait duper. Pourquoi Burns ne m'avait-il pas tout simplement dit la vérité ? Nous étions à peine sortis de Disneyland et déjà cette affaire s'avérait bien plus complexe qu'il ne l'avait laissé paraître.

— Enfoiré, lâchai-je entre mes dents.

Je commençais à en avoir marre qu'on se moque de moi ; peut-être aussi marre du FBI. Ou bien étais-je tout bonnement excédé d'avoir été ainsi brusquement arraché à mes vacances ?

Page se rembrunit :

— Il y a un problème, monsieur ?

Il eût été facile de décharger ma colère sur lui, mais je ne me sentais pas prêt à franchir ce degré d'intimité avec l'agent Page. Mon but pour le moment était de rester le plus détaché possible de cette enquête.

— Aucun problème. Rien qui vous concerne, en tout cas. Allez, dépêchons-nous. Je suis censé jeter un coup d'œil, rien de plus.

— Entendu, monsieur.

Je fixai Page et ses yeux bleus dans le rétroviseur :

— Et arrêtez de m'appeler monsieur. Je ne suis pas votre père.

Je souris, au cas où il n'aurait pas compris que je disais ça avec humour.

12.

Voilà que c'était reparti... *Le Président a sollicité notre aide... Je veux ton point de vue sur ce qui s'est passé, patati patata...* Mon point de vue ? Il me faisait marrer ! Mon point de vue, c'était qu'on se foutait de moi, et ça ne me plaisait pas du tout. Et puis je détestais me lamenter de la sorte.

Nous empruntâmes l'autoroute de Santa Ana jusqu'au centre-ville, avant de prendre la direction d'Hollywood. L'agent Page conduisait de manière agressive, doublant sans arrêt en serrant de près les autres véhicules. Un businessman en pleine conversation téléphonique lâcha son volant pour nous gratifier d'un doigt d'honneur.

Page, lui, semblait indifférent aux autres usagers de la route et, tandis que nous roulions à vive allure vers le nord, il me raconta ce qu'il savait de ce sordide double meurtre.

Antonia Schifman et son chauffeur, Bruno Capaletti, avaient été abattus entre 4 heures et 5 h 30 du matin. Un jardinier avait découvert les corps aux alentours de 7 h 15. Le beau visage d'Antonia Schifman avait été lacéré à l'aide d'une lame extrêmement tranchante.

Apparemment, aucune somme d'argent ni objet

de valeur n'avait été dérobé. On avait retrouvé deux cents dollars dans la poche de Bruno Capaletti, et le sac à main de Schifman à côté d'elle dans la voiture. Il contenait encore ses cartes de crédit, ses boucles d'oreilles en diamant ainsi qu'une forte somme en liquide.

— Avaient-ils un lien antérieur ? demandai-je. Je veux dire, Schifman et son chauffeur ? Que sait-on d'eux ?

— Capaletti a bossé sur un autre film dans lequel elle jouait : *Banner Season*. Mais il était le chauffeur de Jeff Bridges. On continue de se renseigner sur lui. Vous avez vu *Banner Season* ?

— Non. En ce qui concerne la scène de crime, pouvez-vous me dire qui est sur place ? Le FBI, la police de Los Angeles, les médias ? Y a-t-il autre chose que je devrais savoir avant qu'on arrive ?

— En fait, je n'y suis pas encore allé. Mais ça a dû attirer pas mal de monde. Antonia Schifman était une grande actrice, et elle avait la réputation d'être quelqu'un de bien.

— Oui, c'est vraiment dommage.

— Sans compter qu'elle avait des enfants. Quatre petites filles : Andi, Elizabeth, Tia et Petra, ajouta Page qui, clairement, aimait montrer qu'il maîtrisait son sujet.

Quelques minutes plus tard, nous quittions l'autoroute et faisions route vers l'ouest. La verdure luxuriante et caricaturale des avenues résidentielles de Beverly Hills, où les palmiers d'alignement semblaient nous toiser du haut de leur immense silhouette, remplaça peu à peu l'implacable goudron du centre-ville.

Nous quittâmes ensuite Sunset Boulevard pour remonter vers Miller Place, un trajet sinueux et escarpé ponctué de vues incroyables sur la ville. Page se gara bientôt dans une petite rue.

Tout du long, diverses camionnettes de télé et de radio accaparaient l'espace, leurs antennes satellites déployées telles de gigantesques sculptures. Au fil de notre progression, je repérai les équipes de CNN, KTLA, KYSR Star 98.7 et *Entertainment Tonight*. Devant la propriété, certains reporters parlaient à la caméra, probablement en direct pour les médias de Los Angeles. Quel cirque ! Pourquoi fallait-il que je me retrouve au milieu de tout ça ? J'étais censé passer des vacances à Disneyland, un cirque autrement plus sympathique.

Aucun des journalistes présents ne me reconnut, un changement rafraîchissant en comparaison de ce que je vivais parfois à Washington. Usant de politesse, l'agent Page et moi traversâmes la foule jusqu'à un endroit où deux policiers en uniforme montaient la garde. Ils inspectèrent nos badges minutieusement.

— C'est le Dr Alex Cross, fit Page.

— Et alors ? répondit l'uniforme.

Je ne soufflai mot. « Et alors ? » était une réponse qui me convenait parfaitement.

Le flic finit par nous laisser passer, mais durant cette attente, j'avais eu le temps d'apercevoir quelque chose qui m'avait donné la nausée. James Truscott et ses flamboyants cheveux roux se tenait parmi la foule des journalistes, ainsi que sa photographe attitrée, toujours vêtue de noir. Il m'aperçut à son tour et m'adressa un signe de tête. Je crus même distinguer l'ombre d'un sourire sur ses lèvres.

Je le vis griffonner dans son carnet.

La femme, elle, prenait des photos – de moi.

13.

Je pestai tout bas tandis que Page et moi suivions la longue allée circulaire pavée de dalles blanches menant à l'habitation principale. Le terme « manoir » convenait davantage pour décrire l'édifice à deux étages de style espagnol. De chaque côté, d'épais feuillages m'empêchaient de l'apercevoir dans son intégralité, mais la bâtisse devait mesurer dans les mille huit cents mètres carrés, probablement plus. Qui avait besoin d'autant d'espace pour vivre ? Notre maison à Washington en comptait moins de trois cents, ce qui était déjà plus que suffisant.

Une série de balcons bordait le deuxième étage. Certains donnaient sur l'allée, où était garée une limousine noire.

L'endroit précis où Antonia Schifman et Bruno Capaletti s'étaient fait assassiner.

Un cordon de police formait un large cercle autour du véhicule, et seul un étroit passage permettait d'y accéder. Deux officiers de police prenaient les noms des personnes qui allaient et venaient.

Des techniciens de scène de crime en combinaison blanche à capuche passaient la voiture au peigne fin à l'aide d'un microscope numérique et d'aspirateurs miniatures. D'autres prenaient des clichés, munis d'un Polaroïd ou d'un appareil classique.

Une autre équipe s'était déployée aux alentours afin de repérer d'éventuels indices. Tout cela s'avérait aussi impressionnant que déprimant. La police de Tokyo est censée posséder le meilleur département scientifique au monde. Aux États-Unis, seules les polices de Los Angeles et de New York sont en mesure de rivaliser avec les ressources du FBI.

— On a de la chance, me dit Page. J'ai l'impression que le médecin légiste vient de terminer.

Il pointa du doigt une femme corpulente aux cheveux gris, qui s'enregistrait sur un dictaphone à côté de la limousine.

J'en conclus que personne n'avait déplacé les corps. Cela me surprenait, mais c'était en même temps une bonne nouvelle. J'allais pouvoir recueillir un maximum d'informations pour Burns. Et pour le Président. Sans oublier sa femme. C'était sûrement pour ça que les corps n'avaient pas été enlevés : les morts tenaient à me présenter leurs respects.

Je me tournai vers Page :

— Quel qu'il soit, dites au responsable de la police de ne toucher à rien. J'aimerais tout examiner en l'état. Et tâchez d'éloigner les personnes inutiles. Je ne veux plus voir que les techniciens de scène de crime, tous les autres prennent une pause.

Pour la première fois, Page marqua un temps d'arrêt avant de répondre. Il était subitement confronté à un nouvel aspect de ma personnalité. Non que j'aie une présence très autoritaire, mais sur le moment, je devais me montrer ferme. Il m'était impossible de travailler correctement dans cette ambiance chaotique.

— Il y a encore autre chose que j'aimerais que vous transmettiez au responsable, ajoutai-je.

— Oui ?

— Tant que je suis là, c'est moi qui prends les opérations en main.

14.

La voix de Burns résonnait encore dans ma tête. *Tu jettes un œil à la scène de crime et tu me fais un compte rendu... Je te garantis que tu seras de retour pour dîner avec ta famille.*

Mais aurais-je encore faim après ça ?

Les deux cadavres à l'intérieur de la limousine dégageaient une odeur pestilentielle. L'un des trucs que j'avais appris, et qui fonctionnait le mieux, était de se forcer à respirer normalement durant trois minutes, le temps nécessaire à l'engourdissement des nerfs olfactifs. Il me fallait simplement tenir le coup pendant ces trois longues minutes, qui me rappelaient que j'étais de retour dans la criminelle.

Je me concentrai afin d'enregistrer un à un tous les horribles détails.

Même si je savais en partie à quoi m'attendre, je reçus un choc auquel je n'étais pas préparé.

Le visage d'Antonia Schifman était devenu presque méconnaissable. La balle, probablement tirée à bout portant, avait arraché une large portion de la partie gauche du visage. Le peu de chair qui subsistait – la joue et l'œil droits, la bouche – était lacéré. L'assassin, Mary Smith, s'était déchaîné

– mais seulement contre Antonia Schifman – le chauffeur n'avait pas subi le même traitement.

Les vêtements de l'actrice semblaient intacts. Aucun signe visible d'agression sexuelle. Pas de traces de sang au niveau des narines et de la bouche, ce qui indiquait qu'elle était morte brutalement. Qui pouvait bien commettre un acte aussi violent ? Et pourquoi s'en prendre à Antonia Schifman, elle qui avait la réputation d'être si gentille et dont tout le monde s'accordait à dire qu'elle était aimée de tout le monde ? Comment expliquer un tel massacre ? Une telle profanation au domicile même de la victime ?

La tête de l'agent Page apparut soudain au-dessus de mon épaule :

— Qu'en pensez-vous, Dr Cross ? Peut-être une allusion quelconque à la chirurgie esthétique ?

Visiblement, le jeune agent n'avait pas tenu compte des indices, subtils et moins subtils, que j'avais distillés tout récemment pour exprimer ma volonté de me retrouver seul.

— Je ne crois pas, répondis-je. Mais je préfère ne pas avancer d'hypothèses pour le moment. On en saura plus avec les résultats des examens.

Et maintenant, foutez-moi la paix, Page.

Une croûte de sang séché recouvrait le visage ravagé de l'actrice. Quel lamentable gâchis. Et qu'étais-je censé transmettre au Président sur ce que j'avais vu, sur ce qui était arrivé à son amie ?

Le corps de Bruno Capaletti était encore appuyé contre le volant. La balle avait transpercé sa tempe gauche avant de détruire la quasi-totalité de son crâne. Le siège d'à côté était maculé de sang, peut-être étalé par le corps du chauffeur, mais plus probablement par l'assassin, qui selon toute vraisemblance avait abattu Antonia Schifman depuis cette place. On avait retrouvé quelques grammes de cocaïne dans la poche de veste de Capaletti. Y avait-il un rapport ? Sûrement pas, mais je ne voulais écarter aucune piste pour l'instant.

Je m'éloignai finalement de la limousine et inspirai une bouffée d'air pur.

— Il y a quelque chose d'étrange, fis-je en me parlant à moi-même.

— Mode opératoire à la fois précis et confus ? Un mélange de contrôle et de frénésie ?

J'observai Page et une ébauche de sourire s'esquissa sur mes lèvres. Sa perspicacité m'avait surpris.

— Oui, exactement, acquiesçai-je.

Les corps étaient soigneusement disposés dans la voiture, mais les coups de feu, et surtout la façon dont le visage de Schifman avait été lacéré, traduisaient un comportement désordonné.

Il y avait également cette histoire de carte de visite. Trois images, du genre de celles que collectionnent les enfants, étaient collées sur la portière : brillantes et de couleurs vives, représentant des licornes et des arcs-en-ciel. Les mêmes avaient apparemment été laissées sur la scène de crime du précédent meurtre.

Chacun des autocollants comportait une lettre majuscule : deux A et un B. Quel en était donc le sens ?

Page m'avait déjà fait un topo sur le premier homicide. Patsy Bennett, une célèbre productrice de cinéma, avait été abattue dans un cinéma de Westwood six jours plus tôt. Les personnes présentes dans la salle n'avaient rien vu, rien entendu. Il n'y avait eu qu'une seule victime ce jour-là, et contrairement à Schifman, son visage ne comportait aucune trace de lacérations. Les autocollants retrouvés près de son corps étaient eux aussi marqués de deux A et un B.

L'assassin cherchait manifestement à apposer sa signature. Les meurtres n'avaient donc rien d'improvisé, mais les méthodes du tueur s'avéraient plutôt brutales. Et l'on constatait une évolution.

— Qu'en pensez-vous ? demanda Page. Ça vous ennuie que je pose la question ? Vous me trouvez trop intrusif ?

Avant que j'aie eu le temps de répondre, un autre agent – une jeune femme – vint nous interrompre. Il était donc possible d'être plus bronzé et plus blond que l'agent Page. Je me demandai s'ils sortaient de la même usine, tous les deux.

— Le *L.A. Times* a reçu un nouvel e-mail, annonça-t-elle. Même chroniqueur, Arnold Griner, et encore une fois Mary Smith.

— La presse a-t-elle révélé l'existence de ces messages ? intervins-je.

Tous deux répondirent par un signe de tête négatif.

— Bien. Faisons en sorte que ça reste ainsi. Et gardons pour nous cette histoire d'autocollants. Dans la mesure du possible, bien entendu.

Je consultai ma montre. Déjà 17 h 30. J'avais encore besoin d'une bonne heure pour inspecter la propriété des Schifman ; je souhaitais également rencontrer ce fameux Arnold Griner, et je devais impérativement m'entretenir avec un responsable de la police de Los Angeles avant la fin de la journée. Sans oublier James Truscott, qui rôdait sûrement dans les parages. À Washington, il m'arrivait très souvent de rater le dîner. Nana et les enfants y étaient accoutumés, et Jamilla me pardonnerait sûrement, mais cela ne constituait en rien une excuse. Ç'eût été un moment comme un autre pour essayer de me débarrasser d'une de mes pires habitudes : manquer le dîner en famille.

Mais non, pas ce soir. Je passai un coup de fil à Nana, ainsi qu'à Jamilla, puis je repensai aux familles de Schifman et Bennett et me replongeai dans le travail.

II

I LOVE L.A.

15.

— Pourquoi moi ? Pourquoi est-ce à moi qu'elle envoie ces horribles messages ? Ça n'a aucun sens ! Avez-vous découvert quelque chose qui permettrait d'éclairer ce point ? Ces mères de famille assassinées... Hollywood est sur le point de sombrer dans la psychose, croyez-moi. Le secret de Mary Smith ne tardera pas à apparaître au grand jour.

Arnold Griner m'avait déjà posé ces questions plusieurs fois depuis le début de notre entretien. Nous nous trouvions dans un bureau aux parois vitrées, genre bocal à poissons, au cœur de la salle de rédaction du *L.A. Times*. Le reste de l'espace consistait en une vaste étendue composée de bureaux et de box.

De temps à autre, on voyait une tête émerger au-dessus d'une cloison et jeter un œil dans notre direction. « J'appelle ça *faire le chien de prairie* », m'avait dit Griner un peu plus tôt en gloussant. Assis sur un canapé de cuir marron, il ne cessait de triturer son pantalon gris tout froissé, s'interrompant parfois pour griffonner quelques notes sur un calepin.

Jusqu'à maintenant, la conversation avait porté essentiellement sur son parcours : diplômé de Yale, puis stagiaire à *Variety*, où il corrigeait les articles et apportait des cafés aux journalistes, Griner avait rapidement intégré l'équipe, et s'était tout de suite illustré en obtenant une interview de Tom Cruise lors d'une soirée officielle. Deux ans plus tard, le *L.A. Times* l'engageait en lui proposant sa propre colonne, « Les coulisses du cinéma ». Connu pour le ton cassant de ses critiques, il avait la réputation d'un homme influent dans le milieu hollywoodien et possédait une haute opinion de lui-même.

L'industrie du cinéma constituait le seul lien entre Griner et ces deux meurtres. Je restais malgré tout peu enclin à croire qu'il avait été choisi au hasard.

Et Griner partageait cet avis. Depuis le début, il me bombardait de questions.

Je finis par m'asseoir à ses côtés.

— Monsieur Griner, allez-vous enfin vous calmer un peu ?

— Facile à dire, répliqua-t-il du tac au tac, avant de se reprendre. Désolé...

Il posa deux doigts sur son front et se mit à le masser.

— J'ai toujours été très nerveux. Déjà à l'époque où j'étais enfant, à Greenwich.

J'avais souvent observé ce genre de réaction – un mélange de paranoïa et de colère – chez des personnes confrontées à de telles situations. Je repris la parole en baissant la voix, pour qu'il soit forcé de se concentrer :

— Je sais que vous y avez déjà réfléchi, mais pensez-vous qu'il y ait une raison au fait que vous receviez ces messages ? Commençons par les contacts que vous auriez pu avoir par le passé avec Patsy Bennett, Antonia Schifman ou même le chauffeur de la limousine, Bruno Capaletti.

Il haussa les épaules, leva les yeux au ciel et, tâchant de reprendre son souffle, répondit :

— On a dû se croiser dans les mêmes soirées, au moins pour les deux femmes. J'ai fait la critique de plusieurs de leurs films. La dernière fois, c'était pour celui d'Antonia, *Canterbury Road*, que j'ai détesté, il faut bien le dire, mais je l'avais trouvée plutôt convaincante dans son rôle, ce que j'avais d'ailleurs spécifié dans mon article. Cela pourrait-il être le lien, selon vous ? Le tueur lit peut-être ma rubrique. C'est même probable. Tout cela est tellement bizarre. En quoi suis-je une pièce de ce puzzle macabre ?

Je n'avais pas eu le temps d'ouvrir la bouche qu'il dégaina une nouvelle question :

— Pensez-vous qu'elle ait tué le chauffeur par accident ? À en croire son message, il s'est retrouvé... en quelque sorte... en travers de son chemin.

Griner cherchait désespérément à obtenir des réponses, aussi bien d'un point de vue personnel que professionnel. Il était journaliste, après tout, et déjà bien introduit dans le milieu. Je lui servis la formule standard :

— Il est encore trop tôt pour l'affirmer. Parlons plutôt de Patsy Bennett. Essayez de vous rappeler le dernier article que vous ayez écrit sur l'un de ses films. Elle produisait bien des films, non ?

Griner hocha la tête et poussa un profond soupir, presque théâtral.

— Je devrais peut-être interrompre mes colonnes pour l'instant, qu'en pensez-vous ? Je ne sais plus quoi faire. Arrêter ? Continuer ?

C'était comme jouer au ping-pong avec un enfant hyperactif. Je parvins tant bien que mal à lui poser mes dernières questions, mais cela prit plus de temps que prévu. Griner avait sans cesse besoin d'être rassuré, ce que j'essayais de faire sans verser dans la malhonnêteté intellectuelle, car selon moi, il était effectivement en danger.

— Une dernière chose, me dit Griner comme je m'apprêtais à prendre congé. Pensez-vous que je doive écrire un livre sur cette affaire ? Ce ne serait pas un peu malsain ?

Je ne pris pas la peine de répondre. Il était diplômé de Yale, après tout – et donc capable de trouver seul la réponse.

16.

Éreinté, je quittai le bureau d'Arnold Griner afin d'aller puiser quelques informations auprès de Paul Lebleau, l'informaticien de la police chargé de remonter la trace des e-mails envoyés par Mary Smith.

— On a un serveur proxy distinct pour chacun des deux e-mails. Le premier a été envoyé depuis un cybercafé de Santa Monica, ce qui peut nous amener à suspecter des centaines de personnes, m'expliqua-t-il à toute allure tout en pianotant sur son clavier. Elle possède deux adresses différentes. Au minimum. Deux comptes Hotmail tout ce qu'il y a de plus classique, donc rien de réellement exploitable, mais nous savons qu'elle a créé le premier dans la bibliothèque d'une université, la veille du jour où elle a envoyé le message.

Je devais me concentrer pour le suivre. Les gens étaient-ils tous atteints d'hyperactivité dans cette ville ?

— Et pour le deuxième e-mail ? demandai-je.

— Il n'a pas été transmis du même endroit, c'est tout ce que je peux vous dire.

— Provenait-il de la région de Los Angeles ?

— Je ne sais pas encore.

— Quand le saurez-vous ?

— Probablement en fin de journée, mais ça ne nous sera pas d'une très grande aide.

Il se pencha vers l'écran et plissa les yeux pour déchiffrer plusieurs lignes de codes :

— Mary Smith sait très bien ce qu'elle fait.

Voilà qu'à nouveau il employait le pronom *elle*, ce que je comprenais parfaitement. J'y avais moi-même recours – mais uniquement pour des raisons de commodité.

En effet, je n'étais pas convaincu que le tueur fût une femme. Du moins pas encore, car les messages reçus par Griner laissaient penser à un personnage fictif. Restait à savoir qui tenait le rôle.

17.

Comment se déroulent tes vacances, Alex ? Tu t'amuses, tu passes de bons moments ?

Je pris avec moi les copies des deux messages et me dirigeai vers le lieu de mon rendez-vous suivant, à savoir les bureaux de la police, sur North Los Angeles Street, à quelques centaines de mètres des locaux du *L.A. Times* – un miracle, car on a coutume de dire à propos de cette ville que n'importe quel trajet nécessite au minimum trois quarts d'heure.

Oh, c'est formidable les vacances. Je visite toutes sortes d'attractions, les enfants sont ravis et Nana est aux anges.

Je marchais lentement, afin de relire les deux e-mails. Même s'il était question d'un personnage, les mots n'en restaient pas moins ceux du tueur.

Je commençai par le premier, qui décrivait les derniers instants de la vie de Patsy Bennett. Ce journal intime d'un psychopathe faisait froid dans le dos.

À : agriner@latimes.com

De : Mary Smith

À : Patrice Bennett

Je suis ton assassin.

Pas mal, comme entrée en matière, non ? Moi je

trouve que oui. Attends, voilà une autre phrase que j'adore.

Quelqu'un va découvrir ton cadavre au balcon du Westwood Village. Toi, Patrice Bennett.

Car c'est là que tu es morte, en regardant ton dernier film, même pas un chef-d'œuvre. *The Village* ? Qu'est-ce qui a bien pu t'amener au cinéma, le jour de ta mort, pour assister à la projection de ce navet ?

Tu aurais dû rester chez toi, Patsy, avec tes enfants, comme toute mère qui se respecte. Tu ne crois pas ? Même si tu passais le plus clair de ton temps à lire des scénarios ou à blablater au téléphone avec tes amis du cinéma.

Ça m'a pris pas mal de temps d'arriver jusqu'à toi. Tu es un personnage important au studio où tu travailles, et moi je ne suis qu'une simple anonyme qui regarde les films en vidéo et sur les chaînes câblées. Je ne pouvais même pas franchir le seuil du hall majestueux de ton studio. Pas moyen.

Il ne me restait plus qu'à observer ton Aston Martin entrer et sortir, jour après jour. Mais j'ai appris à être patiente.

En parlant de ça, pas évident d'apercevoir ta fabuleuse maison depuis la rue. Malgré tout, j'ai réussi à voir tes enfants. Et je sais qu'avec un peu de temps, j'aurais fini par trouver un moyen de m'introduire chez toi. Mais aujourd'hui, tu as bouleversé ton planning habituel.

Tu es allée voir un film en plein milieu de l'après-midi, comme tu l'as souvent raconté dans tes interviews. L'odeur du pop-corn devait te manquer, j'imagine. Et tes filles, tu les emmènes au cinéma de temps en temps ? Tu aurais dû. Comme on dit, à peine le temps de se retourner que c'est déjà fini.

Au début, quelque chose m'échappait. Comme toutes les stars, tu es une personne extrêmement occupée. Et puis j'ai fini par comprendre. Les films, c'est toute ta vie. Tu dois sûrement passer ton temps à en regarder, mais tu as aussi une famille qui t'attend le soir. Tu es censée être à la maison pour dîner avec Lynne et Laurie. Quel âge ont-elles maintenant ? Douze et treize ans ? Elles te veulent à la maison, et je suppose que c'est aussi ce dont tu as envie. Sauf que ce soir, le dîner, ce sera sans toi. C'est un peu triste quand on y pense, moi aussi ce soir je dîne seule.

Enfin bref, tu étais assise au balcon, au neuvième rang. Moi j'étais un peu plus loin derrière. J'attendais, j'observais l'arrière de ton crâne, tes cheveux teints en brun. C'est par là que la balle allait entrer. Du moins dans mon fantasme. C'est ce qu'on est censé faire au cinéma, non ? On fantasme, on cherche à fuir la réalité. Mais les films sont tellement nuls, de nos jours. Soit ils sont débiles, soit ils sont ennuyeux à mourir.

J'ai attendu le début du film pour sortir mon pistolet. J'avais peur, et je détestais cette sensation. C'est *toi* qui étais censée avoir peur. Mais tu ignorais ce qui était sur le point de se passer, tu ignorais ma présence. Tu n'étais au courant de rien.

J'attendais, le pistolet sur les genoux, longtemps je l'ai tenu braqué vers toi. Et puis j'ai décidé que je voulais être plus près – tout contre toi.

Il fallait que je voie ton regard après t'avoir

tuée, pour y lire cette certitude que plus jamais tu ne reverrais Lynne et Laurie, que plus jamais tu ne verrais le moindre film, que plus jamais tu ne donnerais ton feu vert pour la sortie de tel ou tel film, que tu ne serais jamais plus une grande prêtresse du cinéma.

Mais en te voyant morte et les yeux exorbités, j'ai eu un choc. Où était donc passé ton port aristocratique légendaire ? C'est pour ça que j'ai dû quitter le cinéma aussi vite et que je n'ai pas pu te finir.

Tout cela n'a plus grande importance pour toi, à présent. Quel temps fait-il, là où tu es, Patsy ? Chaud, j'espère. Aussi chaud qu'en enfer !

Tes filles te manquent terriblement, hein ? Tu as des remords ? Je parie que oui. J'en aurais, à ta place. Mais je ne suis pas une star hollywoodienne, moi. Je ne suis qu'une rien-du-tout.

18.

9 heures, et tout n'allait pas pour le mieux, c'était le moins qu'on puisse dire.

La poignée de main de l'inspecteur Jeanne Galletta m'apparut étonnamment légère. La jeune femme semblait tout à fait apte à distribuer quelques coups de poing bien sentis si elle le voulait, impression renforcée par son sweat à manches courtes qui laissait entrevoir ses biceps. Elle était mince, cependant, possédait un visage singulièrement anguleux, des yeux marron et perçants qui vous poussaient à la dévisager.

Je me surpris à la fixer à moitié et détournai aussitôt le regard.

— Agent Cross. Je vous ai fait attendre ? demanda-t-elle.

— Pas trop, répondis-je.

Je m'étais déjà retrouvé dans la position de Galletta. Lorsqu'on est en charge d'une enquête portée sur le devant de la scène médiatique, tout le monde cherche à accaparer un peu de votre temps. Et puis ma journée touchait à sa fin. Pour l'inspecteur Galletta, en revanche, la nuit risquait d'être longue.

Ce sac de nœuds lui était tombé dessus douze heures plus tôt. L'affaire avait tout d'abord atterri au

West Bureau, à Hollywood, mais les cas de meurtres en série se voyaient automatiquement transférés à la brigade criminelle spécialisée. En théorie, il fallait attendre le quatrième meurtre avant de pouvoir considérer Mary Smith comme un tueur en série, mais la police avait préféré pécher par excès de prudence – une décision que j'approuvais, même si personne ne m'avait demandé mon avis.

La couverture médiatique, et la pression qui en découlait, s'avéraient déjà particulièrement intenses, et d'intense à incontrôlable, il n'y avait qu'un pas si jamais la presse devait révéler l'existence des e-mails reçus par Griner.

Galletta me conduisit jusqu'à une petite salle de conférences transformée pour l'occasion en cellule de crise. L'endroit faisait office de bureau central où convergeaient l'ensemble des informations relatives aux meurtres.

Sur l'un des murs étaient déjà affichés plusieurs rapports de police ainsi qu'un plan de la ville, des croquis des deux scènes de crime et des dizaines de photographies des cadavres.

Dans un coin, une corbeille à papier débordait de gobelets en plastique et autres emballages de plats à emporter. Les hamburgers de chez Wendy's semblaient particulièrement appréciés par la brigade.

Deux inspecteurs en bras de chemise, assis autour d'une large table en bois, étaient plongés dans la paperasse. Ambiance familière, déprimante.

— Nous avons besoin de cet endroit, leur dit Galletta.

Il n'y avait dans sa phrase rien d'agressif. Elle possédait cette assurance naturelle qui permet de se faire obéir sans avoir à hausser la voix. Les deux hommes se levèrent sans un mot.

— Par où voulez-vous commencer ? demandai-je alors.

Galletta entra immédiatement dans le vif du sujet :

— Tout d'abord, que faites-vous de cette histoire d'autocollants ?

Elle désigna une photo en noir et blanc montrant l'arrière d'un siège de cinéma.

C'était le même type d'autocollants que ceux retrouvés sur la limousine d'Antonia Schifman. Et toujours ces trois lettres : deux A et un B.

L'un de ces autocollants représentait un poney aux yeux écarquillés, les deux autres un ours assis sur une balançoire. Quel était donc le lien entre le tueur et les enfants ? Et les mères ?

— Tout cela me donne l'impression d'une forme de surenchère, commençai-je. Comme tout le reste, d'ailleurs. Les e-mails tarabiscotés. Le fait que le tueur ait tiré à bout portant. Le visage de Schifman lacéré au couteau. Tout cet univers de stars. Celui qui est derrière tout ça cherche indéniablement à faire parler de lui.

— Tout à fait d'accord. Mais que penser des autocollants en eux-mêmes ? Pourquoi ce genre d'autocollants enfantins ? Et que peuvent bien signifier ces trois lettres ?

— Dans ses e-mails, elle fait référence aux enfants de ses deux victimes. C'est l'une des pièces du puzzle. Pour être honnête, je n'ai encore jamais eu affaire à quoi que ce soit d'approchant.

Les yeux rivés au plancher, Galletta se mordit la lèvre inférieure. J'attendais de voir ce qu'elle allait dire.

— Nous avons deux pistes principales. La première concerne l'industrie du cinéma et Hollywood. Mais il y a cette problématique de la mère et des enfants. En revanche, aucune allusion aux maris.

Elle parlait lentement, comme si elle réfléchissait en même temps, ainsi que j'en avais moi-même l'habitude.

— Elle doit être mère, ou bien elle a un problème avec les mères en général.

— Vous pensez que Mary Smith est une femme ?

19.

L'inspecteur Galletta se figea net dans ses Nike et m'observa d'un air interrogatif :

— Vous n'êtes pas au courant pour le cheveu ? Qui vous a briefé, au juste ?

Je ressentis une pointe de frustration à constater qu'on me faisait de nouveau perdre mon temps.

— Quel cheveu ? demandai-je en soupirant.

Elle m'expliqua qu'un cheveu avait été retrouvé sur l'un des autocollants, au Westwood Village. Les analyses avaient permis d'établir qu'il s'agissait d'un cheveu de femme blanche, et qu'il n'appartenait pas à Patsy Bennett. De plus, il était pris entre l'autocollant et la surface lisse et verticale du siège, ce qui constituait une preuve, sinon irréfutable, du moins solide.

Je mis cette information en balance avec celles que je possédais déjà pour lui exposer mon point de vue sur l'affaire. Et mon instinct me soufflait qu'il valait mieux ne pas trancher aussi vite sur l'identité sexuelle du tueur.

— Mais ne prenez pas ce que je dis au pied de la lettre. Je n'ai pas la science infuse.

Elle m'adressa un sourire narquois dont l'effet n'avait rien de déplaisant :

— J'en tiendrai compte, agent Cross. Quoi d'autre ?

— Avez-vous réfléchi à un plan médiatique ?

Je souhaitais insister sur le fait qu'elle était seul maître à bord, ce qui, bien sûr, était le cas. Pour ma part, je comptais bien ne jamais remettre les pieds dans cette enquête, et en la jouant fine, je n'aurais bientôt plus qu'à fermer la porte et à m'en aller, tout simplement.

— Le voilà, mon plan, fit Jeanne Galletta en se dirigeant vers une télévision fixée au mur.

Elle zappa au hasard, s'arrêtant chaque fois qu'elle tombait sur un reportage concernant les deux meurtres.

« *L'actrice Antonia Schifman sauvagement assassinée avec son chauffeur...* »

« *Nous vous emmenons à présent à Beverly Hills, où un double meurtre...* »

« *Avec nous en direct, l'ancien assistant de Patrice Bennett...* »

Il s'agissait pour la plupart de chaînes nationales, depuis CNN jusqu'à Entertainment Television.

Galletta coupa le son à l'aide d'une télécommande.

— Certains reporters ne vivent que pour ce genre d'affaires sordides. J'ai des hommes en poste vingt-quatre heures sur vingt-quatre sur chaque scène de crime rien que pour tenir les journalistes à l'écart. Sans parler de ces putains de paparazzi. La situation est devenue totalement incontrôlable, et ça ne va faire qu'empirer. Vous êtes déjà passé par là, agent Cross. Quelles sont vos suggestions ?

Elle ne croyait pas si bien dire. Nous avions tous connu la douloureuse expérience d'une couverture médiatique à double tranchant lors de l'affaire du sniper de Washington, quelques années plus tôt.

— Mon avis vaut ce qu'il vaut, mais j'espère qu'il vous aidera. N'essayez pas de museler la presse, vous n'y parviendrez pas. La seule chose que vous puissiez contrôler sont les informations que vous souhaitez voir communiquées. Donnez ordre à toutes les personnes travaillant sur l'enquête de garder le silence. Pas d'interviews sans autorisation. Et ça va vous paraître un peu fou, mais il serait bon de constituer une équipe chargée de téléphoner à tous vos inspecteurs en retraite. Les anciens flics peuvent foutre une belle pagaille, parfois. Certains adorent échafauder des théories devant les caméras.

Elle m'adressa de nouveau un petit sourire entendu :

— Vous-même n'avez aucune théorie à propos de cette affaire ?

— Croyez-moi, fis-je en haussant les épaules, je vous parle en connaissance de cause.

Depuis le début de notre entretien, Galletta ne cessait d'arpenter la salle en observant les divers documents affichés au mur. Elle s'imprégnait de l'enquête. Sa méthode était la bonne. Rassembler tous les éléments dans un coin de son esprit afin de les avoir en tête le moment venu. Elle avait déjà les bons réflexes et, bien que faisant preuve de cynisme, elle savait écouter. Rien d'étonnant à ce qu'elle occupât déjà un rang si élevé. Restait à savoir si elle pourrait surmonter cette épreuve.

— Une dernière chose, ajoutai-je. Mary Smith suit probablement tous vos faits et gestes. Ne la décriez pas en place publique, du moins pas pour le moment. Elle a déjà fait tout pour qu'on parle d'elle dans les médias.

— Oui, je suis d'accord avec vous.

L'inspecteur Galletta s'interrompit et observa la télé qui continuait à diffuser son flot d'images silencieuses :

— Elle doit être en train de boire du petit-lait.

C'était aussi mon opinion. Et il valait mieux abreuver cet ogre avec précaution.

Cette ogresse ?

20.

Il était plus de minuit lorsque je regagnai le Disneyland Hotel, où d'autres mauvaises nouvelles m'attendaient. Pour commencer, comme je le craignais, Jamilla avait repris l'avion pour San Francisco. A priori, je n'étais de nouveau plus en odeur de sainteté auprès d'elle.

En entrant dans la chambre, je vis Nana profondément endormie sur le canapé, son ouvrage de broderie à la main. Elle dormait paisiblement, comme une enfant.

Je ne voulais pas la déranger, la pauvre, mais elle s'éveilla toute seule. Il en avait toujours été ainsi avec Nana. Lorsque j'étais petit, tout ce que j'avais à faire en cas de cauchemar ou si j'étais malade, c'était de rester près de son lit. Elle me disait qu'elle me protégeait même en dormant. M'avait-elle protégé ce soir ?

Je restai un instant à contempler son visage. Je ne sais pas ce que ressentent la plupart des gens envers leurs grands-parents, mais j'éprouvais un tel amour pour Nana qu'il en devenait parfois douloureux. Elle s'était occupée de moi depuis l'âge de mes neuf ans. Je me penchai pour l'embrasser sur la joue.

— Tu as eu mon message ? demandai-je.

Nana jeta un œil distrait au téléphone, où clignotait la lumière rouge du répondeur.

— Apparemment non, fis-je avec un haussement d'épaules.

Elle posa la main sur mon bras :

— Oh, Alex. Christine est venue à l'hôtel tout à l'heure. Elle est repartie à Seattle avec le petit Alex. Elle l'a emmenée...

Il me fallut un temps pour que mon cerveau se connecte. Christine n'était pas censée venir le chercher avant deux jours. C'était bien son tour de garde, mais nous avions discuté de ces vacances à Disneyland et j'avais obtenu son accord. Elle avait même trouvé l'idée excellente.

Je m'effondrai sur le canapé.

— Je n'y comprends plus rien. Comment ça, elle est repartie à Seattle avec Alex ? Que s'est-il passé ? Raconte-moi.

Nana déposa sa broderie dans un sac.

— J'étais furieuse, Alex. Je ne la reconnaissais plus. Elle s'est mise à hurler. Elle m'a crié dessus, elle s'en est même pris à Janelle.

— Avant toute chose, j'aimerais savoir ce qu'elle faisait là. Elle n'était pas censée...

— Elle est arrivée de bonne heure, c'est ça le pire, Alex. Je crois qu'elle voulait passer un moment avec nous. Mais quand elle a appris que tu étais parti travailler sur cette enquête, son visage s'est transformé. Elle est entrée dans une rage folle. Je n'ai rien pu dire. Je n'avais jamais vu quelqu'un se mettre en colère aussi vite.

Tout cela était trop soudain ; je me sentis submergé par un flot d'émotions. Je me rendis compte que je n'avais même pas dit au revoir à mon fils, et voilà qu'il était à nouveau loin de moi.

— Et Alex, comment a-t-il réagi ?

— Il était complètement désorienté, il avait l'air tout triste, le pauvre bonhomme. Il t'a réclamé au moment où sa mère l'a emmené. Il a dit que tu lui avais promis de passer des vacances avec lui. Il les avait attendues avec tellement d'impatience. Comme nous tous, tu le sais, Alex.

Mon cœur se serra et l'image d'Alex m'apparut. Je le sentais loin de moi, comme si on m'avait arraché un morceau de ma vie.

— Jannie et Damon ont dû être choqués.

Nana poussa un profond soupir :

— Ils se sont montrés très courageux, mais Jannie s'est endormie en pleurant, et je crois que Damon aussi, même s'il le cachait mieux. Les pauvres, ils ont passé la soirée à se morfondre.

Nous restâmes un long moment silencieux. Je ne savais pas quoi dire.

— Je suis désolé de m'être absenté. Je sais que ça ne change pas grand-chose à la situation.

Elle prit mon menton entre ses doigts et m'observa dans les yeux. *Tempête à l'horizon, fermez les écoutilles.*

— Tu es quelqu'un de bien, Alex. Et tu es un excellent père. Ne l'oublie jamais. C'est juste que... tu fais un métier difficile.

Quelques minutes plus tard, je me glissai dans la pièce où dormaient Jannie et Damon. À les voir ainsi endormis, je retrouvai leur visage d'enfant. Attendri, je restai un instant à les regarder. Rien ne me faisait autant de bien que ces deux-là. *Vous êtes mes bébés, peu importe l'âge que vous ayez.*

Jannie avait repoussé l'édredon dans un coin et dormait au bord du lit. Je m'approchai pour la border.

— Papa ? murmura Damon derrière moi. C'est toi, papa ?

Je vins m'asseoir sur son lit.

— Ça va, Damon ? fis-je en lui passant la main dans le dos.

J'avais pris cette habitude quand il était petit et n'arrêterais que s'il me le demandait.

— Tu dois retourner travailler ? On est déjà demain ?

Il n'y avait dans sa voix aucune trace de reproche. Il était trop gentil pour ça. Si j'étais un bon père, Damon, lui, était un fils génial.

— Non, je ne retourne pas travailler. Rappelle-toi, c'est les vacances.

21.

Pour la seconde fois en deux jours, je fus tiré du sommeil par un coup de fil des plus déplaisants.

Il émanait cette fois de Fred Van Allsburg, directeur adjoint responsable du bureau du FBI de Los Angeles. J'avais déjà vu son nom sur les organigrammes, mais nous ne nous étions jamais rencontrés ni même parlé. Pourtant, il s'adressa à moi comme à un ami de longue date.

— Alex ! Comment allez-vous ? Vos vacances se passent bien ? me demanda-t-il d'entrée de jeu.

Les gens étaient-ils donc tous au courant de ma vie privée ?

— Bien, merci. Que puis-je pour vous ?

— Écoutez, j'aimerais tout d'abord vous remercier de nous avoir consacré un peu de temps. Nous avons bien progressé sur l'enquête, et notre collaboration avec la police de Los Angeles semble vouloir fonctionner. Alex, j'irai droit au but. Nous aimerions que vous nous représentiez pour le reste de l'enquête, laquelle revêt pour nous une importance capitale. Et pour le directeur également, bien entendu. Car cette affaire, malheureusement, risque de faire du bruit.

Une phrase, tirée d'un dialogue du *Parrain III*

me revint en mémoire : « *Just when I thought I was out, they pull me back in.* »

Pas cette fois. J'avais peu dormi, mais je m'étais réveillé avec une vision très nette de la journée qui m'attendait – et il n'allait être question ni de Mary Smith, ni de meurtres atroces.

— Je me vois contraint de refuser. J'ai des obligations familiales auxquelles je ne peux me soustraire.

— Oui, je comprends très bien, répondit-il, un peu trop précipitamment pour être sincère. Mais peut-être pourriez-vous nous consacrer ne seraient-ce que quelques heures par jour ?

— Désolé, c'est impossible.

À l'autre bout de la ligne, Van Allsburg poussa un long soupir. Lorsqu'il reprit la parole, sa voix était plus posée, et je crus y déceler une pointe de condescendance.

— Avez-vous bien conscience de ce qui est en train de se passer, Alex ? Avez-vous regardé les informations ?

— J'essaie de ne pas m'y intéresser pendant quelques jours. Je suis ici en vacances, et croyez-moi, j'en ai bien besoin après l'affaire du Loup.

— Alex, écoutez-moi, nous savons vous comme moi que tout cela n'est pas terminé. Des gens sont appelés à mourir. Des gens importants.

Des gens importants ? Qu'entendait-il par là ? Et puis cette façon qu'il avait de placer mon prénom à tout bout de champ ! D'une certaine manière, je comprenais parfaitement sa position, la pression à laquelle il était soumis, pourtant j'avais la ferme intention de ne pas céder.

— Désolé, mais je vous le répète, la réponse est non.

— Vous savez, Alex, j'aimerais autant que tout ceci reste entre nous. Il n'y a aucune raison de remonter jusqu'à Ron Burns, après tout ?

— Non, aucune.

— Bien.

— Car à partir de maintenant, mon bipeur restera éteint.

22.

J'admets qu'au moment de raccrocher, mon pouls était un peu élevé, mais je me sentais également soulagé. Je comptais sur le soutien de Ron Burns, et d'un autre côté, vous savez quoi ? Au fond, je m'en foutais.

Une heure plus tard, j'étais habillé et fin prêt à jouer mon rôle de touriste.

— Qui est partant pour un petit déjeuner avec Goofy ? lançai-je à la cantonade.

L'hôtel proposait ce genre de formules, et cela me semblait un bon moyen de canaliser nos énergies afin de rebasculer en mode vacances. Bien sûr, il y avait un côté un peu mièvre, mais cela faisait du bien de temps en temps, et même beaucoup de bien. Ça permettait de remettre les pieds sur terre.

Jannie et Damon firent leur entrée dans le salon, tous deux l'air un peu inquiet. Je tendis les bras, poings serrés et pouces levés :

— Choisissez chacun une main.

— Papa, on n'est plus des bébés, fit Jannie. J'ai onze ans, tu n'avais pas remarqué ?

— Ah bon ? répondis-je en me composant un visage choqué. Tu n'es plus un bébé ?

Je déclenchai les rires escomptés.

— Ce n'est pas une blague. Allez-y, choisissez une main.

— Pour quoi faire ? demanda Damon.

Je restai muet.

Jannie finit par taper sur ma main gauche, puis Damon, haussant les épaules, désigna ma main droite.

— Excellent choix !

Je desserrai le poing ; les enfants se penchèrent vers ma main ouverte.

— Ton bipeur ? lança Damon.

— Il est éteint. Nana et moi allons vous attendre dans le hall, et pendant ce temps-là, je veux que vous le cachiez quelque part dans la chambre. Planquez-le bien, car je ne veux pas revoir ce maudit bipeur avant notre retour à Washington.

Aussitôt, Jannie et Damon poussèrent des cris de joie. Même Nana lança un bravo. Nous étions enfin en vacances.

23.

Il y avait peut-être un point positif dans toute cette souffrance. Arnold Griner le savait, sitôt terminée cette horrible affaire, il aurait l'exclusivité de sa propre histoire. Et il n'allait sûrement pas se contenter d'une adaptation en téléfilm. Il comptait la publier en feuilleton dans sa colonne, puis la vendre à un studio sous la forme d'un projet grandiose. *Hollywood en état de siège* ? *Traque antistar* ? Le titre restait à définir, mais le concept était là.

Il secoua la tête pour chasser ces rêveries et reconcentra son attention sur l'autoroute de San Diego. Le Xanax le rendait un peu cinglé. Il s'était bourré de caféine, histoire de conserver un semblant d'équilibre au cours de la journée. Ce trajet matinal représentait le moment le plus pénible, car à mesure qu'il se rapprochait de son bureau et de son ordinateur, ce qui n'était qu'une vague inquiétude laissait place à une anxiété intense accompagnée de douleurs à l'estomac.

Si encore il avait eu la certitude absolue de découvrir un nouveau message, les choses auraient été plus faciles. Le pire était de ne pas savoir.

Mary Smith lui avait-elle écrit ? Qu'allait-il

découvrir aujourd'hui ? Et surtout, le plus important, pourquoi était-il le destinataire de ces e-mails ?

Malheureusement, il arriva bientôt à hauteur de Times Mirror Square. Griner travaillait dans la partie la plus ancienne du complexe, un ensemble de bâtiments des années 1930 pour lequel il avait, en temps normal, une certaine affection.

Au lieu de franchir les larges portes en bronze flanquées de deux imposantes sculptures d'aigles, il fit le tour jusqu'à l'entrée située à l'arrière de l'immeuble, puis emprunta l'escalier pour se rendre au troisième étage. Mieux valait adopter certaines mesures de prudence.

Dès qu'il pénétra dans la salle de rédaction, Jennie Bloom, l'une de ses collègues journalistes, lui emboîta le pas. De toutes les personnes qui, depuis quelques jours, manifestaient un soudain intérêt envers lui, elle était de loin la plus soucieuse. Ou, pour dire les choses, la plus odieuse.

— Arnold ! Comment vas-tu, ce matin ? Tu as prévu de bosser sur quoi ?

— Si c'est comme ça que tu dragues, Jen, alors tu dois être la femme la plus en manque de tout Los Angeles, répondit Griner sans se démonter.

Jennie Bloom se contenta d'esquisser un sourire et embraya aussitôt :

— Tu parles comme un homme d'expérience, dis-moi. Très bien, laissons tomber les préliminaires. Si jamais tu reçois d'autres e-mails, appelle-moi, OK ? Je suis dispo et tu as besoin d'un point de vue féminin.

— J'ai surtout besoin d'air, mais ne t'inquiète pas, je te tiendrai informée, répliqua Griner en tournant les talons.

— Ça m'étonnerait, lança-t-elle derrière lui.

— Moi aussi, ajouta Griner sans se retourner.

D'une certaine manière, il accueillait presque avec soulagement ces interruptions agaçantes. Car dès qu'il se détourna de Bloom, Arnold se remit à gamberger.

Pourquoi moi ? Pourquoi cette cinglée de Mary Smith m'a-t-elle choisi, moi ? Pourquoi pas Jennie Bloom, tiens ?

A-t-elle envoyé un nouveau message ? Y a-t-il eu un autre meurtre ?

Oui, il y en avait eu un.

24.

— Police, j'écoute.

La voix de l'opératrice, à l'autre bout du fil, était calme et posée.

— Arnold Griner à l'appareil, du *Los Angeles Times*. Je suis censé joindre l'inspecteur Jeanne Galletta, mais je... impossible de retrouver le numéro. Désolé, je suis sous le coup de l'émotion. Impossible de remettre la main sur mon Rolodex.

— S'agit-il d'une urgence, monsieur ? Avez-vous besoin d'aide ?

— Oui, c'est une urgence. Quelqu'un s'est probablement fait assassiner. Je ne sais pas quand ça s'est produit, ni même si c'est vraiment arrivé. Avez-vous reçu un appel concernant une femme du nom de Marti Lowenstein-Bell ?

— Je regrette, monsieur, mais je ne peux pas vous communiquer ce genre d'informations.

— Peu importe. Envoyez quelqu'un à la résidence des Lowenstein-Bell. Je crois qu'elle a été tuée. J'en suis même persuadé.

— Comment pouvez-vous en être si sûr ?

— Je le sais, voilà tout. Je suis presque certain qu'il y a eu un meurtre.

— Quelle est l'adresse ?

— L'adresse ? Mais je ne la connais pas, l'adresse. En tout cas, le corps est censé se trouver dans la piscine.

— Êtes-vous actuellement sur place ?

— Non, non. Écoutez, il est question de... Comment vous faire comprendre ? Il s'agit de l'affaire Mary Smith. La tueuse de célébrités. Vous voyez de quoi je veux parler ?

— Oui, je crois comprendre. Quel est le nom, déjà ?

— Lowenstein-Bell. Marti. Je sais que son mari s'appelle Michael Bell. Vous devriez trouver sous ce nom-là. Je ne suis pas certain qu'elle soit morte. Je viens juste de recevoir le message. Mon nom est Arnold Griner. Je suis journaliste au *Los Angeles Times*. L'inspecteur Galletta me connaît.

— Très bien monsieur, j'ai noté l'information. Je vous mets en attente quelques secondes.

— Non...

25.

À 8 h 42, la police de Los Angeles envoya plusieurs équipes et une ambulance au domicile des Lowenstein-Bell, à Bel Air.

Le standard avait reçu deux appels distincts pour la même affaire. Le premier provenait du *Los Angeles Times*. Le second de la résidence des Lowenstein-Bell.

Les officiers Jeff Campbell et Patrick Beneke furent les premiers sur les lieux. Avant même d'arriver, Campbell soupçonnait qu'il s'agissait de l'affaire des célébrités. L'adresse était inhabituelle pour ce genre d'appel et, de plus, la victime était une femme. Blessures possibles par couteau. Le couple propriétaire de la maison travaillait dans le milieu hollywoodien. Ça ne présageait rien de bon.

Une femme brune de petite taille, en tenue de domestique, attendait dans l'allée en triturant un torchon. En se rapprochant, les deux hommes constatèrent qu'elle sanglotait.

— Super, lança Beneke, pile ce qu'il nous fallait, une Carmelita qui ne parle qu'espagnol et qui va se mettre à brailler façon *muy loco*.

— Ferme-la, Beneke, répondit Campbell, habitué

aux remarques cyniques et racistes de son jeune collègue. Tu vois pas qu'elle est terrifiée ?

Ils avaient à peine quitté leur voiture que la domestique entra dans une crise d'hystérie.

— *Aquí, aquí, aquí !* hurla-t-elle en leur faisant signe de se diriger vers la porte d'entrée. *Aquí ! aquí !*

Perchée en haut des collines de Santa Monica, la maison était un édifice ultramoderne tout de verre et d'acier. En s'approchant, Campbell aperçut à travers les parois vitrées une magnifique vue dégagée sur la côte.

Qu'est-ce que c'est, ce truc collé sur la vitre de la porte ? Cela paraissait totalement incongru. Une sorte d'image autocollante, de décalcomanie marquée d'un grand A.

Il dut presque faire levier pour se dégager de la domestique qui s'était agrippée à son bras.

— Calmez-vous, madame. *Un momento por favor. Como te llamas ?*

Impossible de savoir si la femme avait entendu sa question. Elle parlait en espagnol et bien trop vite pour qu'il comprenne. À plusieurs reprises, elle pointa du doigt la maison.

— On n'a qu'à entrer, lança Beneke. On perd notre temps avec elle. Tu vois bien qu'elle est complètement *loca*.

Deux autres véhicules de police venaient de se garer, ainsi qu'une ambulance. L'un des secouristes s'adressa à la bonne avec beaucoup plus d'aisance et d'efficacité que l'officier Campbell.

— Derrière, dans la piscine, expliqua-t-il. D'après elle, il n'y a personne d'autre.

— Elle sait que dalle, lança Beneke.

— On va faire le tour, fit Campbell.

Arme au poing, tous deux se dirigèrent vers le côté nord de la maison, les autres vers le côté sud.

Tandis qu'ils progressaient dans un épais bosquet d'hortensias, Campbell se sentit envahi par ce flot d'adrénaline si familier. Avant, il lui arrivait presque de trouver un aspect grisant à ce type d'interventions. À présent, il les redoutait en tremblant.

Il scruta à travers le feuillage du mieux qu'il put. D'après ce qu'il savait de l'affaire, il y avait peu de chances que le tueur se trouvât encore sur les lieux.

— Tu vois quelque chose ? murmura-t-il à son partenaire, un cow-boy californien de vingt-neuf ans, dont on pouvait dire la plupart du temps qu'il était un crétin fini.

— Ouais, des fleurs, répondit Beneke. On était là les premiers. Pourquoi tu les laisses nous passer devant comme ça ?

— Ouvre bien les yeux, fit Campbell en se retenant de l'insulter. Le tueur est peut-être encore là.

— J'espère bien, *podjo*.

Ils émergèrent sur un large patio pavé d'ardoise et dominé par une immense piscine à débordement.

— La voilà, gémit Campbell.

Le corps d'une femme flottait sur le ventre, bras écartés. Elle portait un bas de maillot de bain vert fluo. Ses longs cheveux blonds ondulaient doucement à la surface.

L'un des secouristes plongea dans la piscine et parvint tant bien que mal à la retourner. Il entreprit alors de prendre son pouls, mais Campbell savait bien qu'il n'y avait plus d'espoir.

— Putain de merde ! lâcha-t-il en détournant les yeux.

Lorsqu'il regarda à nouveau, il dut se retenir

pour ne pas vomir. Qui avait bien pu commettre une telle atrocité ? De la base du cou jusqu'en haut du front, la pauvre femme avait été sauvagement tailladée, comme si on avait voulu effacer son visage. Tout autour du cadavre, l'eau avait pris une teinte rose vif.

Beneke s'approcha pour observer de plus près :

— C'est le même tueur, à tous les coups. Le même détraqué.

Il se pencha pour aider le secouriste à sortir le corps.

— Attendez ! beugla soudain Campbell. Vous, sortez de là ! Quittez la piscine immédiatement, ordonna-t-il au secouriste.

Visages pétrifiés, tous se tournèrent vers Campbell, mais ce dernier avait raison. Même Beneke ne moufta pas. Il valait mieux laisser intacte la scène de crime en attendant l'arrivée de la police scientifique. Il fallait laisser le corps là où il était.

— Hé ! Hé, les gars !

Campbell leva la tête et aperçut un autre policier, Jerry Tounley, qui les appelait depuis une fenêtre ouverte à l'étage.

— Le bureau a été mis à sac. Tout est en vrac, du verre partout. Et accrochez-vous : l'ordinateur est encore allumé et connecté à une boîte mail ! On dirait que quelqu'un a envoyé un message juste avant de partir.

26.

À : agriner@latimes.com

De : Mary Smith

À : Marti Lowenstein-Bell

Je vous ai observés en train de dîner hier soir, toi et ta petite famille. Ambiance intime et chaleureuse. « La mère idéale ». Rien de plus facile que de vous espionner, avec ces baies vitrées d'une propreté immaculée. Ça m'a plu de te voir dîner en compagnie de tes enfants pour la dernière fois.

Les plats avaient l'air délicieux dans vos assiettes. Préparés par ton cuisinier et ta bonne, bien entendu. Visiblement, tu passais un excellent moment. Tant mieux. Je voulais te voir apprécier ta dernière soirée. Je voulais surtout que tes enfants en gardent un souvenir durable. Maintenant, moi aussi je me souviendrai d'eux.

Jamais je n'oublierai leurs adorables visages. Jamais, tu m'entends, Marti ? Là-dessus, tu peux me faire confiance.

Quelle maison magnifique tu possèdes, Marti. Splendide, comme il convient à des personnalités telles que vous, un scénariste et une réalisatrice. Je l'ai dit dans le bon ordre, non ? Oui, je crois.

C'est seulement plus tard que je me suis introduite à l'intérieur, pendant que tu bordais tes filles. Tu avais laissé les portes du patio ouvertes, et j'en ai profité.

Je n'ai pas pu résister. Je voulais voir les choses de ton point de vue, voir à quoi ressemblait le monde depuis chez toi.

Ce que je ne comprends toujours pas, c'est pourquoi les riches se sentent autant en sécurité dans leurs maisons. Ces immenses châteaux ne vous protègent pas, si à côté de ça vous ne faites pas attention. Et tu ne faisais pas attention. Pas du tout, même. Trop accaparée par ton rôle de mère, ou trop occupée à jouer les stars ?

Je t'ai écoutée à l'étage, c'était l'heure du coucher. Ça m'a émue, et je suis sincère.

Puis j'ai attendu que tout le monde s'endorme et je suis allée observer tes filles dans leur sommeil. Elles respiraient si paisiblement. On aurait dit des anges, insouciants de tout.

Je n'avais pas besoin de leur dire qu'elles n'avaient rien à craindre, elles le savaient déjà. Pour toi, par contre, c'était tout le contraire. J'ai décidé d'attendre le lendemain matin, pour être seule avec toi, madame la réalisatrice.

J'ai été bien inspirée, car c'est Michael, ton mari, qui a emmené les petites à l'école aujourd'hui. J'imagine que c'était son tour. Un coup de chance pour tout le monde, et surtout pour lui. Il a eu la vie sauve, et toi, ça t'a évité de le voir mourir. Quant à moi, je t'ai eue exactement comme je le souhaitais, comme je l'avais imaginé depuis si longtemps.

Voilà ce qui s'est passé, Marti.

Ta dernière matinée s'est déroulée de façon banale. Tu as consciencieusement effectué tes exercices de gymnastique, puis tu es allée faire quelques longueurs dans la piscine. Cinquante, comme à ton habitude. Ça doit être sympa d'avoir une piscine aussi grande. Chauffée, en plus. Je t'ai observée glisser dans l'eau bleue scintillante. Même à cette faible distance, tu as mis une éternité avant de me voir.

Lorsque enfin tu as levé les yeux, tu devais te sentir fatiguée. Trop épuisée pour crier, en tout cas. Tu t'es simplement détournée, mais ça ne m'a pas empêchée de tirer. Ni même de déchiqueter ton visage.

Je vais te dire un truc, Marti, c'est la partie que j'ai préférée. Je commence à prendre goût à cette mutilation.

À présent, laisse-moi te poser une dernière question - Sais-tu pourquoi tu devais mourir ? Sais-tu ce que tu as fait pour mériter ça ? Le sais-tu, Marti, le sais-tu ?

J'en doute.

27.

Cela ne s'était pas vraiment déroulé de cette manière-là, et le Narrateur le savait bien.

Évidemment, il n'allait pas non plus tout raconter au *L.A. Times* et à la police. Non, ils n'apprendraient que les informations qu'il souhaitait leur communiquer, uniquement celles qui entraient dans l'élaboration de l'histoire qu'il voulait les voir authentifier.

Une histoire parfaite ! Mary Smith ! Une histoire d'horreur comme il n'en avait encore jamais existé.

À propos d'histoires, il en avait entendu une bonne, l'autre jour – le « test du psychopathe ». Il s'agissait de résoudre une énigme pour déterminer si vous aviez le même raisonnement qu'un psychopathe. L'énigme était la suivante : à l'enterrement de sa mère, une femme rencontre un homme dont elle tombe éperdument amoureuse. Mais elle ne sait rien de lui, ni son nom, ni même son numéro de téléphone. Quelques jours plus tard, elle tue sa sœur.

À présent, le test ! Pourquoi a-t-elle commis ce meurtre ?

Le Narrateur, bien sûr, trouva immédiatement la réponse. Elle avait tué sa sœur... dans l'espoir de rencontrer l'homme lors de l'enterrement.

Une chose était sûre, après avoir tué Marti Lowenstein-Bell, il planait aussi haut qu'un cerf-volant, même s'il avait conscience de la nécessité de garder le contrôle. Du moins un semblant de contrôle, histoire de sauver les apparences.

Il se replongea donc à corps perdu dans le travail.

Il parcourut les couloirs du bâtiment où il travaillait à Pasadena, discutant avec ses collègues de choses ennuyeuses à mourir et qui, ce jour-là, l'emmerdaient particulièrement. Il brûlait de leur confier ce qui s'était passé – leur parler de sa vie secrète, leur dire à quel point ils se trompaient sur son compte, à quel point il était intelligent, rusé et manipulateur.

Comme ils aimaient, ces gens, balancer le mot à toutes les sauces – disant d'untel qu'il était un *killer*, de tel autre qu'il avait un sourire de *tueur*. Conneries !

Ils n'avaient aucune idée de ce qu'était réellement un tueur. Lui, en revanche, il savait.

Il savait aussi qu'il adorait ça, et même plus qu'il ne l'avait imaginé. Et il était doué.

Souvent, il lui venait l'envie de sortir son flingue et de tirer dans le tas.

Mais ça restait un fantasme, une petite rêverie inoffensive et sans aucune comparaison avec la véritable histoire, *son* histoire, celle de Mary, bien meilleure…

28.

— Alex, le FBI n'a pas cessé d'appeler. J'ai fini par ne plus répondre au téléphone. C'est quoi, leur problème, à ces gens-là ?

Assise à la table de la cuisine, ma grand-tante Tia dissertait tout en admirant l'écharpe multicolore que nous lui avions ramenée pour la remercier d'avoir gardé la maison en notre absence. À côté d'elle, Nana était occupée à trier une imposante pile de courrier.

Notre chatte Rosie était là également, et sauf erreur de jugement, je la trouvais un peu plus grosse qu'avant notre départ en Californie. Elle ne cessait de se frotter contre mes jambes, comme pour dire : *Je vous en veux d'être partis, mais je suis contente de vous revoir. Au fait, Tia est une excellente cuisinière.*

Moi aussi, j'étais content de revenir. Je crois que nous l'étions tous. Le départ d'Alex Jr avait plus ou moins sonné la fin de nos vacances – du moins l'enthousiasme s'était-il considérablement émoussé. Ma seule et unique conversation avec Christine s'était avérée tendue et plutôt désespérante. Nous cherchions tous deux à nous contrôler et à garder notre sang-froid, tant et si bien qu'au bout du compte nous n'avions plus rien à nous dire.

Elle me rendait inquiet – ces perpétuelles sautes d'humeur, l'inconstance que je remarquais depuis quelque temps dans son caractère. Je me demandais comment elle se comportait avec le petit Alex lorsque je n'étais pas là. Alex, lui, ne se plaignait jamais, mais les enfants se plaignent rarement.

À présent de retour chez moi, à Washington, j'éprouvais la sensation de n'être pas parti en vacances. Nous étions jeudi. Il me restait jusqu'au lundi matin pour ne pas penser au travail – une résolution qui dura en tout et pour tout cinq minutes.

Par habitude, je montai dans mon bureau, jetai la pile de courrier sur la table et, sans y penser, pressai le bouton du répondeur.

Grave erreur. Presque fatale.

Neuf messages m'attendaient.

Le premier émanait de Tony Woods :

« Salut Alex, j'ai essayé plusieurs fois de te joindre sur ton bipeur, mais sans succès. Rappelle-moi dès que possible au bureau de Burns. Et présente mes excuses à la personne qui gardait ta maison. Je crois qu'elle me suspecte de te harceler. Remarque, c'est peut-être bien le cas. Rappelle-moi. »

L'humour et le ton pince-sans-rire de Tony m'arrachèrent un léger sourire tandis que j'écoutais le deuxième message :

« Alex, c'est encore Tony Woods. S'il te plaît, rappelle-nous de toute urgence. Il y a eu un nouvel incident dans l'affaire des meurtres en Californie. La situation empire. Une vague d'hystérie est en train de gagner Los Angeles : Le *L.A. Times* a fini par révéler l'histoire des e-mails. Rappelle-moi, Alex. C'est très important. »

Tony était suffisamment avisé pour ne pas se

risquer à communiquer davantage de détails sur mon répondeur personnel. Peut-être espérait-il aussi qu'en se cantonnant à des propos vagues, il allait piquer ma curiosité.

Elle était piquée au vif.

29.

J'étais presque sûr que la nouvelle victime était une mère de famille d'Hollywood ; en revanche, je me demandais si les méthodes de Mary Smith avaient continué à évoluer. Et qu'en était-il des e-mails reçus par le *L.A. Times* ? Les informations télévisées et le Web ne m'apprendraient, au mieux, que la moitié de l'histoire.

Si je voulais en savoir plus, il allait falloir que j'appelle.

Non. Je m'étais promis de ne pas penser au travail avant lundi. Jusque-là, je ne voulais entendre parler ni de meurtres, ni de Mary Smith.

Le répondeur délivra un nouveau message. Il s'agissait cette fois de Ron Burns. Concis et direct, comme à son habitude.

« Alex, j'ai parlé à Fred Van Allsburg. Ne te préoccupe pas de lui. J'aurais par contre quelques questions à te poser. C'est important. Content que tu sois de retour à Washington. »

L'appel suivant provenait également de Ron Burns ; il parlait d'une voix savamment modulée :

« Alex, nous avons une conférence téléphonique la semaine prochaine, et je ne voudrais pas que tu arrives sans être au courant de rien. Au besoin, appelle-moi à la maison ce week-end. J'aimerais aussi que tu t'entretiennes avec l'inspecteur Galletta. Elle sait quelque chose que tu dois entendre. Si tu n'as pas ses coordonnées, Tony te les communiquera. »

Le sous-entendu était on ne peut plus clair. Ron Burns ne me demandait pas de me remettre sur l'affaire. *Il me l'ordonnait*. J'étais fatigué de tout ça – les meurtres, les enquêtes horribles qui se succédaient sans relâche. Selon les estimations du Bureau, il y avait en permanence plus de trois cents tueurs en série opérant aux États-Unis. Étais-je donc censé tous les arrêter ?

Je pressai la touche Pause de mon répondeur afin de consacrer quelques secondes de réflexion à toute cette affaire. Mes pensées me ramenèrent immédiatement à Mary Smith. Voilà qu'à nouveau, je la laissais envahir mon esprit. Elle avait éveillé mon intérêt, ma curiosité, titillé mon ego. Une tueuse en série – était-ce possible ? Une femme massacrant d'autres femmes ? Des mères de famille ?

Mais pourquoi une femme commettrait-elle de tels actes ? Sur ce point, j'avais de sérieux doutes. J'étais même incapable de l'imaginer.

Je me demandais également si Arnold Griner avait reçu d'autres e-mails. Quel rôle cet homme, ou le *L.A. Times*, jouaient-ils dans cette histoire ? Mary Smith avait-elle déjà une nouvelle victime en vue ? Quel était son mobile ?

Ces dernières pensées eurent finalement raison de moi. Une femme sans méfiance, une mère, allait prochainement perdre la vie à Los Angeles, laissant derrière elle un mari, et probablement plusieurs enfants. Cette affaire faisait par trop écho à mon histoire personnelle, et je pense que Burns, en m'appelant, en avait parfaitement conscience.

Une dizaine d'années auparavant, ma propre épouse, Maria, avait été tuée par un coup de feu tiré depuis une voiture. Elle était morte dans mes bras. L'enquête n'avait mené à aucune arrestation et l'assassin courait toujours. J'avais échoué à résoudre l'affaire la plus importante de ma carrière. C'était si effroyablement absurde. Et maintenant ces terribles meurtres à L.A. Je n'avais nul besoin de mon diplôme en psychologie pour savoir que l'affaire Mary Smith me bouleversait, tant d'un point de vue personnel que professionnel.

J'allais peut-être appeler, après tout. De plus, Burns avait raison – je ne tenais pas à débarquer lundi matin sans avoir été briefé.

Bon sang, Alex, tu commences à flancher.

En décrochant le combiné, je fus surpris d'entendre la voix de Damon :

— Toi aussi tu m'as manqué. Je n'ai pas arrêté de penser à toi.

Il y eut un rire d'adolescente à l'autre bout de la ligne.

— Tu m'as ramené un cadeau, Day ? Des oreilles de Mickey ? Allez, dis-moi !

Je me forçai à raccrocher, tout doucement.

Toi aussi tu m'as manqué ? Qui était donc cette fille ? Et depuis quand Day faisait-il des cachotteries ? Je m'étais fourré le doigt dans l'œil en pensant que si une petite amie venait à entrer dans sa vie, il m'en parlerait. Je compris soudain que je m'étais fait de stupides illusions. J'avais pourtant eu treize ans, moi aussi. Que croyais-je donc, au juste ?

Je venais d'assister à l'un de ces innombrables moments dont est constituée l'adolescence. Je décidai de lui laisser encore cinq minutes avant de lui demander de raccrocher et retournai à mon répondeur, où m'attendait un autre message.

Et même carrément un coup de massue.

30.

— Alex, Ben Abajian au téléphone. Nous sommes jeudi, il est 13 h 30, heure de Seattle. Écoutez, je crains d'avoir de mauvaises nouvelles. C'est à propos du jugement pour le droit de garde. Il semblerait que l'avocate de Christine ait déposé une requête pour avancer la date de l'audience. Je ne suis pas sûr de pouvoir m'y opposer, ni même qu'il soit judicieux de le faire. Il y a d'autres éléments mais je préfère attendre de vous voir pour vous en parler. Rappelez-moi dès que possible.

Je sentis mon cœur s'emballer. Ben Abajian était mon avocat à Seattle. Je l'avais engagé à l'époque où Christine s'était installée là-bas avec Alex Jr. Nous avions eu depuis une dizaine d'entretiens – à mes frais, bien entendu.

C'était un excellent avocat, un type bien, aussi, et son message ne présageait rien de bon. Selon moi, Christine avait dû se faire sa propre interprétation de ce qui s'était passé en Californie, et s'était précipitée chez son avocate.

Compte tenu du décalage horaire, je pus joindre Ben Abajian à son bureau. Il essaya de se montrer positif, mais le ton de sa voix trahissait sa préoccupation.

— Ce n'est que temporaire, Alex, mais la partie adverse a déposé une demande de garde exclusive en attendant la fin du procès, et la juge a penché en leur faveur. Je suis désolé d'avoir à vous dire ça.

Je serrai le combiné dans ma main. Je ne trouvais rien à répondre, je comprenais à peine ce que Ben était en train de m'expliquer. Christine ne s'était jamais montrée aussi agressive. Voilà qu'elle semblait prête à tout pour m'empêcher de voir le petit Alex. Pour le moment, elle y parvenait haut la main.

— Alex, vous êtes toujours là ?

— Oui, Ben, je suis là. Désolé. Laissez-moi juste une petite seconde.

Je reposai le téléphone et prit une profonde inspiration. Inutile de partir en vrille. Laisser exploser ma colère ne changerait rien non plus. Ben n'était en rien responsable de la situation.

Je repris le combiné :

— Sur quoi se fonde leur réclamation ? demandai-je, même si je connaissais déjà plus ou moins la réponse.

— La sécurité d'Alex. Il a été fait état du dangereux travail que vous avez eu à accomplir en Californie. Vous auriez apparemment outrepassé vos droits pendant qu'Alex était sous votre responsabilité à Disneyland.

— C'est n'importe quoi, Ben. Les faits ont été déformés. La police de Los Angeles m'a simplement consulté à propos d'une enquête.

— Je n'en doute pas, mais Anne Billingsley, son avocate, n'hésitera pas à jouer la carte de la démagogie à grand renfort d'effets de manche. Il faut s'y attendre, même à ce stade de la procédure. Ne vous laissez pas démonter, Alex, d'accord ? Et croyez-le ou non, il y a aussi de bonnes nouvelles. Si l'audience est avancée, elles auront moins de temps pour instaurer un statu quo. La juge n'est pas censée tenir compte de ces dispositions temporaires. Donc, le plus tôt sera le mieux. Là-dessus, on est plutôt chanceux.

— Quelle chance, en effet !

Ben me demanda de rédiger un compte rendu précis de ce qui s'était passé en Californie. Sur ses conseils, j'avais commencé à tenir un journal de bord. J'y relatais les moments passés avec Alex Jr, incluant ce que je constatais sur son évolution, des photos de famille, et, peut-être le plus important, les problèmes que je rencontrais avec Christine. Comme le fait qu'elle m'avait brusquement arraché mon fils deux jours en avance. Ou encore ses sautes d'humeur, qui m'inquiétaient tout particulièrement. Ces derniers rebondissements en étaient-ils la cause ?

— Une dernière chose, reprit Ben. Ça risque de ne pas vous plaire.

— Trouvez-moi un seul élément plaisant dans cette affaire et je double vos honoraires.

— Eh bien, l'un de vos principaux arguments sera les relations qu'entretient Alex avec son frère et sa sœur.

— Il est hors de question de faire venir Jannie et Damon à la barre, répondis-je d'un ton ferme. C'est un non catégorique, Ben.

Combien de fois avais-je vu des personnes adultes citées en qualité de témoins se faire démolir dans une salle d'audience ? Trop pour que j'envisage d'y envoyer mes enfants.

— Non, non, non, m'assura Ben. Mais ça aurait un impact positif s'ils pouvaient être présents lors de l'audience. Vous voulez qu'Alex revienne chez vous, oui ou non ? Car si tel n'est pas le cas, je refuse de perdre du temps sur votre dossier.

Je balayai la pièce du regard, comme à la recherche d'une réponse magique.

— Je vais y réfléchir, fis-je au bout d'un moment. Je vous recontacte.

— Rappelez-vous la situation, Alex. Ça ne sera pas une partie de plaisir, loin de là, mais au final, ça en vaudra le coup. Nous pouvons gagner. Nous *allons* gagner.

Il réagissait de façon si sereine. Non que je m'attendisse à ce qu'il versât une larme, mais je n'étais pas d'humeur pour une conversation rationnelle avec mon avocat.

— Je peux vous rappeler demain à la première heure ?

— Bien sûr. Et surtout, ne baissez pas les bras. Lorsque vous serez face à la juge, vous devrez savoir au fond de vous que vous êtes le meilleur parent pour votre fils. Cela ne signifie pas qu'il faille dénigrer Christine Johnson, mais il convient de se montrer optimiste.

— Je ne suis pas défaitiste. Je ne me sens pas vaincu. Je ne peux pas perdre mon fils, Ben, et je ne le perdrai pas.

— Croyez bien que je ferai tout pour que ça n'arrive pas. On en reparle demain ? Appelez-moi à mon domicile ou à mon bureau. Vous avez mon numéro de portable ?

— Je l'ai.

Je ne me rappelle pas avoir dit au revoir à Ben, ni même si j'ai raccroché avant d'envoyer voler le téléphone à travers la pièce.

31.

— Que se passe-t-il, là-haut ? appela Nana depuis le rez-de-chaussée. Qu'est-il arrivé ? Alex ? Ça va ?

En observant le téléphone fracassé gisant sur le sol, je me fis l'effet d'un déséquilibré.

— Tout va bien, lançai-je. J'ai fait tomber quelque chose, rien de grave.

Même ce petit mensonge ne me ressemblait pas, mais sur le moment, je ne voulais voir personne. Pas même Nana Mama. Cette fichue Christine ! Qu'est-ce qui ne tournait pas rond chez elle ? Tout cela était injuste, et elle le savait sûrement.

Elle n'aurait pu choisir une méthode plus désastreuse. Après tout, c'était elle qui avait décidé de partir, elle qui s'était dite inapte à élever Alex. Oui, elle avait employé ce mot – inapte. Pour moi, rien n'avait changé. Dès la première seconde où j'avais posé les yeux sur lui, j'avais voulu l'avoir à mes côtés, et ce désir n'avait cessé de grandir.

Je revoyais son visage, son petit sourire timide, les clins d'œil malicieux qu'il s'amusait à faire depuis quelque temps. J'entendais le son de sa voix résonner dans ma tête. J'aurais voulu le serrer dans mes bras pour l'éternité.

Cette situation s'avérait aussi injuste qu'aberrante. Je ne ressentais que de la colère envers Christine, et peut-être même un peu de haine, ce qui me rendait plus mal encore. Si elle voulait la guerre, elle allait l'avoir, mais c'était de la folie de sa part.

Respire un bon coup, Alex.

J'étais censé savoir conserver mon calme face à des situations tendues. D'un autre côté, je ne pouvais m'empêcher d'éprouver la sensation d'être puni pour avoir exercé mon métier de flic.

Je ne sais pas combien de temps je suis resté dans mon bureau, mais lorsque j'ai finalement quitté la pièce, la maison était plongée dans la torpeur et l'obscurité. Jannie et Damon dormaient déjà. Je suis quand même allé les embrasser. J'ai retiré les oreilles de Mickey de Jannie pour les poser sur la table de nuit.

Puis je suis allé dans la véranda. J'ai soulevé le couvercle du piano et je me suis assis pour jouer un peu, en guise de thérapie.

En temps normal, la musique m'apaisait, m'aidait à assumer ou à oublier ce qui me tracassait.

Ce soir-là, le blues sonnait faux, trop agressif. J'enchaînai avec un morceau de Brahms, quelque chose de plus apaisant, mais sans effet. Mon *pianissimo* ressemblait à du *forte*, et mes arpèges s'apparentaient à un bruit de bottes dévalant un escalier.

Je m'arrêtai en plein milieu d'une phrase, les mains en suspension au-dessus du clavier.

Dans le silence, j'entendis le son aigu de ma respiration. J'avais la gorge serrée.

Et si jamais je perdais Alex ?

32.

Je n'aurais pu imaginer pire situation.

Quelques jours plus tard, nous avons tous pris l'avion pour Seattle. La famille Cross au complet faisait à nouveau cap vers l'ouest, mais cette fois, il n'était plus question de vacances.

Le lendemain matin de notre arrivée, Jannie, Damon et Nana se tenaient sur le banc de la salle du tribunal tandis que nous attendions le début de l'audience. Notre conversation s'était vite tarie pour laisser place à un silence tendu, néanmoins leur présence à mes côtés signifiait bien plus que je ne l'aurais cru.

Pour la énième fois, je remis les papiers en place devant moi. Aux yeux de tous, j'avais sûrement l'air confiant, mais intérieurement, j'étais dévasté, vidé.

Ben Abajian et moi étions assis sur le banc de la défense, à gauche de la salle. L'endroit s'avérait plutôt chaleureux, en même temps qu'impersonnel, avec ses boiseries teintées miel et son mobilier contemporain au style neutre.

Il n'y avait pas de fenêtres, mais cela n'avait aucune importance. Seattle, ce matin-là, offrait à la vue un visage sombre et pluvieux.

Lorsque Christine entra dans la salle, elle

m'apparut fraîche et dispose. Je ne sais pas trop à quoi je m'attendais, peut-être un signe extérieur qui aurait trahi un malaise équivalent au mien. Ses cheveux, qu'elle avait noués en tresse, semblaient plus longs qu'avant. Son tailleur assorti à un chemisier gris en soie lui donnait une allure plus stricte que d'habitude – plus imposante aussi. On l'aurait facilement confondue avec une avocate.

Nos regards se croisèrent brièvement. Elle m'adressa un signe de tête où ne transparaissait aucune émotion. L'espace d'une seconde, une image s'imposa à moi. Je la revis assise à la table de notre ancien restaurant favori, à Washington. Difficile de croire que la femme qui venait d'entrer dans la salle était la même personne.

Elle salua rapidement Jannie, Damon et Nana. Les enfants se montrèrent polis et réservés, ce que j'appréciai.

Seule Nana fit preuve d'une certaine hostilité. Elle fixa Christine droit dans les yeux jusqu'à ce qu'elle se soit assise.

— Quel dommage, murmura-t-elle. Oh, Christine, Christine, que t'est-il arrivé ? Je ne peux pas croire que tu t'apprêtes à causer du tort à cet enfant.

Alors Christine se retourna et observa Nana d'un air effrayé, une expression que je ne lui avais encore jamais vue.

De quoi avait-elle peur ?

33.

Anne Billingsley et Ben étaient assis de telle manière que Christine et moi ne pouvions nous voir. C'était tant mieux, car sur le moment, je n'y tenais vraiment pas. Je ne me rappelais pas avoir un jour ressenti autant de colère envers quelqu'un, surtout une personne que j'avais aimée. Que t'arrive-t-il, Christine ? Qui es-tu devenue ?

Mon cerveau bourdonnait tandis que débutait l'audience et qu'Anne Billingsley entonnait sa plaidoirie impeccablement orchestrée.

Ce n'est qu'en entendant les mots « né en captivité » que mon attention se focalisa pleinement sur son discours. Elle était en train de relater les circonstances dans lesquelles Alex était né, après que Christine avait été kidnappée lors de nos vacances en Jamaïque, épisode qui avait marqué pour notre couple le début de la fin.

Billingsley, je commençais à m'en apercevoir, ressemblait en tout point à la vipère que Ben m'avait dépeinte. Son visage ridé, ses cheveux gris coupés court s'avéraient trompeurs ; cette femme possédait un redoutable sens de la mise en scène. Elle martelait les mots clés avec un phrasé parfaitement maîtrisé.

— Votre Honneur, nous allons exposer, au

cours de cette audience, les *innombrables dangers* auxquels Mlle Johnson et son fils se sont retrouvés confrontés lors de la *brève et tumultueuse* relation entre ma cliente et M. Cross, lequel est depuis longtemps impliqué dans des enquêtes ayant trait aux plus effroyables affaires de meurtres, mettant ainsi en péril la vie de ses proches.

Elle continua ainsi, alignant ses arguments les uns à la suite des autres.

Je jetai un rapide coup d'œil vers Christine, mais elle regardait droit devant elle. Était-ce vraiment ce qu'elle voulait ? Souhaitait-elle que l'audience se déroulât ainsi ? J'avais beau chercher des indices, j'étais incapable de déchiffrer l'expression neutre de son visage.

Quand Billingsley eut fini de m'assassiner, elle cessa d'arpenter la salle de son pas survolté pour aller se rasseoir.

Ben se leva immédiatement, mais resta debout à côté de moi tout le temps qu'il parla.

— Je serai bref, Votre Honneur. Nul besoin de longs discours à ce stade du procès. Vous avez eu connaissance du dossier et donc des éléments clés. Vous n'êtes pas sans savoir que les problèmes ont commencé le jour où Mlle Johnson a abandonné son fils nouveau-né. Vous savez également que le Dr Cross a offert à Alex Jr un foyer aimant, que tout jeune enfant rêverait d'avoir. Vous savez aussi que le lien le plus fort, celui qui lie les enfants d'une même fratrie, eh bien ce lien existe entre Alex Jr, son frère et sa sœur, à Washington, au sein de la seule famille qu'il ait connu jusqu'à l'année dernière.

« Enfin, nous savons tous qu'un cadre structurant et épanouissant est essentiel pour un enfant lors de circonstances malheureuses telles que la séparation de ses parents. Et, je suis sûr que vous en conviendrez, un foyer où vivent son père, son arrière-grand-mère, son frère et sa sœur, à proximité d'un grand nombre de cousins et de tantes, serait pour un enfant d'un plus grand soutien que d'être élevé par une mère habitant à plusieurs milliers de kilomètres du peu de famille qu'elle possède, et qui a déjà changé deux fois d'avis quant à ses responsabilités envers l'enfant en question.

« Ayant dit cela, je ne suis pas là pour calomnier Mlle Johnson. De l'avis général, elle est une mère tout à fait convenable lorsqu'elle décide d'endosser ce rôle. Si je suis là, c'est pour mettre en avant la conclusion que le bon sens impose, à savoir que le fils de mon client, et par extension n'importe quel enfant, sera toujours mieux chez un parent qui n'a jamais fui ses responsabilités, et chez qui rien n'indique qu'il puisse en avoir un jour l'intention.

Lors de nos récents entretiens, Ben et moi étions convenu d'adopter le ton le plus neutre possible. Je savais d'avance ce qu'il allait dire, mais ici, dans la salle d'audience, en face de Christine, les phrases ne me faisaient plus le même effet. Elles me semblaient empreintes de ce même esprit combatif qui m'avait tant déprimé dans le discours d'Anne Billingsley.

Je me sentais un peu coupable. L'avocate de Christine tenait peut-être à me couvrir de boue, au final, je n'en restais pas moins responsable de mes actes, et même de ceux de mon avocat. Un principe que Nana m'avait inculqué depuis longtemps.

Une chose, pourtant, n'avait pas changé. Ma détermination restait intacte ; j'étais là pour ramener mon fils chez moi, à Washington. Mais en écoutant la plaidoirie de Ben Abajian, j'avais le sentiment qu'il n'y aurait dans cette affaire aucun gagnant. Restait à savoir qui perdrait le moins.

En espérant que ce ne soit pas Alex.

34.

— Mademoiselle Johnson, pourriez-vous expliquer, avec vos propres mots, la raison pour laquelle vous êtes là aujourd'hui ?

Je me demandais si d'autres que moi avaient remarqué à quel point Christine était nerveuse. Elle se tordait les doigts et semblait avoir peine à contenir un léger tremblement. Je ne pus m'empêcher de grimacer. Mon estomac se serra. Je détestais la voir dans cet état, même au regard des circonstances actuelles, qu'elle seule avait provoquées.

Pourtant, elle répondit aux questions d'Anne Billingsley d'une voix calme et posée, comme si elle était parfaitement à l'aise.

— Il est grand temps que mon fils ait une vie de famille stable, et je veux tout faire pour la lui apporter. Mais par-dessus tout, je veux le tenir à l'abri du danger.

Billingsley était retournée s'asseoir et feignait – ou peut-être pas – une assurance suprême :

— Pourriez-vous nous relater les événements qui ont conduit à votre rupture ?

Christine baissa la tête et prit un moment pour rassembler ses esprits. Je ne pouvais imaginer qu'elle jouait la comédie. Son intégrité faisait partie des qualités qui m'avaient séduit chez elle, dans une vie antérieure.

— Je venais de tomber enceinte lorsque j'ai été kidnappée et retenue en otage pendant dix mois, commença-t-elle en redressant la tête. Mes ravisseurs en avaient après Alex. Après cette terrible période, j'ai été incapable de mener à nouveau une vie de couple normale. Je le voulais, mais c'était impossible.

— Par Alex, vous entendez M. Cross ?

Il n'était pas question d'« agent » ni de « docteur » Cross, mais d'un simple « monsieur ». L'avocate cherchait à s'immiscer dans la moindre faille.

Même Christine ne put réprimer un tressaillement.

— Oui, répondit-elle.

— Merci, Christine. J'aimerais à présent que nous revenions un peu en arrière. Votre fils est né en Jamaïque, où vous étiez retenue en otage, c'est bien ça ?

— Oui.

— Est-il né dans un hôpital, ou avez-vous bénéficié d'une quelconque assistance médicale ?

— Non. J'ai accouché dans une petite cabane au fond des bois. Dans la jungle. Ils ont fait venir une sorte de sage-femme, mais elle ne parlait pas notre langue, du moins pas avec moi, ct je n'ai reçu aucun soin prénatal. J'ai eu beaucoup de chance qu'Alex naisse en bonne santé et qu'il le reste. Pendant tous ces mois, nous avons passé le plus clair de notre temps dans une cellule de prison.

Mme Billingsley se leva et s'approcha de Christine pour lui tendre un mouchoir.

— Mademoiselle Johnson, était-ce la première

fois que votre liaison avec M. Cross vous amenait à côtoyer la violence ?

— Objection ! s'écria Ben en bondissant de sa chaise.

— Je vais reformuler ma question, Votre Honneur.

Arborant un sourire plein de sollicitude, Billingsley se tourna à nouveau vers Christine :

— Y a-t-il eu, avant ou après la naissance de votre fils, d'autres épisodes violents liés à l'activité professionnelle de M. Cross, et qui vous auraient directement affectée ?

— Il y en a eu plusieurs, répondit Christine sans hésiter. Le premier a eu lieu juste après notre rencontre. À l'époque, mon mari a été assassiné par un homme qu'Alex recherchait dans le cadre d'une affaire de meurtre particulièrement horrible. Et puis plus tard, après la naissance de notre fils, quand Alex vivait chez son père à Washington. Je sais qu'au moins une fois il a dû être évacué de la maison en pleine nuit, pour sa sécurité. Les enfants Cross aussi, d'ailleurs. Un tueur en série en avait après Alex.

Billingsley laissa s'écouler un instant avant de brandir un dossier d'où elle tira une pile de photographies :

— Votre Honneur, voici une preuve accablante. Ces clichés montrent clairement la maison de M. Cross la nuit de cette fameuse évacuation en urgence. Vous y verrez le fils de ma cliente emmené par une personne étrangère à la famille, le tout au beau milieu d'une situation apparemment des plus chaotiques.

J'aurais voulu à mon tour crier *Objection !* Cette prétendue « preuve accablante » ne signifiait rien ! Je savais que c'était John Sampson, et non un policier anonyme, qui avait emmené le petit Alex avec lui cette nuit-là, la nuit où Christine avait engagé un photographe – *un détective privé !* – pour surveiller ma maison. Personne n'avait été mis en danger car nous avions agi vite et bien. Mais pour le moment, les photos parlaient d'elles-mêmes.

À partir de là, les choses ne firent qu'empirer.

Anne Billingsley continua à manœuvrer Christine pour l'amener à raconter toute une série d'événements mensongers liés à mon travail, formulant presque les phrases à sa place. La petite comédie s'acheva sur l'épisode des vacances à Disneyland. L'avocate dépeignit notre séjour familial comme un champ de mines truffé de dangers pour le petit Alex, que j'avais « abandonné » pour aller écumer le sud de la Californie à la poursuite d'un tueur psychopathe, lequel pouvait bien chercher, lui aussi, à terroriser ma famille.

35.

Puis ce fut à mon tour de parler.

Ce moment passé à la barre à répondre aux questions de Ben constituait l'une des épreuves les plus dures et les plus délicates que j'avais eues à gérer au cours de ma vie. L'enjeu était énorme. Ben m'avait recommandé de ne pas m'adresser directement à la juge, mais c'était difficile. L'avenir de mon petit garçon ne reposait-il pas entre ses mains ?

La juge June Mayfield, âgée d'une soixantaine d'années, arborait une coiffure stricte qui correspondait davantage au style des années 1950 dans le Middle West qu'à celui du nouveau millénaire à Seattle. Même son nom me semblait démodé. Je me demandai si elle avait des enfants. Était-elle divorcée ? Avait-elle déjà traversé de semblables épreuves ?

— Je ne suis pas là pour dire des choses négatives à propos de qui que ce soit, commençai-je lentement.

Ben m'avait simplement demandé si j'avais des griefs concernant Christine en tant que mère.

— Tout ce que je veux, c'est parler de ce qui est le mieux pour Alex. C'est tout ce qui compte.

En voyant Ben hocher la tête avec un pincement de lèvres, je compris que j'avais fourni la bonne réponse – ou bien cette mimique était-elle seulement destinée à la juge ?

— Oui, tout à fait, poursuivit Ben. Pourriez-vous simplement expliquer à la cour comment Alex Jr en est venu à vivre chez vous jusqu'à l'âge de dix-huit mois ?

De l'endroit où je me tenais, j'avais une vision directe de Christine. C'était tant mieux, car je ne souhaitais dire que des choses que j'aurais pu lui dire en face.

J'expliquai avec le plus d'honnêteté possible que Christine, après ce qui s'était passé en Jamaïque, ne s'était pas sentie prête à vivre avec moi ni à élever un enfant. Je n'avais nul besoin de travestir la réalité. Elle avait choisi de partir, point barre. Elle m'avait dit être « inapte » à élever Alex. Christine avait employé ce terme, et je ne l'oublierais jamais.

— Et combien de temps s'est-il écoulé entre l'abandon de Mlle Johnson et...

— Objection, Votre Honneur. Il influence la déposition de son client.

— Objection rejetée, fit la juge.

Je tâchai de ne pas fonder trop d'espoir dans cette réponse, mais c'était tout de même bon à entendre.

Ben reprit :

— Combien de temps s'est-il écoulé entre cet abandon et le moment où Mlle Johnson a revu son fils ?

Je n'eus pas à réfléchir bien longtemps.

— Sept mois, répondis-je. Il s'est passé sept mois.

— Sept mois sans voir son fils. Comment avez-vous alors réagi ?

— Je crois qu'avant tout, j'ai été surpris. Je

pensais ne plus jamais entendre parler d'elle. Et je crois que c'était pareil pour Alex Jr.

C'était la vérité, néanmoins, le dire à voix haute dans cette salle d'audience n'avait rien de facile.

— Toute notre famille s'est étonnée, poursuivis-je. D'abord de son absence, puis de son soudain retour.

— Et *ensuite*, quand avez-vous de nouveau entendu parler d'elle ?

— Lorsqu'elle a voulu qu'Alex vienne vivre avec elle à Seattle. Entre-temps, elle avait déjà engagé un avocat à Washington.

— Combien de temps s'était-il alors écoulé ?

— Six mois.

— Si je comprends bien, elle abandonne son fils, ne le revoit qu'au bout de sept mois, repart et revient avec l'envie d'être mère ? Est-ce bien ainsi que les choses se sont déroulées ?

Je poussai un soupir :

— Oui, c'est à peu près ça.

— Docteur Cross, pouvez-vous maintenant nous dire, du fond du cœur, la raison pour laquelle vous demandez la garde de votre fils ?

Les mots s'échappèrent tout seuls :

— Je l'aime énormément. J'adore Alex et je veux qu'il grandisse entouré de ses frère et sœur, et aussi de sa grand-mère, qui s'est occupée de moi depuis mes neuf ans. Je crois qu'en voyant Jannie et Damon aujourd'hui, vous avez la preuve que malgré mes torts, je suis plus que capable d'élever des enfants et de les rendre heureux.

Je me tournai vers Jannie, Damon et Nana. Ils me regardèrent en souriant, mais l'instant d'après, Jannie fondit en larmes. Je dus me tourner vers Ben pour ne pas craquer à mon tour.

Je remarquai que même la juge Mayfield avait eu un regard pour les enfants, et qu'elle semblait touchée.

— J'aime mes enfants plus que tout au monde, poursuivis-je. Mais notre famille n'est pas au complet sans le petit Alex, ou Ali, comme il aime à ce qu'on l'appelle. Il fait partie de notre vie. Nous l'aimons tous très fort. Il nous serait impossible de le quitter pendant six mois, ni même six minutes.

Du coin de l'œil, j'aperçus Nana hocher la tête, et elle m'apparut infiniment plus sage que la juge Mayfield du haut de son fauteuil, drapée dans sa robe noire, surtout lorsqu'il était question de l'éducation des enfants.

— Je vous en prie, Alex, continuez, m'encouragea Ben. Vous étiez bien parti.

— Dans l'idéal, j'aurais souhaité que Christine reste à Washington. Ali mérite de nous avoir tous les deux à ses côtés. Mais s'il ne peut avoir ça, alors à tout le moins, il lui faut le maximum de famille autour de lui. Je ne pense pas qu'il soit si mal que ça à Seattle, mais nous sommes censés parler de ce qui est le mieux pour lui. Et comme je viens de le dire, je ne sais pas bien ce que ça vaut, mais je l'aime de tout mon cœur. Je l'aime tellement. Je…

J'éclatai alors en sanglots, sans qu'il y ait dans ces pleurs la moindre tentative d'apitoyer la juge.

L'audience se prolongea tout l'après-midi et une bonne partie de la matinée suivante, parfois ponctuée de scènes très rudes. Après la conclusion des deux avocats, nous attendîmes dans le couloir du tribunal la décision de la juge.

— Tu as été super, papa, me dit Jannie en posant la tête sur mon épaule. D'ailleurs, tu es un super papa. Nous allons récupérer Alex, j'en suis sûre.

Je passai mon bras autour de ses épaules :

— Je suis désolé que vous ayez à subir ça, mais je suis content de vous avoir à mes côtés.

À cet instant, un greffier vint nous chercher. L'expression neutre de son visage ne laissait rien transparaître.

— Ce n'est qu'une simple formalité, me dit doucement Ben comme nous nous dirigions vers la salle. Elle va probablement étudier les éléments du dossier et nous serons à nouveau convoqués d'ici deux à six semaines. Pendant ce temps, je demanderai un droit de garde temporaire. Je suis sûr que ça ne posera aucun problème. Vous avez été parfait à la barre, Alex. Aucun souci là-dessus. Vous pouvez vous détendre.

36.

Dès que nous fûmes tous installés dans la salle d'audience, la juge Mayfield fit son entrée. Elle s'assit, lissa brièvement sa jupe et, sans perdre un instant, annonça :

— J'ai tenu compte des différents témoignages et suis parvenue à une décision. D'après ce que j'ai entendu, les choses me semblent on ne peut plus claires.

Ben se tourna vers moi, mais je ne sus comment interpréter son regard.

— Ben ? murmurai-je.

— Le tribunal statue en faveur du requérant. La garde parentale revient à Mlle Johnson, dont l'avocate aura la charge d'organiser un planning de visite mutuellement consenti par les deux parties. En cas de litige, je demanderai l'intervention d'un médiateur avant de vous convoquer à nouveau au tribunal.

La juge ôta ses lunettes et se frotta les yeux, comme si ruiner la vie de quelqu'un ne représentait pour elle qu'un épisode fatigant de sa journée. Elle reprit :

— Compte tenu de l'éloignement géographique, je vous encourage toutefois à faire preuve d'imagination afin de trouver un terrain d'entente. Je précise que le Dr Cross aura droit à un minimum de quarante-cinq jours de visite par an. L'audience est close.

À ces mots, elle se leva et quitta la salle.

— Je ne sais pas quoi dire, Alex, fit Ben en posant la main sur mon épaule. Je suis abasourdi. En cinq ans, je n'ai jamais entendu une telle décision. Je suis sincèrement navré.

Je l'entendais à peine, et ne prêtais pas plus attention à ma famille qui se pressait autour de moi. Levant les yeux, j'aperçus Christine et Anne Billingsley qui se faufilaient vers la sortie.

— Pourquoi, Christine ? m'écriai-je.

Les mots avaient jailli d'eux-mêmes. C'était comme si toutes les forces que j'avais déployées depuis deux jours pour me maîtriser me lâchaient d'un seul coup.

— C'est ce que tu voulais ? Me punir ? Punir ma famille ? Pourquoi, Christine, dis-moi pourquoi !

— Tu es cruelle et égoïste, Christine, fit à son tour Nana Mama. Tu me fais pitié.

Christine se détourna et s'éloigna à la hâte, sans répondre. Lorsqu'elle atteignit la porte, ses épaules s'affaissèrent. Je ne peux l'affirmer, mais j'avais l'impression qu'elle s'était mise à sangloter. Billingsley la prit par le bras et l'entraîna vers le couloir.

Je n'y comprenais plus rien. Christine avait obtenu gain de cause, pourtant elle pleurait comme si c'était elle la perdante. Était-ce le cas ? Que s'était-il donc produit en elle ?

Peu de temps après, je quittai moi aussi la salle. Nana et Jannie me tenaient par la main. Christine était partie, mais une autre personne m'attendait dans le hall, quelqu'un que je n'avais aucune envie de voir en ces circonstances.

D'une manière ou d'une autre, James Truscott était parvenu à s'introduire dans le tribunal avec sa photographe. Que foutaient-ils là, au juste ? Quelle genre d'histoire Truscott cherchait-il à écrire ?

— Rude journée, Dr Cross, lança-t-il à l'autre bout du couloir. Un commentaire sur la décision de la juge ?

Nous passâmes devant lui, et la fille en profita pour saisir plusieurs clichés, notamment des gros plans de Damon et Jannie.

— Vous n'avez pas intérêt à publier la moindre photo de ma famille, fis-je en me tournant vers Truscott.

— Sinon quoi ? rétorqua ce dernier, les mains sur les hanches et me défiant du regard.

— Ne vous y avisez pas, c'est tout ce que j'ai à dire.

D'un geste sec, j'arrachai l'appareil des mains de la photographe.

37.

Plus tard, ce même jour, le Narrateur roulait en direction du nord sur l'autoroute de San Diego. La circulation était relativement fluide, et il conduisait à bonne allure tout en méditant sur sa « liste » : qui serait sa prochaine victime – du moins jusqu'à ce que l'histoire prenne fin et qu'il soit obligé d'arrêter les tueries, ou bien qu'il se fasse prendre.

Aussi brutalement que cela avait commencé. Stop ! Basta. Fin de l'histoire.

Il griffonna une note dans le carnet qu'il gardait constamment dans le vide-poche. Mais pas facile d'écrire en conduisant : sa voiture se déporta légèrement sur la voie d'à côté.

Un crétin au volant d'une Lexus noire décapotable lança un long coup de Klaxon.

— Enfoiré ! Fils de pute ! hurla-t-il en le gratifiant d'un geste obscène.

Le Narrateur ne put s'empêcher d'éclater de rire en voyant ce rougeaud s'énerver.

Si seulement il avait su à qui il s'adressait, cet abruti. C'était tout simplement hilarant.

— Tu trouves ça drôle, enculé ? beugla le type, furieux de constater qu'on se moquait de lui.

Mais le Narrateur continua à rire comme si

l'autre n'existait pas, ou du moins comme s'il ne valait pas mieux que de la pisse de coyote. Sauf qu'il existait bel et bien et qu'il commençait même à le chauffer sérieusement, ce qui n'était pas très malin de sa part.

Il finit par ralentir pour se placer derrière la Lexus, comme pour s'excuser d'avoir débordé sur l'autre voie. Puis il le suivit. La décapotable quitta l'autoroute deux sorties plus loin. Il s'engagea dans son sillage.

Ça n'était pas prévu au programme. Cette fois, il improvisait.

Il suivit la voiture jusqu'à une petite rue dans les collines de Hollywood.

Il se demandait si le chauffeur de la Lexus l'avait repéré. Afin de s'en assurer, il appuya sur son Klaxon et répéta ce geste pendant presque un kilomètre. Le type devait commencer à flipper. À sa place, lui aussi aurait eu la frousse.

Au bout d'un moment, il déboîta pour venir se placer à côté de la décapotable. C'était la scène la plus cool qu'il ait vécue depuis le début de l'histoire – toutes vitres ouvertes, il sentit le vent s'engouffrer dans l'habitacle.

Le conducteur de la Lexus l'observait sans moufter, n'ayant manifestement plus trop envie de la ramener. Lequel des deux se sentait pris de remords, à présent ? Lequel des deux allait montrer un peu de respect ?

Le Narrateur leva sa main droite, visa, tira quatre coups et observa la Lexus quitter brusquement la route pour percuter le mur de pierre qui courait le long de la voie. La voiture effectua une embardée qui la ramena sur la chaussée avant de terminer sa course dans le mur.

Puis plus rien – il avait eu son compte, cet emmerdeur. Après tout, il le méritait, non ? Le seul problème, c'était que tôt ou tard, ces tueries allaient devoir prendre fin. Dommage, mais ça faisait partie de son plan, de son histoire.

38.

Jeanne Galletta poussa sa Thunderbird à fond. Il lui était déjà arrivé de conduire plus vite, mais jamais dans les rues de Los Angeles. Les devantures des boutiques Van Nuys s'évanouissaient derrière elle. La sirène, sur le toit, martelait son rythme implacable.

À son arrivée, elle vit deux voitures de patrouille garées devant le café. Une foule désordonnée avait commencé à s'agglutiner sur le trottoir opposé, et Galletta savait que les caméras n'allaient pas tarder à rappliquer, sans parler des hélicoptères des équipes de télévision.

— On en est où ? aboya-t-elle après le premier officier qu'elle aperçut, lequel, sans conviction, tentait de contenir les badauds.

— La situation est sous contrôle, répondit l'homme. Nous avons effectué une approche silencieuse des lieux, à l'avant et à l'arrière, et on a des gars en faction sur le toit. En tout, il y a une bonne vingtaine de personnes à l'intérieur, personnel inclus. Si elle était là à notre arrivée, alors elle y est encore.

Ça fait un gros « si », mais c'est déjà un bon début, se dit Galletta. Mary Smith est peut-être à l'intérieur. Tout pourrait s'arrêter maintenant. Oh mon Dieu, faites qu'elle soit là !

— Très bien, envoyez dès que possible deux unités supplémentaires dans le café, deux autres à l'extérieur pour tenir les badauds à l'écart, et continuez à surveiller toutes les issues, ainsi que le toit.

— Ce n'est pas mon équipe, madame...

— Je me fous de savoir si c'est votre équipe. Faites ce que je vous demande, un point c'est tout.

Elle marqua une pause et fixa l'officier droit dans les yeux :

— Je me suis bien fait comprendre ?

— Parfaitement, madame.

Galletta se dirigea vers l'entrée. Le café, une grande salle rectangulaire, comportait un bar et plusieurs rangées d'ordinateurs dans le fond. Afin de garantir l'intimité des clients, les box étaient séparés les uns des autres par des cloisons.

Toutes les personnes présentes dans le bar avaient été rassemblées autour des tables, assis sur des fauteuils ou des canapés disparates. Galletta examina brièvement leurs visages.

Il y avait là des étudiants, des yuppies, des retraités et quelques jeunes habillés dans le style hippie typique de Venice Beach. Un officier lui expliqua qu'ils avaient été fouillés et qu'aucun n'était armé, même si cela ne signifiait pas grand-chose. Pour le moment, ils représentaient tous des suspects potentiels.

Le gérant, un jeune homme portant des lunettes à monture d'écailles et dont on pouvait se demander s'il avait l'âge légal pour consommer de l'alcool, souffrait d'une acné sévère comme Galletta n'en avait plus vu depuis le lycée. Il portait un badge en forme de mini CD-ROM où figurait son prénom, « Brett », inscrit au feutre rouge. Il désigna l'un des box :

— C'est celui-là.

— Y a-t-il une autre sortie par là ? demanda Galletta en pointant du doigt un petit couloir sur la gauche.

Le jeune homme hocha la tête :

— La police a déjà bloqué l'accès.

— Conservez-vous une trace des personnes qui utilisent ces ordinateurs ?

Il indiqua une machine à carte de crédit :

— Tous les clients doivent l'utiliser. Je ne sais pas trop comment obtenir les infos, mais je peux me renseigner pour vous.

— On s'en charge, répondit Galletta. Mais occupez-vous de vos clients et faites en sorte qu'ils se sentent à l'aise. Pour être honnête, ça risque de durer un petit moment, alors s'ils commandent un café, servez-leur plutôt un déca.

Elle se força à ponctuer cette phrase d'un clin d'œil et d'un sourire qui semblèrent apaiser un peu le malheureux garçon.

— Appelez-moi aussi l'officier Hatfield.

Elle n'avait rencontré Bobby Hatfield qu'une seule fois, mais se le rappelait parfaitement car il portait le même nom que l'un des Righteous Brothers [1].

Elle s'installa derrière l'écran et enfila une paire de gants en latex.

— De quelles informations dispose-t-on pour l'instant ? demanda-t-elle en voyant Hatfield approcher.

---

1. Duo musical composé de Bill Medley et Bobby Hatfield (1963-1975).

— Même type de message, même destinataire : Arnold Griner, le gars du *Times*. À mon avis, il s'agit bien d'elle. Vous connaissez Carmen D'Abruzzi ?

— La chef ? Oui, bien sûr. Je regarde son émission de temps en temps, même si je ne cuisine jamais.

Le Trattoria D'Abruzzi était un restaurant d'Hollywood coté dans les guides, un endroit chic où le gotha aimait à se réunir en fin de soirée. Mais surtout, comme Galletta le savait, Carmen D'Abruzzi animait son propre show, une émission culinaire très célèbre dans laquelle on la voyait préparer de bons petits plats pour son mari – charmant – et ses deux enfants, tout aussi parfaits. Un peu trop justement au goût de Jeanne Galletta, à qui il arrivait pourtant de regarder le programme.

— Bon Dieu ! s'écria Galletta, D'Abruzzi possède exactement le profil des autres victimes. Vous avez réussi à la contacter ?

— Oui, elle va bien. Aucun souci. Un peu choquée peut-être, mais ça va. Pareil pour sa famille. Nous avons dépêché une équipe à leur domicile. Tenez, regardez, la personne qui a écrit ce message ne l'a jamais envoyé, ni même achevé d'ailleurs.

Jeanne Galletta eut un mouvement de surprise :

— Comment ? Elle ne l'a pas envoyé ?

— Elle a dû avoir peur de quelque chose. Ou bien elle n'avait pas les idées claires et elle est repartie. Ou alors elle n'aimait pas leur café, ce qui, soit dit au passage, n'aurait rien d'étonnant.

Galletta se leva et observa les clients et le personnel réunis dans la salle.

— Ou bien elle est encore là.

— Vous croyez vraiment ?

— Pour tout dire, ça m'étonnerait. Elle n'est pas

stupide. Mais je veux quand même interroger cette joyeuse assemblée. Jusqu'à nouvel ordre, l'endroit est bouclé. Procédez aux vérifications d'usage, mais que personne ne quitte ce café sans passer par moi. C'est bien compris ? Personne. Sous aucun prétexte. Même s'ils ont un mot de leur mère.

— OK, OK, grogna Hatfield. C'est bon, j'ai pigé.

Tandis qu'il s'éloignait, Galletta l'entendit marmonner « Faut se calmer, dans la vie. » Réaction classique. Les flics hommes avaient tendance à réagir de cette manière lorsque les ordres venaient d'une femme. Elle haussa les épaules et focalisa son attention sur le message inachevé affiché sur l'écran.

39.

À : agriner@latimes.com
De : Mary Smith
À : Carmen D'Abruzzi

Tu as travaillé jusqu'à 3 heures du matin, hier, dans ton restaurant, c'est bien ça ? Tu es une femme drôlement occupée, dis-moi. Puis tu as marché, seule, assez longtemps pour rejoindre ta voiture. C'est ce que tu croyais, hein ? Que tu étais seule ?

Mais tu ne l'étais pas, Carmen. J'étais là, sur le trottoir, tout près de toi. Je n'ai même pas essayé de me cacher. Tu m'as vraiment facilité la tâche. Il faut dire que tu ne m'as pas l'air très maligne. Tellement centrée sur toi-même. Moi, moi, moi.

Tu ne regardes peut-être pas les infos. Ou alors tu n'y prêtes pas attention. Peut-être aussi que tu te moques de savoir que quelqu'un est là, à guetter les gens comme toi. Comme si tu avais envie que je te tue. Tant mieux, j'imagine. Parce que moi aussi j'en avais envie.

En t'observant, en essayant de me mettre dans ta peau, je me suis demandé si tu avais jamais appris à tes deux enfants chéris qu'il faut regarder à droite et à gauche quand on traverse la route. Vraiment, tu ne leur as pas montré le bon exemple, à Anthony et Martina, hier soir. À aucun moment tu n'as tourné la tête.

Et ça, c'est vraiment dommage pour vous tous, la radieuse petite famille qu'on voit à la télé dans ton émission.

Inutile de préciser que tes enfants pourraient bien se retrouver tout seuls au bord du trottoir. Ils vont devoir apprendre ces conseils de sécurité de la part de quelqu'un d'autre. Après, tu as…

40.

Le message se terminait ainsi, au beau milieu d'une phrase.

Et quand bien même il aurait été rédigé en entier, il constituait un élément nouveau dans cette affaire, car malgré cette menace de mort, Carmen D'Abruzzi était encore en vie. Un point plutôt positif, non ?

Jeanne Galletta plissa les yeux, essayant de traiter cette information aussi vite et bien que possible. Peut-être Mary Smith écrivait-elle un brouillon préliminaire qu'elle ne finalisait qu'une fois le meurtre commis.

Mais pourquoi le laisser exposé ici aux yeux de tous ? Avait-elle agi à dessein ? Et s'agissait-il vraiment d'elle ? Possible que non.

Doux Jésus, les questions ne manquaient pas dans cette enquête, mais qu'en était-il des réponses ? Ne fût-ce qu'une seule, pour commencer…

Elle pensa à Alex Cross – à une phrase tirée de son livre. « Questionnez-vous jusqu'à trouver la clé, la question centrale nichée au cœur de l'intrigue. Alors vous pourrez commencer à chercher la sortie. C'est à ce moment-là que les réponses vous parviendront. »

La question centrale. La clé. Mais quoi, au juste ?

Six heures plus tard, le mystère restait entier pour Galletta. Juste après le crépuscule, elle laissa le dernier client rentrer chez lui. Cinq témoins oculaires lui avaient fourni cinq descriptions différentes de la personne ayant utilisé l'ordinateur en question ; les autres n'avaient rien vu.

Aucun de ceux que l'inspecteur Galletta interrogea ne lui parut suspect, mais ils allaient devoir reconvoquer les vingt-six personnes et assurer un suivi. Rien que de penser à la paperasse, elle en avait des sueurs froides.

Personne ne fut surpris d'apprendre que la carte de crédit de Mary Smith était une carte volée. Elle appartenait à une certaine Debbie Green, une vieille dame de quatre-vingts ans résidant à Sherman Oaks, qui n'avait même pas remarqué sa disparition. Aucune autre dépense n'avait été débitée ; pas de traces écrites, rien. Elle se montre particulièrement prudente et organisée pour une telle cinglée, songea Galletta.

Elle demanda à Brett, le gérant, de lui servir un expresso serré. Il ne lui restait plus qu'à regagner son bureau pour faire le point sur les événements de la journée tant que les choses étaient fraîches dans sa mémoire. Son voisin lui avait promis de sortir le chien. Le restaurant chinois situé sur le trajet affichait un temps d'attente de vingt minutes pour les plats à emporter. La vie était belle, non ? *Non !*

Elle se demanda si elle serait de retour chez elle avant minuit et, même dans cette éventualité, si elle parviendrait à trouver le sommeil.

Dans les deux cas, probablement pas.

Alors quelle était donc la question centrale

qu'elle était censée se poser ? Où se trouvait-elle, cette fameuse clé ?

Ou bien Alex Cross n'écrivait-il que des conneries ?

41.

— Elle n'a jamais su ce qu'elle voulait, Alex, et peut-être qu'elle ne le sait toujours pas. Je l'aimais bien, Christine, mais elle n'a plus jamais été la même après ce qui s'est passé en Jamaïque. Elle a besoin de passer à autre chose, et toi aussi.

Sampson et moi étions terrés au Zinny's, notre bistro préféré. Le juke-box diffusait le plaintif *I Done Got Wise* de B.B. King. Ce soir, le blues me semblait la seule musique appropriée.

L'endroit, qui manquait un peu de jovialité, se rattrapait grâce à son barman, Raphael, qui nous appelait par nos prénoms et savait avoir la main lourde. Je contemplai le verre de scotch posé devant moi en essayant de me rappeler si c'était le troisième ou le quatrième. Je me sentais extrêmement fatigué. Une phrase, tirée d'un dialogue d'*Indiana Jones*, me revint en mémoire : « *It's not the years, honey. It's the mileage.* »

Je me tournai vers Sampson, assis à côté de moi :

— Le problème, John, ce n'est pas Christine. Le problème, c'est Alex Jr, Ali, comme il se surnomme. C'est déjà une vraie petite personne...

— Le problème, il est là, dans ton crâne, fit

John en me tapotant le dessus de la tête. Maintenant tu vas m'écouter.

Il attendit que je me redresse et que je sois attentif, puis son regard se dirigea lentement vers le plafond. Il ferma les yeux et grimaça :

— Merde, j'ai oublié ce que je voulais dire. Dommage, j'étais persuadé que ça allait te remonter le moral.

J'éclatai de rire. Sampson avait toujours su comment s'y prendre avec moi, et ce depuis l'âge de dix ans, à l'époque où nous allions à l'école ensemble.

— Bon, je ne vois plus qu'une seule solution, ajouta-t-il en faisant signe à Raphael de servir une nouvelle tournée.

— On ne peut jamais prédire ce qui va se passer, fis-je comme pour moi-même. Quand il est question d'amour, on n'est sûr de rien.

— Ça, c'est bien vrai. Avant, si on m'avait dit qu'un jour je deviendrais père, j'aurais explosé de rire. Pourtant, me voilà avec un bébé de trois mois. C'est dingue. Et d'un autre côté, tout peut basculer d'un instant à l'autre, comme ça.

Il fit claquer ses doigts, et le bruit me résonna dans les oreilles. De tous ceux que je connaissais, Sampson était celui qui possédait les plus grandes mains. Je mesure un mètre quatre-vingt-dix et, sans être parfaitement affûté, je suis loin d'être chétif. Pourtant à côté de lui, j'ai l'air d'un gringalet.

— Billie et moi formons un couple harmonieux, ça ne fait pas l'ombre d'un doute, reprit-il, l'air un peu égaré mais sans perdre complètement le fil de ses pensées. Pour autant, qui sait ? Les choses peuvent dégénérer d'un seul coup. Peut-être que dans une dizaine d'années, je me retrouverai à la porte de chez moi, à regarder mes affaires voler par la fenêtre… Nan, ma petite femme n'oserait jamais me faire ça. Pas ma Billie !

Nous éclatâmes d'un même rire, puis restâmes un moment en silence à siroter nos whiskys. L'ambiance se fit plus sombre.

— Quand dois-tu revoir Alex Jr ? demanda John d'une voix radoucie. Ou plutôt Ali. Ça me plaît bien, Ali.

— La semaine prochaine. Je vais à Seattle pour finaliser l'accord sur les droits de visite.

Je détestais cette expression « droit de visite ». Voilà donc à quoi allait se résumer ma relation avec mon fils ? Chaque fois que je prononçais ces mots à voix haute, j'avais envie de cogner dans quelque chose. Une lampe, une fenêtre, n'importe quoi.

— Comment vais-je y arriver ? demandai-je à Sampson. Sérieusement, comment vais-je pouvoir me retrouver face à Christine – et Alex – et me comporter comme si tout allait bien ? Chaque fois que je le vois, j'ai le cœur qui se serre. Même si j'arrive à faire abstraction, ce n'est pas comme ça qu'on doit être avec ses enfants.

— Tout ira bien, Alex. Il est *impossible* que tu rendes tes enfants malheureux. Et puis, prends notre exemple : tu as l'impression de t'en être mal sorti ? Tu as l'impression que je m'en suis mal sorti ?

— Tu n'aurais pas un meilleur exemple ? répondis-je en souriant.

— Toi et moi, on n'a pas eu les meilleures chances dans la vie, poursuivit-il, ignorant ma plaisanterie. Pourtant, on s'en est bien tiré. Tu ne te drogues pas, tu n'es pas un père absent et tu n'as jamais levé la main sur tes enfants. Moi, ces choses-là, je les ai subies, et regarde ce que je suis devenu : le deuxième meilleur flic de la capitale.

Il s'interrompit et se frappa le front :

— Suis-je bête, maintenant tu fais partie de ces canards boiteux de fédéraux qui passent leur temps le cul vissé sur leur siège, ce qui fait de moi le *number one* !

Je me sentis submergé par la douleur d'être éloigné de mon fils, mais également par la chaleur que me procurait l'amitié de John.

— Merci d'être là, John.

— Où veux-tu que j'aille ? répondit-il en me passant le bras autour de l'épaule.

42.

Réveillé en sursaut, j'aperçus le visage perplexe d'une hôtesse, les yeux baissés vers moi. Je me souvins alors qu'on était le lendemain matin et que je me trouvais à bord d'un avion à destination de Los Angeles. L'air interrogateur de la jeune femme indiquait qu'elle venait de me poser une question.

— Je vous demande pardon ?

— Pourriez-vous relever votre tablette et redresser votre siège ? Nous allons atterrir dans quelques minutes.

Avant de sombrer dans le sommeil, j'étais en train de penser à James Truscott et à la façon dont il avait fait irruption dans ma vie. Coïncidence ? Je n'étais pas porté à le croire. C'est pourquoi j'avais demandé à une amie détective, à Quantico, de me dénicher des informations sur ce journaliste. Monnie Donnelley m'avait promis que j'en apprendrais plus que je ne souhaitais en savoir.

Je rassemblai mes papiers. Il n'était pas très judicieux de les avoir laissés éparpillés ainsi, et ça ne me ressemblait pas, pas plus que le fait de m'endormir à bord d'un avion. Ces derniers temps, ma vie s'avérait plutôt confuse.

En l'espace de quelques jours, le dossier Mary

Smith s'était considérablement épaissi. La récente fausse alerte représentait une véritable énigme. Je n'étais même pas persuadé que Mary Smith en fût à l'origine.

En étudiant les différents rapports, je m'étais fait l'image d'une personne de plus en plus confiante en elle-même, aux méthodes de plus en plus agressives. Elle fondait littéralement sur ses proies. La première scène de crime, celle qui concernait Patrice Bennett, était un endroit public. Le second meurtre avait eu lieu devant le domicile d'Antonia Schifman. Enfin, pour le dernier, tout laissait à penser que Mary Smith avait passé une partie de la nuit au sein même de la résidence de Marti Lowenstein-Bell, avant de l'assassiner dans sa piscine.

J'étais donc de retour à Los Angeles, et quittai l'aéroport au volant d'une voiture de location – même si j'aurais probablement pu demander à l'agent Page de venir me chercher.

Esthétiquement parlant, les locaux du Bureau de Los Angeles battaient à plates coutures ceux du quartier général, à Washington. Au lieu du dédale de couloirs à l'atmosphère oppressante auquel j'étais habitué, le bâtiment présentait de vastes espaces ouverts, tout de verre poli, qui laissaient pénétrer la lumière naturelle. Depuis le bureau que l'on m'avait assigné au quinzième étage, je jouissais d'une vue magnifique sur le Getty Museum et au-delà. En d'autres lieux, j'aurais déjà été content de trouver une chaise et une table à ma disposition.

Je n'étais arrivé que depuis une dizaine de minutes lorsque l'agent Page fit irruption dans la pièce. Je le savais intelligent et ambitieux, et ne doutais pas qu'avec un peu d'expérience il ferait un excellent agent, mais sur le moment, je n'avais aucune envie de voir quelqu'un rôder autour de moi. C'était déjà suffisamment pénible de me coltiner Burns – sans parler de ce James Truscott de malheur. Se voulait-il mon Boswell, celui-là ? Ou bien fallait-il s'attendre à autre chose de sa part ?

Page me demanda si j'avais besoin de quelque chose. Je brandis mon dossier :

— Ces rapports sont périmés depuis au moins vingt-quatre heures. Je veux connaître toutes les informations dont dispose l'inspecteur Galletta. Je dirais même que je veux en savoir plus qu'elle. Pourriez-vous...

— C'est comme si c'était fait, m'assura-t-il avant de détaler ventre à terre.

Je ne lui avais pas demandé cela pour me débarrasser de lui. J'avais réellement besoin d'être mis au parfum – mais si cela me permettait d'avoir un peu la paix, c'était tant mieux.

Je sortis une feuille blanche afin de noter quelques questions qui m'avaient taraudé durant le vol.

M. Lowenstein-Bell – comment une personne a-t-elle pu s'introduire dans la maison ?

Le tueur a-t-il établi une liste noire ? Cette liste correspond-elle à un ordre bien précis ? D'autres connexions, moins évidentes, existent-elles entre les victimes ?

Dans mon métier, la formule la plus commune était la suivante : Comment + pourquoi = qui. Si je voulais démasquer Mary Smith, je devais envisager les similitudes et les dissemblances – ainsi que la combinaison des deux – entre les différentes scènes de crime. Ce qui impliquait une halte à la résidence des Lowenstein-Bell.

J'inscrivis ensuite *Expéditeur des e-mails / Assassin ?*

Ce point-là revenait fréquemment dans mes réflexions. Quels recoupements pouvait-on opérer entre la personnalité du tueur et le personnage des e-mails ? Quel était le degré d'honnêteté, faute de mot plus approprié, des écrits de Mary Smith ? Et dans quelle mesure devait-on y lire une éventuelle volonté de brouiller les pistes ?

Tant que cette question n'était pas tranchée, l'enquête revenait à chercher deux suspects. Avec un peu de chance, mon prochain rendez-vous allait éclairer ma lanterne au sujet de ces fameux e-mails.

J'écrivis une dernière note : *Quels outils ?*

À l'instar de Mary Smith, la plupart des tueurs en série possèdent deux types d'outils.

Les premiers servent directement à la réalisation du crime. Dans le cas de Mary Smith, l'usage du pistolet était avéré. Nous savions qu'elle avait utilisé le même à chaque fois. Nous en étions moins sûrs en ce qui concernait le couteau.

Il convenait aussi de s'intéresser à son véhicule. Il semblait en effet irréalisable d'être arrivé sur les lieux des crimes et d'en être reparti autrement qu'en voiture.

Enfin, il existait une dernière catégorie d'outils, lui permettant de satisfaire ses besoins psycho-émotionnels.

En l'occurrence, les autocollants marqués d'un A ou d'un B, ainsi que les e-mails. En règle générale, ces outils revêtent pour les tueurs beaucoup plus d'importance que les armes utilisées. C'était sa signature, sa manière à elle de dire « J'étais là. C'était moi. »

Ou peut-être, et il s'agissait là d'un élément

troublant, « Voici la personne que je veux vous amener à croire que je suis. »

Une provocation dans tous les cas, comme si elle nous jetait à la figure « Venez m'arrêter, si vous en êtes capables. »

Venez m'arrêter ? Si vous en êtes capables ?

Je griffonnai cette dernière note – *Truscott est apparu il y a six semaines. Qui est James Truscott ? Que cherche-t-il ?* Puis je jetai un œil à ma montre. Il était temps de me mettre en route si je ne voulais pas arriver en retard à mon prochain rendez-vous. Réquisitionner un véhicule de service aurait impliqué d'avoir une personne supplémentaire sur le dos, et c'était précisément la raison pour laquelle j'avais loué une voiture à l'aéroport.

Je m'éclipsai sans dire à personne où j'allais. Si je devais à nouveau agir en enquêteur chargé d'une affaire criminelle, il me fallait faire les choses bien.

43.

De nouveau plongé au cœur d'une enquête criminelle, c'est avec un enthousiasme et une énergie renouvelés que je décidai de m'atteler à la tâche. J'étais gonflé à bloc, impatient d'entendre ce qu'avait à me dire le professeur Deborah Papadakis. Cette dernière me fit signe d'entrer dans son bureau aux étagères chargées de livres, porte numéro 22 d'un couloir du Rolfe Building de l'UCLA. Elle ôta une pile de manuscrits entreposés sur la seule chaise disponible et, d'un geste, m'invita à m'asseoir.

— Je vois que vous êtes très occupée, professeur. Comme souvent, je présume. Merci d'avoir accepté de me rencontrer.

— Je serais ravie de pouvoir vous aider, répondit-elle. Je n'avais pas vu Los Angeles en proie à une telle inquiétude depuis, je ne sais pas, peut-être depuis Rodney King. C'est terrible.

Elle s'interrompit brièvement puis ajouta :

— Mais j'imagine que la situation n'est pas vraiment comparable. En tout cas, c'est un peu inhabituel pour moi. Je suis plutôt du genre à lire des nouvelles ou des essais que de la littérature policière. À part Walter Mosley, mais je le considère davantage comme un sociologue qui s'ignore.

— Vos commentaires peuvent nous être très utiles, fis-je en lui tendant les copies des e-mails envoyés par Mary Smith. Au risque de me répéter, je préfère vous rappeler que nous apprécierions votre plus grande discrétion.

J'avais dit ça autant dans mon intérêt que dans celui de l'enquête. Je n'avais pas de permission officielle pour dévoiler ces messages, à elle ou à n'importe qui.

Papadakis me servit une tasse de café, puis j'attendis qu'elle lise, et relise, les e-mails.

Son bureau devait compter parmi les mieux lotis de l'université. Il donnait sur une cour et un jardin agrémentés de sculptures, où les étudiants travaillaient allongés dans l'herbe sous le radieux soleil de Californie. À en juger par son bureau ancien en pin massif et son O. Henry Award accroché au mur, on devinait que le professeur Papadakis avait depuis longtemps prouvé sa valeur.

Excepté un occasionnel « hum », elle ne laissa transparaître aucune réaction à la lecture des messages. Elle releva finalement la tête et me fixa droit dans les yeux. Son visage avait un peu pâli.

— Bien, commença-t-elle après avoir pris une profonde inspiration, les premières impressions étant essentielles, c'est par là que je commencerai.

Elle s'empara d'un stylo rouge, et je me levai afin de pouvoir lire par-dessus son épaule.

— Vous voyez ce passage ? Et celui-là ? Les ouvertures sont à la voix active. Des phrases comme « Je suis ton assassin » ou « Je vous ai observés en train de dîner hier soir ». Elles captent l'attention, ou du moins est-ce l'effet recherché.

— En tirez-vous une conclusion particulière ?

J'avais moi-même ma propre interprétation, mais j'étais là pour connaître son sentiment.

Elle dodelina de la tête :

— J'ai l'impression que ça manque un peu de spontanéité, comme si cette personne choisissait ses mots avec soin. Ce n'est sûrement pas de l'écriture automatique. D'autre part, je crois déceler une certaine forme de... disons de détachement par rapport à la violence du personnage.

Elle m'observa, comme pour obtenir mon approbation. Je m'étonnais de la voir soudain hésitante, elle qui avait l'air si sûre d'elle.

— Sauf peut-être lorsqu'elle parle des enfants.

— Allez-y, poursuivez, professeur. Les passages concernant les enfants m'intéressent particulièrement.

— Eh bien, lorsqu'elle décrit ce qu'elle a fait, elle emploie des formules très assertives. Des phrases simples, parfois à la limite du *staccato*. C'est peut-être un choix stylistique, mais peut-être aussi une forme d'évitement. Je vois souvent ça chez des écrivains effrayés par leur écriture. S'il s'agissait d'un étudiant, je lui conseillerais d'étoffer, de laisser s'exprimer ses sentiments.

Elle haussa les épaules :

— Bien entendu, je ne suis pas psychiatre.

— Et pourtant, je suis vraiment impressionné par votre analyse. Vous m'avez aidé à clarifier les choses.

Elle écarta le compliment d'un geste de la main.

— Y a-t-il autre chose que je puisse faire ? J'avoue que cette histoire me fascine. Je suppose que c'est de la curiosité morbide.

J'observai son visage tandis qu'elle continuait de mûrir sa réflexion.

— Ne vous inquiétez pas, professeur, ce n'est que du brainstorming. Vous ne risquez pas de donner une mauvaise réponse.

Elle reposa son stylo.

— Eh bien, il s'agit de déterminer si le narrateur est une personne réelle ou un personnage fictif. En d'autres termes, si le détachement que j'observe provient du subconscient de la personne qui écrit, ou bien s'il est aussi trafiqué que les phrases elles-mêmes. Difficile de se prononcer. C'est là que repose toute l'énigme, n'est-ce pas ?

C'était précisément la question que je m'étais posée à plusieurs reprises. Papadakis n'y apportait pas de réponse, mais elle confirmait le bien-fondé de mes interrogations.

Elle éclata d'un petit rire nerveux :

— J'espère que vous n'accorderez pas trop de valeur à mon analyse. Je n'aimerais pas vous mener sur une fausse piste. L'enjeu est trop important.

— Ne vous en faites pas. C'est seulement l'un des nombreux facteurs que nous prenons en compte. Nous avons affaire à une singulière énigme, tant d'un point de vue psychologique qu'analytique. Un véritable puzzle.

— Ça ne doit pas être marrant de courir à droite et à gauche pour récolter d'aussi minuscules fragments d'informations.

— Pour être honnête, c'est la partie la plus agréable du travail.

Mon prochain rendez-vous promettait de l'être nettement moins.

44.

Deux gardiens armés me firent signe de m'arrêter devant le portail de la propriété des Lowenstein-Bell, dans le quartier de Bel Air, à Beverly Hills. Deux autres agents de sécurité contrôlèrent mon identité en haut de l'allée. Finalement, on me laissa approcher de la maison, située sur une route sinueuse à proximité du Bel Air Hotel, que j'avais déjà eu l'occasion de visiter et qui m'avait semblé l'un des endroits les plus paisibles et les plus beaux que j'avais jamais vus.

Michael Bell en personne vint m'ouvrir la porte. Grâce aux immenses baies vitrées, je le vis arriver de loin ; sa démarche traînante en disait long sur son état.

Il était toujours délicat de rencontrer les proches d'une personne qui venait de se faire assassiner. La période pendant laquelle on avait le plus besoin d'informations était aussi celle où les enquêteurs étaient les moins prompts à vous en communiquer. Je n'avais jamais réussi à trouver la méthode idéale, aussi bien pour moi que pour la personne interrogée.

Avec son épaisse barbe blonde, son jean, ses sandales et sa chemise à carreaux délavée, M. Bell n'avait pas spécialement le look de Beverly Hills. On aurait presque pu le prendre pour un bûcheron, ou un ancien membre de Nirvana ou de Pearl Jam, s'il n'y avait eu ce cadre ultramoderne. J'avais appris, en consultant le dossier, que le couple avait fait construire la maison quelques années plus tôt.

La voix et les gestes de Michael Bell étaient empreints de cette lourdeur caractéristique des personnes qui n'en sont encore qu'aux premiers stades du chagrin, mais il m'accueillit avec politesse.

— Je peux vous offrir quelque chose à boire ? demanda-t-il. Nous avons du thé glacé. Ça vous dit, agent Cross ?

— Ça ira, je vous remercie.

Une gouvernante d'âge moyen se tenait près de nous, dans l'attente d'une éventuelle consigne. Il devait s'agir de Lupe San Remo, la femme qui avait découvert le corps dans la piscine.

— *Nada, Lupe, gracias*, lui dit M. Bell. *Quisiéramos cenar a las siete, por favor.*

Je le suivis jusqu'à une vaste pièce où trois adorables petites filles blondes étaient blotties les unes contre les autres dans un énorme fauteuil. Cassie, Anna et Zoey, âgées respectivement de cinq, sept et huit ans, selon le dossier. Une image du dessin animé *Le Monde de Nemo* était figée sur pause sur le gigantesque écran plasma.

Je les avais interrompus, et cela aussi contribua à me mettre mal à l'aise. Je me demandai si Mary Smith éprouvait de réels sentiments pour les enfants de ses victimes. Et si tel était le cas – pourquoi ? Quelles pouvaient être les motivations de cette personne mentalement dérangée ? Pourquoi assassiner ainsi la mère de ces jeunes enfants ?

— Les filles, je serai dans le salon pendant quelques minutes. Regardez la suite sans moi.

Il pressa le bouton d'une télécommande et monta le son. Je reconnus la voix d'Ellen DeGeneres, sûrement parce que j'avais déjà vu *Le Monde de Nemo* une dizaine de fois avec Jannie. Elle adorait le personnage de Dorry.

— Installons-nous ici, me dit Bell comme nous entrions dans un salon voûté.

Un immense mur de verre laissait admirer une superbe vue sur la côte, et, au premier plan, la piscine où le corps de sa femme, Marti, avait été découvert. Michael Bell s'assit dos à la vitre, sur un canapé beige en velours.

— J'aimais beaucoup cette vue, autrefois, m'expliqua-t-il d'une voix faible. Marti aussi.

— Voulez-vous que nous allions parler ailleurs ? m'enquis-je aussitôt.

— Merci, ça va aller. J'essaie de circuler dans la maison aussi normalement que possible. Pour les filles. Pour ma propre santé mentale. Vous avez des questions ?

— Je sais que la police doit continuer à vous interroger. Je sais aussi qu'elle vous a disculpé, alors je tâcherai d'être bref.

— J'apprécie votre sollicitude. Peu importe le temps que ça prendra. Allez-y, posez-moi toutes vos questions. Je veux aider la police à trouver la personne qui a fait ça. J'ai besoin de sentir que je suis utile, que je peux aider à faire avancer l'enquête.

Je m'installai sur un canapé face à lui. Un énorme bloc de marbre poli faisait office de table basse entre nous.

— Désolé, mais je vais devoir commencer par les questions les plus évidentes. À votre connaissance, votre femme avait-elle des ennemis ? Une personne à laquelle vous auriez pu penser après coup ?

Bell se passa la main dans la barbe, puis se frotta longuement les yeux.

— Croyez-moi, j'y ai beaucoup réfléchi. C'est là toute l'ironie de la situation. Marti est l'une des personnes les plus populaires de Los Angeles. Tout le monde l'aimait, ce qui est plutôt rare dans ce milieu.

Il s'interrompit ; son visage se déforma. Il était à deux doigts de craquer et je devinais ses pensées. *Tout le monde l'aimait. Au passé.*

Ses épaules s'affaissèrent. Il s'essuya les yeux de son poing fermé.

— Désolé. J'essaie de me persuader que je peux faire abstraction de ce qui s'est passé, mais je me leurre.

— Prenez votre temps.

J'aurais souhaité en dire plus ; lui dire que je comprenais sa douleur. Pas simplement le fait de perdre sa femme, mais de la perdre en des circonstances aussi dramatiques. Quelques années plus tôt, je m'étais retrouvé dans une situation très similaire. Si ce qu'il traversait ressemblait à ce que j'avais connu à la mort de ma femme, alors rien ne pourrait l'apaiser, et sûrement pas les paroles d'un étranger. En lui dévoilant des éléments personnels de ma propre expérience, j'aurais été le seul à tirer un bénéfice, c'est pourquoi je ne lui parlai pas de Maria, ni de la façon dont elle avait été assassinée.

— Papa ?

Zoey, la plus âgée des trois fillettes, se tenait sous le grand arc séparant le salon de la galerie attenante. Elle semblait effrayée, fragile et terriblement seule.

— Tout va bien, ma puce, fit Michael Bell. Viens me voir un instant.

Il ouvrit ses bras et elle se dirigea vers lui en

prenant soin de contourner le canapé pour ne pas passer près de moi.

Elle se jeta dans ses bras et tous deux fondirent en larmes. Je me demandai si elle avait déjà vu son père pleurer par le passé.

— Tout va bien, répétait ce dernier en lui caressant les cheveux. Tout va bien, ma puce. Je t'aime très fort. Tu es ma petite fille adorée.

— Je t'aime aussi, papa, murmura Zoey.

— Nous reprendrons cet entretien plus tard, dis-je doucement. J'ai une copie de votre déposition dans le dossier, et de toute manière, je n'ai pas besoin de beaucoup plus de renseignements.

Il m'observa d'un air reconnaissant, son visage pressé contre celui de Zoey qui s'était pelotonnée sur ses genoux. On voyait qu'ils étaient très proches. Je pensai à Jannie.

— N'hésitez pas à me solliciter en cas de besoin, m'assura Bell. J'ai vraiment envie de vous aider.

— Si je pouvais faire un tour de la maison, ça me serait très utile.

— Bien sûr, allez-y.

Je pivotai sur mes talons, mais avant de m'éloigner, je ne pus m'empêcher d'ajouter :

— Vous faites exactement ce qu'il faut faire. Vos enfants vous aideront à surmonter cette épreuve. Restez unis, c'est le plus important.

— Oui. Je n'ai plus qu'eux à présent. En tout cas, merci de vous montrer si attentionné.

Je pris congé, persuadé qu'il savait que ce n'était pas un conseil de flic que je lui avais donné, mais celui d'un père, d'un mari. Soudain, je n'avais plus envie de m'attarder dans cette maison plus que nécessaire.

45.

En tant qu'enquêteur, j'aurais souhaité rester plus longtemps à m'imprégner de tous les détails, mais étant donné les circonstances, je ne restai qu'une vingtaine de minutes.

Je commençai mon exploration par la piscine, que j'observai depuis son côté le plus profond. Je fixai les lignes bleu roi peintes au fond du bassin. Les rapports estimaient que Mary Smith avait tiré sur Marti Lowenstein-Bell depuis cet endroit, une seule balle dans le haut du crâne. Puis elle l'avait ramenée vers le bord à l'aide d'un long filet épuisette. Les entailles sur le visage avaient été exécutées de manière à la fois nerveuse et confuse, des dizaines de coupures qui se chevauchaient. Comme si elle avait voulu l'effacer.

Cela m'évoquait ce que font certains avec les photos, lorsqu'ils se débarrassent symboliquement d'une personne en traçant une croix sur son visage. Par ailleurs, Mary Smith avait également détruit plusieurs photos de famille dans le bureau situé à l'étage.

Je levai les yeux vers l'endroit où, d'après les schémas du rapport, était situé le bureau en question.

Le trajet le plus logique pour s'y rendre impliquait de traverser le salon pour rejoindre l'escalier en pierre dans le hall d'entrée.

L'assassin a visité la maison la veille du meurtre. Comment cela a-t-il pu se produire ? À quelle heure ? Et pourquoi ? Comment Mary Smith opère-t-elle ?

En traversant à nouveau la maison, je vis Michael Bell assis avec ses trois filles. Tous les quatre suivaient le dessin animé d'un œil vide. Ils ne levèrent même pas la tête à mon passage et je préférai ne pas les interrompre. Sans savoir pourquoi, je me rappelai avoir serré Jannie et Day dans mes bras après la décision du juge à Seattle.

Le couloir, à l'étage, consistait en une passerelle suspendue, aux parois vitrées, qui séparait la maison en deux. Je suivis le chemin que Mary Smith avait dû emprunter, pour redescendre ensuite vers une autre aile, où je trouvai sans trop de peine le bureau de Marti.

C'était la seule pièce munie d'une porte.

À l'intérieur, l'un des murs comportait des traces correspondant à des emplacements laissés vides et où je supposai qu'il y avait eu les photos de famille. Le reste semblait intact.

L'assassin se montre de plus en plus téméraire, prend de plus en plus de risques, mais son obsession pour les familles reste extrêmement présente.

Mon attention se porta sur un fauteuil en cuir qui faisait face à un écran d'ordinateur : le bureau de la victime, et probablement l'endroit depuis lequel Mary Smith avait envoyé l'e-mail à Arnold Griner.

La pièce offrait une vue sur la terrasse et la piscine. Mary Smith avait ainsi pu observer le corps de Marti flotter à la surface tandis qu'elle tapait le message. Cette vision l'avait-elle répugnée, mise en rage, ou bien avait-elle éprouvé une profonde satisfaction à contempler ainsi sa victime ?

Un déclic se produisit dans mon esprit. Les photos détruites. Le récent message avorté. Une chose que m'avait dite le professeur Papadakis à propos de l'« évitement ». Une chose à laquelle j'avais moi-même réfléchi durant la matinée. *Mary Smith n'aimait pas ce qu'elle voyait lors de ses crimes ?*

La scène de meurtre lui renvoyait une image profondément perturbante liée à son passé, à une partie d'elle-même qu'elle ne tenait pas à voir resurgir, et qu'en réaction, elle refoulait. Cette idée ne me plaisait pas, mais Mary Smith était probablement en train de perdre le contrôle.

Je me repris – l'assassin *était* en train de perdre le contrôle.

46.

J'étais allongé sur le lit de ma chambre d'hôtel, cette nuit-là. Mon esprit tournoyait en tous sens et je me sentais incapable de résoudre les problèmes.

Mary Smith. Sa folie. Ses incohérences. De possibles mobiles pour les meurtres. Pour le moment, je disposais de peu d'éléments.

Jamilla. Il valait mieux ne même pas y penser.

Nana, Damon et Jannie. Étais-je donc condamné à rater ma vie familiale ?

Christine et Ali. Le plus triste de tout.

Ces derniers temps, j'avais parfaitement conscience de ne pas consacrer toute l'attention nécessaire aux points importants de ma vie. C'en était venu à me demander des efforts considérables. Il m'était arrivé d'aider des gens à traverser ce genre d'épisodes dépressifs, mais j'avais le sentiment que personne n'était doué pour l'autoanalyse.

Comme promis, Monnie Donnelley m'avait communiqué plusieurs informations concernant James Truscott. Il s'agissait tout bonnement d'un investigateur. C'était un ambitieux, dont on pouvait parfois contester les méthodes, mais qui n'en demeurait pas moins un membre respecté du quatrième pouvoir. Il ne semblait en outre aucunement lié à l'affaire Mary Smith.

Jetant un œil à ma montre, je me rendis compte que le temps avait filé. Je marmonnai un juron puis composai le numéro de mon domicile dans l'espoir de tomber sur Jannie et Damon avant l'heure du coucher.

— Résidence Cross. Jannie Cross à l'appareil.

Je me surpris à sourire.

— Bonjour, je suis bien à la boutique des câlins et des bisous ? J'aimerais passer une commande, s'il vous plaît.

— Papa, j'étais sûre que tu allais appeler !

— Je suis donc si prévisible ? J'espère que vous étiez sur le point d'aller au lit ? Demande à Damon de prendre l'autre ligne.

— C'est déjà fait, fit la voix de Damon. J'ai deviné que c'était toi, papa. Tu es prévisible, mais c'est ça qui est bien avec toi.

Je restai un instant à bavarder avec eux. Damon tenta de m'amadouer pour me convaincre de le laisser acheter un CD comportant un avertissement parental. Sans succès. Toujours pas un mot sur sa mystérieuse petite amie. Jannie, quant à elle, se préparait pour sa première « fête de la science », et voulait savoir si je pouvais faire passer ses amies au détecteur de mensonges.

— Bien sûr. Dès que Damon et toi y serez passés.

Enfin, Jannie m'apprit une nouvelle qui m'ennuya fortement.

— Le journaliste est revenu, papa, mais Nana l'a chassé. Elle lui a drôlement remonté les bretelles. Je l'ai entendue lui dire qu'il « déshonorait sa profession ».

Je discutai un peu avec Nana avant de raccrocher, puis commandai à manger.

Mon repas achevé, je décidai d'appeler Jamilla à San Francisco. Je passais mes coups de fil par ordre de stress croissant, gardant le plus pénible pour la fin. Bien entendu, il me fallait aussi tenir compte des décalages horaires.

— L'affaire Mary Smith a pris une ampleur nationale, me dit Jamilla. Le bruit court que la police de Los Angeles n'est pas près de l'arrêter.

— Évitons de parler travail, d'accord ?

— Pour être honnête, Alex, j'étais sur le point de sortir. J'ai rendez-vous avec un ami... juste un ami, ajouta-t-elle avec un peu trop d'empressement. Ne t'inquiète pas.

Au contraire, je pensai aussitôt que j'avais du souci à me faire.

— Bien sûr, vas-y.

— On se rappelle demain ? Désolée, Alex, mais il faut vraiment que je file. À demain, d'accord ?

Je promis, puis raccrochai. *Juste un ami...* Bien, il ne me restait plus qu'un dernier appel à passer. Le plus éprouvant. Je décrochai le combiné et pianotai un numéro que je connaissais par cœur.

— Allô ?

— C'est moi, Alex.

Christine marqua une pause – encore une de ses réactions impossibles à déchiffrer.

— Salut, Alex, dit-elle au bout d'un moment.

— Je pourrais parler à Ali ?

— Bien sûr. Je vais le chercher. Il vient de finir de manger. Il est dans la salle de jeux.

J'entendis un bruissement, puis la voix étouffée de Christine : « C'est papa. » Le mot me provoqua un pincement au cœur – un mélange de chaleur et de regret.

— Coucou, papa !

À sa petite voix enthousiaste, une foule de sentiments me submergea ; je ressentis un grand vide. Je revoyais son visage, son sourire.

— Alors, mon grand, qu'est-ce que tu racontes ?

Malheureusement, comme tous les enfants de trois ans, Alex n'était pas encore très à l'aise avec le téléphone et la conversation tourna vite court. Après un silence particulièrement long, je distinguai la voix de Christine :

— Tu dis au revoir, maintenant ?

— Au revoir, papa.

— À bientôt, mon bonhomme. Je t'aime très fort.

— Moi aussi, papa.

Il raccrocha et je me retrouvai seul dans ma chambre d'hôtel, seul avec l'affaire Mary Smith, loin des personnes que j'aimais le plus au monde – plus que ma vie elle-même. Oui, plus que ma vie, c'était exactement la pensée qui s'était formée dans mon esprit – que signifiait-elle ?

III

LUTTE SUR TOUS LES FRONTS

47.

Assise sur un banc, Mary Smith surveillait sa petite Ashley adorée, occupée à faire du toboggan. Une bonne chose, se dit-elle. Un peu d'exercice la fatiguerait avant qu'il soit l'heure d'aller chercher Brendan et Adam. Avec un peu de chance, il lui resterait même un peu de temps pour décompresser de cette journée infernale.

Elle contempla le carnet tout neuf posé sur ses genoux, en admira l'épais papier et la belle couverture reliée.

Ce genre de carnet constituait le seul luxe qu'elle s'autorisait. Elle essayait d'écrire un peu tous les jours. Plus tard, peut-être, ses enfants liraient ces pages et sauraient qui elle était vraiment en dehors de ses fonctions de cuisinière, femme de ménage et chauffeur. D'ailleurs, le carnet venait de la piéger. Sans s'en rendre compte, elle avait écrit *tomates, carottes, céréales, jus de fruits, couches*. Et mer... credi !

Elle déchira soigneusement la page. C'était peut-être idiot, mais elle considérait ce carnet comme un objet sacré, où il était hors de question de tenir ses listes de courses.

Levant les yeux, elle s'aperçut soudain qu'Ashley n'était plus là. *Mon Dieu, où est-elle ?*

La seconde d'avant, elle était là, et voilà qu'elle avait disparu !

S'était-il écoulé davantage qu'une seconde ? Elle sentit la tension la gagner. Oui, peut-être s'était-il écoulé plusieurs secondes.

— Ashley ? Ma puce ? Où es-tu ?

Son regard balaya rapidement l'aire de jeux, très fréquentée à cette heure de la journée. Il y avait plusieurs petites filles blondes, mais nulle trace d'Ashley, ni sur le toboggan, ni près de la cage à poules. L'aire de jeux était délimitée par un grillage. Jusqu'où a-t-elle pu aller ? Elle se dirigea vers le portail.

— Excusez-moi, auriez-vous vu une petite fille blonde, avec un jean et un T-shirt rouge ?

Personne ne l'avait vue.

Oh mon Dieu, non ! Tout mais pas ça !

C'est alors que Mary l'aperçut un peu plus loin, cachée derrière un tronc d'arbre. Son cœur faillit exploser. Elle laissa échapper un petit rire, confuse de s'être angoissée si vite. Seigneur, qu'est-ce qui peut bien clocher chez moi ?

Elle se dirigea vers Ashley :

— Qu'est-ce que tu fabriques ici, mon petit cœur ?

— Je joue à cache-cache.

— Et avec qui, pour l'amour de Dieu ?

Mary luttait pour ne pas élever la voix. Les gens commençaient à les observer.

— Avec toi, répondit Ashley avec un sourire irrésistible.

Mary se pencha vers elle et murmura, tout près de son petit visage :

— Ashley, je ne veux pas que tu t'éloignes comme ça. Tu comprends ? Si tu ne me vois plus, moi non plus je ne te vois pas. C'est compris ?

— Compris.

— Bien. Maintenant, pourquoi tu n'irais pas t'amuser un peu sur la cage à poules ?

Mary Smith s'installa sur un autre banc, à l'écart des regards désapprobateurs braqués sur elle. Une jeune maman, qui lisait le *L.A. Times*, lui adressa un sourire :

— Bonjour !

— Je suis sûre que vous n'êtes pas du coin, fit Mary après avoir détaillé la jeune femme des pieds à la tête.

— Pourquoi dites-vous ça ? rétorqua l'autre sur la défensive.

— Eh bien, tout d'abord, personne ici n'est aussi sympathique, répondit Mary en souriant. Et puis seuls les gens d'ailleurs savent reconnaître les gens d'ailleurs. Je viens moi-même du Vermont.

— Et moi de Baltimore, fit la jeune femme d'un air soulagé. J'ai entendu dire que les Californiens étaient plutôt sympas. Ils s'arrêtent en voiture pour vous laisser traverser la rue, par exemple. On ne voit pas ça à Baltimore.

— Oui, c'est vrai.

— Bien sûr, on ne voit pas non plus ce genre de choses, poursuivit-elle en brandissant la une du journal.

MEURTRES À HOLLYWOOD
L'ENQUÊTE SE POURSUIT

— En aviez-vous entendu parler ? demanda-t-elle à Mary. J'imagine que oui.

— Difficile de passer à côté en ce moment.

— Moi, en tout cas, je trouve ça triste. Je sais que je devrais avoir peur, mais en réalité, j'ai surtout de la peine pour ces familles.

— Oui, moi aussi, acquiesça Mary en hochant la tête avec solennité. Ces pauvres enfants ! Vraiment, c'est à vous fendre le cœur.

48.

D'après les statistiques que j'étais en train de lire, 89 % des femmes *serial killer* tuaient par empoisonnement, étouffement ou injection létale, moins de 10 % par arme à feu, et je n'avais pu en trouver aucune ayant fait usage d'un couteau.

Mary Smith était-elle l'exception qui confirme la règle ?

Je n'étais pas vraiment disposé à le croire, mais j'étais apparemment le seul.

Je parcourus les différents articles de presse, photos et documents éparpillés devant moi comme autant de pièces d'un même puzzle.

Aileen Wuornos faisait partie de celles qui avaient choisi le pistolet comme arme de prédilection. En 1989 et 1990, elle avait abattu au moins sept hommes en Floride. À son arrestation, les médias l'avaient qualifiée de première femme *serial killer* des États-Unis. Elle était sûrement la plus célèbre, mais certainement pas la première. Presque la moitié des tueuses en série consignées dans les archives appartenaient à la catégorie des « veuves noires » – qui tuent leur mari, ou bien sont motivées par un désir de vengeance. La plupart entretenaient une relation avec leurs victimes.

Bobbie Sue Terrell, une infirmière, avait injecté à douze de ses patients une dose mortelle d'insuline.

Dorothea Montalvo Puente avait empoisonné neuf de ses pensionnaires afin de détourner leurs chèques de pension.

J'en étais là de mes investigations lorsque Maureen, une secrétaire, passa sa tête dans l'embrasure de la porte :

— Je vais au In-n-out Burger, vous voulez quelque chose ?

— S'ils ont des sandwichs au poulet grillé, je suis partant. Avec un jus d'orange, merci.

Elle partit d'un joyeux éclat de rire :

— Vous ne préférez pas un hamburger ou un cheeseburger ?

Mon sommeil et ma vie personnelle traversant une période pour le moins confuse, j'essayais de conserver un semblant de contrôle sur mon alimentation, et évitais, dans la mesure du possible, d'ingurgiter de la *junk-food*. Je n'avais pas fait d'exercice physique depuis plusieurs jours. Tomber malade était vraiment la dernière chose dont j'avais besoin.

— Laissez tomber, Maureen. J'irai plus tard.

Une minute plus tard, l'agent Page vint rôder autour de mon bureau.

— Tout va bien ? s'enquit-il. Du nouveau ?

J'écartai les bras pour indiquer la foule de documents qui encombraient mon bureau :

— Elle ne correspond à aucun profil.

— Ce qui était probablement le cas pour la moitié des tueuses en série avant leur arrestation, rétorqua Page.

Décidément, ce jeune homme m'impressionnait de plus en plus.

— Et du côté de nos amis de la police ? demandai-je à mon tour.

— La balistique s'est penchée sur le flingue dont elle s'est servi. Il s'agit d'un vieux Walther PPK, un modèle antique et légendaire. La même arme a été utilisée pour chacun des meurtres. Il y a un briefing complet demain, si jamais vous voulez y assister. Sinon, j'irai.

Cette nouvelle concernant l'arme s'avérait plutôt surprenante, et même carrément étrange.

— Ont-ils pu déterminer l'âge du pistolet ?

— Oui. C'est un modèle qui date d'une vingtaine d'années... ce qui ne fait que renforcer le mystère ! Pas évident de remonter la trace d'une arme aussi vieille.

— Vous pensez que c'est la raison qui l'a poussée à choisir un Walther PPK ?

— Ce qu'on peut dire, c'est qu'il ne s'agit pas d'une professionnelle. Peut-être possède-t-elle cette arme depuis longtemps. Peut-être a-t-elle commencé à tuer bien plus tôt qu'on ne le pense. On peut aussi supposer qu'elle l'ait trouvée, ou qu'elle en ait hérité de son père.

— Quel âge avez-vous ? demandai-je, décidément impressionné par son esprit alerte.

Page me jeta un regard oblique :

— Êtes-vous censé me poser ce genre de questions ?

— Détendez-vous. Il ne s'agit pas d'un entretien d'embauche. Je m'interrogeais simplement. Vous êtes beaucoup plus vif que la plupart des gens que j'ai vu sortir de Quantico ces derniers temps.

— J'ai vingt-six ans, répondit-il avec un grand sourire.

— Vous êtes doué, Page. Mais veillez à ne pas

laisser votre visage trahir vos émotions. Il faut apprendre à contrôler ça.

— Je n'ai pas besoin d'exercer mes talents d'acteur au bureau, répliqua Page, imperturbable.

Imitant le style et le phrasé des surfeurs, il ajouta :

— Ouais, mec, j'sais ce que tu penses de moi, mais j't'assure que depuis que j'ai foiré mon école de surf, j'me consacre à fond au FBI.

C'était bon de rire, même si je riais surtout de moi.

— Honnêtement, j'ai du mal à vous imaginer sur une planche de surf.

— Détrompe-toi, *man* !

49.

Le lendemain, aux alentours de 17 heures, la salle de réunion du LAPD était pleine à craquer, comme une valise qui aurait contenu beaucoup trop de choses inutiles. J'étais debout, appuyé contre un mur au niveau des premiers rangs, à attendre que l'inspecteur Jeanne Galletta vienne mettre un peu d'ordre dans ce chahut.

Elle entra d'un pas vif aux côtés de Fred Van Allsburg et d'Alan Shrewsbury, le préfet de police de Los Angeles, ainsi qu'un troisième homme que je ne connaissais pas. Des quatre, Jeanne était de loin celle qui attirait le plus les regards, et la seule à être âgée de moins de cinquante ans.

— Qui est cet homme ? demandai-je à un officier à côté de moi. Celui en costard bleu ? Enfin, celui qui a le costard bleu le plus clair.

— Michael Corbin.

— Qui ça ?

— C'est le maire adjoint. Le genre de type qui ne sert pas à grand-chose et qui ne se prend pas pour de la merde.

J'étais plutôt content de ne pas être de corvée de discours, mais aussi un peu inquiet. La politique faisait partie intégrante de ces affaires à fort retentissement. J'espérais simplement qu'ici, à Los Angeles, elle ne jouerait pas un rôle plus important que d'habitude.

Galletta m'adressa un signe de tête avant d'entamer sa présentation.

— S'il vous plaît, nous allons commencer.

Le silence se fit instantanément. Le maire adjoint serra la main de Van Allsburg puis s'éclipsa par une porte latérale. Hein ? C'était quoi, ce truc ? Avait-il été convié en tant que simple invité, ou n'était-il là que pour une apparition fantôme ?

— Commençons par aborder les détails pratiques, poursuivit l'inspecteur Galletta.

Elle passa rapidement en revue les principaux éléments de l'enquête – le Walther PPK, les autocollants marqués de deux A et d'un B, les victimes et leur soi-disant inaptitude à endosser le rôle de la mère idéale ce qui, bien évidemment, faisait les choux gras de la presse. Un journal à sensation avait surnommé l'affaire « *The Stepford Wife Murders* [1] ». Galletta nous rappela que les e-mails envoyés par Mary au *L.A. Times* étaient classés secrets.

Plusieurs questions fusèrent :

La police était-elle au courant ou suspectait-elle des connexions entre Mary Smith et d'autres homicides commis dans la région ? *Non.*

Comment être certain que les meurtres étaient l'œuvre d'une seule et même personne ? *Nous ne sommes sûrs de rien, mais tout porte à le croire.*

Quels sont les éléments permettant d'affirmer qu'il s'agit bien d'une femme ? *Un cheveu de femme, dont on peut présumer qu'il appartient à l'assassin, a*

1. *The Stepford Wives*, célèbre roman d'Ira Levin (1972), dont deux films ont été tirés.

été retrouvé sur l'un des autocollants au cinéma le Westwood Village Theater.

— Je crois que le moment est venu pour le Dr Cross de nous communiquer les conclusions auxquelles le FBI est parvenu à ce stade de l'enquête. Le Dr Cross nous vient de Washington, où il a résolu des affaires impliquant des tueurs en série tels que Gary Soneji et Kyle Craig.

Une centaine de paires d'yeux se tournèrent dans ma direction. Moi qui croyais participer à ce briefing en tant qu'observateur, voilà que je me retrouvais projeté sur le devant de la scène. Il aurait été stupide de laisser filer l'occasion, ou pire, de faire perdre leur temps à tous ces gens. Je commençai en ces termes :

— Tout d'abord, j'aimerais vous dire que je ne suis pas entièrement convaincu que Mary Smith soit une femme.

Voilà qui devrait suffire à réveiller le dernier rang.

50.

Des murmures se firent entendre dans la salle. J'avais réussi à attirer l'attention de toute l'assemblée.

— Je ne suis pas en train d'affirmer qu'il s'agit d'un homme, mais nous n'avons pas écarté cette éventualité, et vous feriez bien de ne pas l'écarter non plus. Quoi qu'il en soit, poursuivis-je en élevant la voix pour couvrir les rumeurs, je peux déjà apporter quelques pistes. Étant encore dans l'incertitude, j'emploierai le pronom « elle ». Elle est donc probablement de race blanche, âgée de trente-cinq à quarante ans. Elle conduit sa propre voiture, un modèle qui se fondrait bien dans le décor des quartiers huppés où les meurtres ont été commis. Elle possède vraisemblablement un bon niveau d'éducation, et il est très probable qu'elle exerce une activité professionnelle. Un travail alimentaire. Peut-être un métier lié à l'activité des services et pour lequel elle est surqualifiée.

J'apportai quelques autres précisions, puis répondis au pied levé à diverses questions. Jeanne Galletta laissa ensuite la parole aux experts de la balistique avant de clore la réunion :

— Une dernière chose. Kileen, Gerry,

asseyez-vous s'il vous plaît. Je vous dirai quand vous pourrez partir.

Elle attendit le silence, et l'obtint assez vite.

— Inutile de vous rappeler la pression médiatique à laquelle nous sommes soumis dans cette affaire. Par conséquent, je veux que vous réfléchissiez et que vous agissiez comme si une caméra était braquée sur vous en permanence, ce qui, d'ailleurs, pourrait bien être le cas. Je n'admettrai aucune négligence. Croyez-moi, sur ce point, je serai aussi sévère qu'un cancer du poumon. La procédure standard n'est pas de mise sur cette enquête.

Je voyais Galletta jeter des coups d'œil en direction de Van Allsburg pendant qu'elle parlait. Leur entretien à huis clos avec le maire adjoint avait sûrement consisté à définir le mode d'action à mettre en œuvre. Il me vint soudain à l'esprit qu'on était à l'approche d'une période électorale. Le maire avait besoin d'un résultat net, sans bavures, et surtout rapide. Sur ce point, j'avais quelques doutes.

— Bien. C'est tout pour le moment, conclut-elle enfin.

La salle se ranima d'un seul coup ct Galletta me fit signe de la rejoindre dans la salle de conférences.

Je dus traverser la foule pour y parvenir. Je me demandai ce qu'elle pouvait bien avoir à me dire.

— Comment allez-vous ? demandai-je tandis qu'elle refermait la porte derrière nous.

— On peut savoir ce qui vous a pris ? lâcha-t-elle d'un ton brusque.

— Comment ça ?

— De me contredire, d'expliquer que Mary Smith est peut-être un homme, de brouiller les esprits à ce stade de l'enquête. J'ai besoin d'équipes efficaces et déterminées. Vous auriez pu me prévenir avant de ressortir de vieilles suppositions périmées et de les balancer comme un cheveu sur la soupe.

— Périmées ? Comme un cheveu sur la soupe ? Je vous rappelle que nous en avions parlé tous les deux ! Je vous avais donné mon sentiment sur cette question.

— Oui, et nous avions écarté l'hypothèse.

— Non, Jeanne. C'est *vous* qui l'aviez écartée. Écoutez, je sais que vous êtes sous pression...

— C'est le moins qu'on puisse dire. On est à Los Angeles, ici, pas à Washington. Vous n'avez pas idée de ce que c'est.

— Détrompez-vous, j'imagine très bien. Et à l'avenir, si vous souhaitez que je participe aux réunions et éviter les surprises, consultez-moi à l'avance. Rappelez-vous aussi ce que vous avez dit tout à l'heure, sur le succès de mes enquêtes passées.

Je tâchais de garder un ton calme et même empreint d'une certaine sollicitude, mais je n'allais certainement pas m'écraser devant de telles remontrances.

Jeanne serra les dents et garda la tête baissée un instant.

— Très bien. Excusez-moi.

— Et pour que les choses soient bien claires, je ne dis pas qu'il est impératif de me consulter. C'est *votre* enquête, mais avec une affaire aussi importante et délicate à manier, vous ne pouvez pas tout contrôler.

— Je sais, je sais.

Elle poussa un profond soupir, non de soulagement, mais plutôt pour évacuer le stress. Puis elle sourit :

— Vous savez quoi ? J'ai envie de me racheter. Vous aimez les sushis ? Il faut bien manger, dans la vie, non ? Je vous promets que nous ne parlerons pas travail.

— Ç'aurait été avec plaisir, mais malheureusement je suis loin d'avoir terminé ma journée. Écoutez, Jeanne, je ne crois pas que le tueur soit une femme. Maintenant, reste à déterminer de qui il s'agit. Une prochaine fois, pour les sushis ?

— Une prochaine fois, répondit Galletta.

Elle quitta la salle hâtivement, de la même manière qu'elle était arrivée à la réunion un peu plus tôt.

51.

Durant les heures qui suivirent, je parvins à me plonger dans un état très productif que j'aurais aimé être capable de retrouver chaque fois que je m'asseyais devant un bureau.

J'effectuai plusieurs recherches sur le système VICAP[1] afin de déterminer s'il existait une éventuelle correspondance entre cette vague de meurtres et d'autres affaires. Au début, je ne trouvai rien.

Mais au bout d'un moment, quelque chose retint mon attention. Un triple meurtre, survenu six mois auparavant.

Certes, il avait eu lieu à New York et non à Los Angeles. Mais il avait été commis dans un cinéma de la 57e Rue Est, le Sutton, et les faits, de prime abord, s'avéraient pour le moins intrigants.

Premièrement, ces meurtres n'étaient toujours pas élucidés. La police de New York n'était parvenue à aucun résultat, tout comme c'était le cas pour les meurtres de Los Angeles.

Cette tuerie n'avait pas non plus de mobile

1. *Violent Criminal Apprehension Program*, base de données informatisée du FBI servant à répertorier et à mettre en rapport différentes affaires de crimes, résolues ou non, notamment les affaires de meurtres en série.

apparent, et ce dernier détail avait son importance. Toute cette affaire avait peut-être commencé bien plus tôt qu'on ne l'avait cru jusqu'à présent. Et peut-être le tueur venait-il en réalité de New York.

Je relus attentivement les notes de la police. Cet après-midi-là, un spectateur et deux membres du personnel du Sutton avaient été abattus dans les toilettes du cinéma. Selon la thèse retenue par les enquêteurs, les deux employés avaient surpris le tueur juste après qu'il avait tiré sur le premier homme, un certain Jacob Reiser, étudiant en cinéma âgé de vingt ans qui vivait à Brooklyn.

D'autres éléments retinrent mon attention à commencer par l'arme du crimc mentionnée dans le rapport. L'expertise avait révélé que les balles provenaient d'un Walther PPK.

Le pistolet utilisé lors des meurtres de Los Angeles était également un Walther PPK, même s'il s'agissait apparemment d'un modèle plus ancien.

Et surtout, les meurtres de New York avaient eu lieu dans les toilettes pour hommes.

52.

Bonne nouvelle – j'avais cumulé suffisamment de points fidélité pour une vie entière de chambres d'hôtel gratuites. Le problème, c'est que je m'étais mis à maudire les hôtels. West Los Angeles n'ayant pas beaucoup de distractions à offrir, j'étais allongé sur mon lit à feuilleter une nouvelle fois mes notes, un reste de sandwich au poulet et une cannette de soda tiède posés à côté de moi.

Je fus content d'entendre sonner le téléphone. C'était Nana Mama.

— Nana ! J'étais justement en train de rêver à des côtelettes de porc accompagnées de spoonbread[1], et comme par magie, tu appelles !

— Pourquoi cherches-tu à me flatter, Alex ? Tu vas m'annoncer que tu ne rentres pas ce week-end ?

— Pas exactement.

— Alex…

— Bien sûr que je rentre. Et crois-moi, je ne rêve que d'une chose, laisser cette enquête loin derrière moi. Mais je vais devoir refaire la navette.

— J'aimerais que tu y réfléchisses sérieusement,

1. Pain de maïs au lait.

Alex. J'ai l'impression que cette nouvelle enquête est encore pire que la précédente.

Visiblement, le délai de grâce qui avait suivi l'audience à Seattle était terminé. Nana avait repris ses bonnes vieilles habitudes, et on pouvait même dire qu'elle en rajoutait une couche. Non qu'elle eût entièrement tort.

— Comment vont les enfants ? demandai-je au bout d'un moment. Je peux leur parler ?

Et reposer un peu mes oreilles par la même occasion, pensai-je.

— Ils vont bien, rassure-toi. Juste pour information, moi aussi je vais bien.

— Il t'est arrivé quelque chose ?

— Un simple étourdissement. Trois fois rien. J'ai vu Kayla Coles aujourd'hui. Elle m'a examinée et tout va bien. Je suis repartie pour dix mille kilomètres !

— Je te connais, Nana. Si tu dis ça, c'est que ce malaise n'était pas qu'un simple étourdissement. Tu t'es encore évanouie ?

— Non, je ne me suis pas *évanouie*, répondit-elle comme si elle n'avait jamais rien entendu de plus stupide. Mais je suis une vieille femme, Alex. Je te l'ai déjà expliqué. Même si je ne fais pas mon âge !

Pourtant, lorsque je lui demandai le numéro de Kayla Coles, elle refusa de me le donner. Je dus attendre de parler à Damon pour qu'il aille me le chercher dans mon Rolodex.

— Comment la trouves-tu, en ce moment ? l'interrogeai-je ensuite. Tu sais que tu dois prendre soin d'elle, Day.

— Ça a l'air d'aller. Tu la connais, avec elle c'est dur de savoir. En tout cas, elle est allée faire les courses tout à l'heure, elle a préparé le dîner, et maintenant elle est en train de passer l'aspirateur.

— Elle fait ça par fierté. Va donc passer l'aspirateur à sa place. Allez, file !

— Mais je n'ai jamais passé l'aspirateur.

— Eh bien c'est le moment d'apprendre.

Après avoir parlé aux enfants, je raccrochai et tentai de joindre Kayla Coles ; je tombai sur son répondeur. J'appelai alors Sampson pour lui demander de faire un saut à la maison, histoire de constater l'état de Nana, elle qui s'était occupée de lui lorsqu'il était enfant.

— Aucun problème, m'assura-t-il. Je me pointerai demain matin à l'heure du petit déjeuner, ça te va ?

— Comme ça, tout le monde sera gagnant ? Et puis ça te fera un bon prétexte.

— Je ne crois pas qu'elle sera dupe.

— Ça m'étonnerait aussi, même si dans le rôle de l'homme affamé, tu es plus que crédible.

— Et toi, comment ça va ? Couci-couça, on dirait.

— Ça va... C'est juste qu'il y a un boulot dingue. L'affaire est complexe, et tu verrais le foin que ça fait ici. En plus de ça, j'ai encore eu droit à Truscott, le journaliste. Mais je crois qu'il est reparti.

— Tu as besoin de renfort ? Je pourrais venir guincher à L.A., j'ai quelques jours de vacances.

— Pour foutre ta femme en rogne ? Je préfère éviter. Merci quand même, je garde ta proposition à l'esprit si jamais on parvient à mettre la main sur cette Mary Smith.

C'est avec Sampson que j'avais réalisé les plus grandes enquêtes de ma carrière. Depuis mon départ de la police, je regrettais sa compagnie par-dessus tout. Je n'en avais pourtant pas encore fini avec lui. Il me restait une idée le concernant, une idée que j'exposerais en temps voulu.

53.

Je passai la journée suivante enfermé dans mon bureau, travaillant sans relâche de 7 heures à 19 heures. Heureusement, j'entrevoyais une lumière au bout de cet interminable et sinistre tunnel. Jamilla devait arriver dans la soirée, et je l'attendais avec impatience.

Elle avait insisté sur le fait qu'il était inutile de venir la chercher à l'aéroport, et nous étions convenus de nous retrouver au Bliss, sur Le Cienega Boulevard. En arrivant au restaurant, je la vis, debout devant le bar, un sac de voyage posé à ses pieds. Elle portait un jean, un col roulé noir et une paire de bottes à talons, noires également. Je me glissai derrière elle pour l'embrasser dans le cou. Difficile de résister.

— Hé, vous ! m'exclamai-je. Vous sentez divinement bon, et votre beauté est plus incroyable encore.

C'était la vérité.

Elle se retourna pour me faire face :

— Salut, Alex. Tu as pu te libérer.

— Tu en doutais ?

— Oui... un peu. Rappelle-toi la dernière fois.

Étant tous deux affamés, nous nous attablâmes sans tarder et commandâmes aussitôt les amuse-gueules – une douzaine de palourdes et une salade de tomates à se partager. Une chose que j'appréciais chez Jamilla, c'est qu'elle avait un bon coup de fourchette.

— Quoi de neuf dans ton enquête ? demanda-t-elle lorsque nous eûmes terminé. Il paraît que Mary Smith envoie des e-mails depuis le premier meurtre. Tu confirmes ?

Je l'observai, surpris. Le *L.A. Times* s'était montré délibérément vague sur le sujet.

— Où as-tu entendu parler de ça ? Et qu'as-tu entendu exactement ?

— Le bruit court, Alex. L'une de ces informations confidentielles auxquelles le citoyen lambda n'a pas forcément accès, mais dont tous les autres finissent par avoir vent. C'est remonté jusqu'à San Francisco.

— Quelles autres informations de catégorie B circulent, au juste ?

— J'ai entendu dire que l'inspecteur Jeanne Galletta était une vraie bombe. Professionnellement parlant, je veux dire.

— Rien de comparable avec Jamilla Hughes, mais il faut reconnaître qu'elle est douée.

Jamilla chassa le compliment d'un haussement d'épaules. Elle voyait clair dans mon petit jeu. Elle était sublime à la lueur des bougies, à mes yeux en tout cas. Voilà qui s'annonçait réjouissant : un dîner romantique avec Jam dans un bon restaurant, mon téléphone portable éteint.

Nous avons choisi un pinot noir de l'Oregon, l'un de ses vins favoris. Je levai mon verre :

— Les choses ont été un peu compliquées dernièrement, Jam. Sache que j'apprécie que tu aies été à mes côtés. Et que tu sois là ce soir.

Elle but une gorgée de vin ; puis elle posa la main sur mon poignet.

— Alex, il faut que je te parle. C'est important.

Je la fixai droit dans les yeux, et n'étais pas certain d'aimer ce que j'y voyais. Mon ventre se serra.

— Bien sûr. Vas-y, je t'écoute.

— Laisse-moi d'abord te poser une question, commença-t-elle en détournant son regard du mien. Selon toi, quel est le degré d'exclusivité de notre relation ?

Aïe ! C'était donc ça...

— Pour tout dire, je n'ai vu personne d'autre depuis qu'on sort ensemble. Mais ça, c'est moi, Jamilla. Tu as rencontré quelqu'un ?

Elle laissa échapper un soupir, puis hocha la tête. Jamilla était ainsi, franche et honnête, et je l'appréciais pour ce trait de caractère.

— Tu le vois régulièrement ?

Je commençais à sentir mon corps se crisper. Au début de notre relation, je m'étais attendu à ce genre d'événement, mais cette idée avait fini par me quitter. Peut-être étais-je devenu trop suffisant. Ou trop confiant. Un problème récurrent chez moi.

Jamilla tressaillit légèrement en pensant à la réponse qu'elle allait formuler.

— Je crois qu'on peut dire que oui, Alex.

— Comment l'as-tu rencontré ?

Je m'interrompis.

— Excuse-moi, tu n'es pas obligée de répondre.

— Johnny est avocat. Pour le ministère public, bien entendu. Je l'ai rencontré pendant l'une de mes affaires. On ne s'est vu que deux fois, Alex. Je veux dire... en dehors du travail.

Je me suis retenu de poser davantage de questions, pourtant j'en mourais d'envie. En avais-je seulement le droit ? J'avais moi-même provoqué cette situation. Mais pourquoi ? Pourquoi étais-je incapable de m'engager ? À cause de ce qui était arrivé à Maria ? Ou à Christine ? Ou peut-être à mes propres parents, qui s'étaient séparés très jeunes et ne s'étaient jamais revus par la suite ?

Jamilla se pencha vers moi et, à voix basse, d'un ton confidentiel, ajouta :

— Je suis désolée. Je vois bien que je t'ai blessé, et ce n'était pas mon intention. Nous pouvons finir de dîner et en parler, si tu veux. Ou bien tu peux t'en aller. Ou moi, si tu préfères. C'est à toi de me le dire, Alex.

Voyant que je ne répondais pas, elle demanda :

— Tu es en colère contre moi ?

— Non, répondis-je un peu trop précipitamment. Plutôt surpris. Peut-être aussi un peu déçu. Je ne sais pas trop. Dis-moi les choses franchement - es-tu en train de m'annoncer que tu veux fréquenter d'autres hommes, ou avais-tu l'intention de rompre dès ce soir ?

Jamilla but une nouvelle gorgée de vin.

— Je voulais savoir ce que tu en pensais.

— Tu veux savoir ce que j'en pense, là, sur le coup ? Sincèrement, Jam, je ne pense pas qu'on puisse continuer comme avant. Je ne saurais même pas t'expliquer pourquoi. J'ai toujours été du genre... une seule personne à la fois. Tu me connais.

— On ne s'est jamais rien promis. J'essaie seulement d'être honnête.

— Je sais. Et je t'en remercie, vraiment. Écoute, je crois que je vais partir.

Je déposai un baiser sur sa joue et quittai la salle. Moi aussi, je tenais à être honnête. Envers Jamilla et envers moi-même.

54.

Je laissai tout derrière moi, absolument tout, et pris un avion à destination de Seattle. J'avais décidé d'aller y passer le week-end.

Tandis que je quittais l'aéroport en voiture et me dirigeais vers le quartier de Wallingford, où vivaient Christine et Alex, je me mis à gamberger à l'idée de la revoir. Avais-je un autre choix ?

Je n'apportais ni cadeaux, ni pots-de-vin, comme elle à l'époque où Alex vivait avec moi à Washington. Christine me laissait voir Alex, et je comptais bien en profiter. Je voulais passer un peu de temps avec lui – j'en avais besoin.

La maison était située sur Sunnyside Avenue North ; je connaissais bien le chemin, maintenant. En arrivant, je les vis assis sur les marches du perron. À ma vue, Ali se précipita dans l'allée comme une tornade. J'avais toujours la crainte de trouver un petit garçon différent de la fois d'avant ; elle s'évapora à la seconde où je le pris dans mes bras.

— Dis donc, tu es de plus en plus lourd, ma parole. Un vrai petit homme !

— J'ai un nouveau livre, s'écria-t-il avec un sourire radieux. C'est l'histoire d'une chenille qui a très faim et qui mange tout. Elle apparaît, et après, elle te dévore.

— Tu peux le prendre avec toi, si tu veux. On le lira ensemble.

Je le serrai à nouveau contre moi, puis je vis Christine qui nous observait de loin, les bras croisés. Elle finit par sourire et me fit un signe de la main.

— Un café, avant que vous partiez ? demanda-t-elle.

Je lui lançai un regard interrogateur, question silencieuse suspendue dans l'air immobile et chargé de parfums.

— C'est bon, Alex. Je ne vais pas te mordre.

Son ton était jovial, probablement autant par égard pour moi que pour Ali.

— Viens, papa, lança ce dernier en me prenant par la main, je t'emmène.

Je les suivis. Était-ce une bonne idée ? C'était en fait la première fois que j'entrais. Il régnait à l'intérieur une atmosphère nonchalante ; la maison était décorée avec goût. Plusieurs bibliothèques de style Arts & Crafts débordaient de livres et d'objets d'art issus de la collection de Christine. Une ambiance plus décontractée et cosy que dans son ancienne maison de Washington.

Je fus frappé de constater à quel point tous les deux évoluaient avec naturel dans cet espace qui m'était si étranger. *Je ne suis pas à ma place dans cette maison.*

La cuisine, ouverte sur le séjour, lumineuse, embaumait le romarin. Des herbes aromatiques s'épanouissaient sur le rebord de la fenêtre.

Christine prépara à Alex un bol de chocolat et déposa deux tasses de café fumant sur la table.

— La drogue la plus répandue à Seattle,

plaisanta-t-elle. J'en bois beaucoup trop ! Parfois, je me dis que je devrais passer au déca, au moins l'après-midi. Peut-être même le matin, ajouta-t-elle en rigolant.

— Il est bon, ce petit café. Et la maison est très agréable.

Désespérant de banalité, ce bavardage s'avérait aussi inconfortable qu'aurait pu l'être une conversation sérieuse. Je m'abstins toutefois de parler de la météo. Tout cela était étrange, pour elle comme pour moi.

Son chocolat terminé, Ali se laissa glisser de sa chaise et revint avec son nouveau livre. Il grimpa sur mes genoux.

— Tu lis, d'accord, papa ? Et attention à la chenille, elle va vouloir te manger !

Cette interruption offrit une distraction bienvenue et avait le mérite de diriger l'attention sur Ali. J'ouvris le livre et commençai la lecture :

— « Un soir, au clair de lune, un petit œuf était posé sur une feuille. »

Alex appuya sa tête contre ma poitrine, et tandis que je sentais ma voix résonner en lui, mon cœur se serra. Christine, elle, nous observait en souriant pardessus sa tasse de café. Voilà quel aurait pu être le quotidien.

Quelques minutes plus tard, Alex eut envie d'aller aux toilettes et me demanda de l'accompagner.

— S'il te plaît, papa.

— Il a un peu de mal à viser la cuvette, me glissa Christine à l'oreille.

— Oh, je vois. Tu aurais des Fruit Loops, par hasard ?

Par chance, elle en avait un paquet, que j'emportai avec moi.

J'en lançai quelques-uns dans la cuvette.

— Je vais t'apprendre un jeu très marrant. C'est facile, il faut juste viser les Fruit Loops avec ton pipi.

Il essaya, et se débrouilla comme un chef – du moins réussit-il à viser la cuvette.

J'expliquai ensuite l'astuce à Christine, qui sourit en hochant la tête :

— Les Fruit Loops ! C'est bien un truc de mecs, ça !

55.

La fin de journée se déroula de façon moins stressante et beaucoup plus agréable. J'emmenai Alex à l'aquarium et me consacrai entièrement à lui, une tâche aussi facile que gratifiante. Il contempla les poissons tropicaux d'un œil effaré et, plus tard, se mit du ketchup partout en mangeant ses beignets de poulet. Pour ma part, nous aurions pu avoir passé la journée dans le hall d'une gare routière, j'aurais été tout aussi ravi.

J'adorais le voir grandir, observer les changements qui s'étaient opérés dans son comportement. Ali. Comme le grand du même nom.

J'ai conservé cet état d'esprit jusqu'au retour chez Christine. Elle et moi sommes restés à discuter sur le perron. Je ne voulais pas entrer, mais n'avais pas non plus envie de repartir tout de suite. Si je ne me trompais pas, ses yeux étaient un peu rougis. Du plus loin que je me souvienne, je l'ai toujours connue avec des sautes d'humeur, mais ces dernières semblaient empirer avec le temps.

— À mon tour de te demander si ça va...

— Je vais bien, Alex. C'est... comme d'habitude. Crois-moi, mes histoires ne t'intéresseraient pas.

— S'il s'agit d'histoires d'amour, tu as raison. Pour le reste, tu peux m'en parler.

Elle eut un petit rire :

— Des histoires d'amour ? Non. Simplement, ces derniers temps, je travaille beaucoup trop. Comme toujours.

Je savais qu'elle venait d'être nommée directrice d'une école privée des environs. En dehors de ça, je n'avais aucune idée de ce à quoi ressemblait sa vie à présent – et encore moins de ce qui avait pu la faire pleurer pendant notre absence.

— Et puis on était convenu qu'on parlerait de toi, la dernière fois, ajouta-t-elle. Alors, où en es-tu ? Je sais que c'est dur pour toi, je suis désolée pour tout ce qui est arrivé.

Je lui exposai le plus brièvement possible l'affaire Mary Smith, l'étourdissement de Nana, la vie qui s'écoulait normalement pour Jannie et Damon. Je laissai Jamilla hors de la conversation, et elle ne me posa aucune question.

— J'ai lu des articles sur cette horrible histoire de meurtres. J'espère que tu es prudent. Ça me surprend qu'une femme puisse commettre de tels crimes.

— Je suis toujours prudent.

Une ironie multiple émanait de cette conversation. De toute évidence, mon travail avait grandement influé sur ma relation avec Christine, et jamais en bien.

— Tout cela est vraiment étrange, tu ne trouves pas ? lança-t-elle soudainement. Ça t'a semblé plus dur que prévu d'être là aujourd'hui ?

Je répondis que voir Alex m'importait plus que tout, quelles que soient les difficultés, mais que, pour être honnête, je ne me sentais pas très à l'aise.

— On a connu des périodes plus faciles, tous les deux.

— Oui, mais pas en tant que parents.

Elle m'observa, et je retrouvai dans ses yeux la femme intelligente que j'avais toujours connue.

— C'est si triste, Alex, de t'entendre dire ça.

Je haussai les épaules sans rien trouver à dire.

D'un geste timide, elle posa sa main sur mon bras.

— Je suis désolée. Excuse-moi si je manque de tact. J'ignore ce que tu ressens, mais je crois pouvoir comprendre ta situation. Simplement…

Elle s'interrompit pour réfléchir à la phrase qu'elle allait formuler.

— … je me demande quel genre de parents on aurait été. Je veux dire, si on était restés ensemble.

Nous y étions donc…

— Christine, soit tu manques de tact, soit tu essaies de me dire quelque chose.

Elle poussa un profond soupir.

— Je m'y prends très mal, comme d'habitude. Je ne pensais pas te l'annoncer aujourd'hui, mais maintenant que j'ai commencé à parler… Alors voilà, je veux qu'Alex puisse vivre avec ses deux parents. Je veux qu'il te connaisse, et crois-le ou non, je veux que toi aussi, tu le connaisses. Dans l'intérêt de tous, y compris le mien.

Je reculai d'un pas ; sa main retomba mollement dans le vide.

— Je ne sais pas quoi répondre, Christine. C'est aussi ce que je souhaite, bien évidemment. C'est toi qui as décidé de venir t'installer à Seattle.

— C'est justement le sujet que je voulais aborder. Je compte revenir en Virginie. J'en suis même certaine.

Pour le coup, j'étais soufflé.

56.

Vancouver était l'une des villes préférées du Narrateur – avec Londres, Berlin et Copenhague. En descendant de l'avion Alaska Air, il fut contraint de faire la queue avec au moins cinq cents « visiteurs » coréens et chinois. Vancouver grouillait littéralement d'Asiatiques, mais c'était à peu près la seule chose qui lui déplaisait dans cette superbe ville portuaire du Canada, ce qui, somme toute, ne représentait qu'un désagrément mineur.

Ses rendez-vous professionnels occupèrent la plus grande partie de la journée et le plongèrent dans une humeur noire. En fin d'après-midi, il était même au bout du rouleau. Il devait absolument trouver un moyen d'évacuer toute la rage emmagasinée.

Je sais ! Ce qu'il me faut, c'est parler à quelqu'un, lui expliquer ce qui se passe, partager mon expérience.

Peut-être pas tout raconter, mais au moins une partie – histoire que son interlocuteur prenne toute la mesure de cette incroyable histoire, de cette étrange période de sa vie qu'il traversait, qu'il se fasse une idée de ces « expéditions sauvages », comme il s'était mis à les appeler.

Il y avait cette petite rousse sexy, une productrice qu'il connaissait et qui était en ce moment à Vancouver pour le tournage d'un téléfilm. Il devrait peut-être essayer de lui passer un coup de fil. Tracey Willett avait connu elle aussi sa période « déglinguée » à Hollywood, de l'âge de dix-huit ans jusqu'à la vingtaine bien tassée. Depuis, elle avait eu un enfant, et semblait avoir un peu levé le pied.

Mais elle avait gardé contact avec lui de loin en loin, ce qui devait bien signifier quelque chose. Il avait toujours pu communiquer facilement avec elle, et sur toutes sortes de sujets.

Il lui téléphona ; comme prévu, elle accepta avec plaisir son invitation à dîner. Une heure plus tard, elle le rappelait depuis le plateau. Le tournage risquait de s'éterniser. Elle n'y pouvait rien, cela il le savait bien. Probablement la faute d'un réalisateur foireux. Un directeur artistique fraîchement diplômé de son école de cinéma, aussi arrogant que désorganisé.

Ce n'est qu'à 23 heures qu'elle se présenta à sa chambre d'hôtel, au Marriott. Elle le serra affectueusement dans ses bras et ils échangèrent un baiser fougueux. Elle était resplendissante pour quelqu'un qui avait passé la journée sur un tournage.

— Tu m'as manqué, mon chou. Tu m'as tellement manqué. Mais où étais-tu passé ? Laisse-moi te regarder… tu es superbe. Si mince, si… Tu es absolument magnifique. Ce côté jeune premier aux dents longues te va à merveille.

Il ne savait pas si Tracey était encore branchée coke, alcool, ou quoi que ce soit d'autre, alors il s'était procuré un peu de tout – et justement, ils consommèrent un peu de tout. Il avait su dès le départ qu'elle était d'humeur légère, car elle avait commencé par lui raconter avoir été excitée toute la journée par l'un des cascadeurs du film. Il l'avait senti à la manière qu'elle avait eu de s'asseoir sur le canapé, les jambes légèrement écartées, à ses œillades enflammées chargées de promesses, comme dans son souvenir. Finalement, elle déboutonna son chemisier :

— Alors ?

Il l'emmena dans la chambre, où elle le complimenta à nouveau sur son corps de rêve. Puis elle s'enfila une ligne de coke et ôta son chemisier pour qu'il puisse admirer sa poitrine. Il se rappelait bien la marche à suivre avec Tracey – d'abord lui dire à quel point elle était sexy, la tripoter un peu partout pendant une vingtaine de minutes avant d'entamer une demi-heure de baise bien tonique, car Tracey était du genre longue à la détente, toujours sur le point de jouir sans y parvenir pour de bon, et il fallait s'escrimer, *oh oui, plus fort, plus vite, plus fort, plus viiite !* Lorsqu'il la pénétra, elle sembla apprécier, elle l'enlaça comme s'ils formaient à nouveau un couple, même s'ils n'en avaient jamais vraiment été un.

Une fois achevée cette phase préliminaire, il se dit qu'il était temps de prendre son pied lui aussi. Ils sortirent sur la terrasse de sa chambre qui surplombait la ville. Tracey posa sa tête sur son épaule. Image romantique et touchante, mais d'une certaine manière pathétique, comme pourrait l'être un rendez-vous galant avec Meg Ryan ou Daryl Hannah.

— J'aimerais te parler de ce que j'ai fait ces derniers temps, dit-il au bout d'un moment.

Jusque-là, la conversation était restée centrée sur elle.

— Et moi, j'ai vraiment envie que tu me

racontes tout ça, chou. Le problème, c'est que je ne peux pas rentrer trop tard à cause de mon fils. La baby-sitter m'a menacée de partir si je ne rentrais pas à l'heure.

À présent, il s'en souvenait, Tracey avait tout d'une petite garce égoïste.

— Quelqu'un est au courant de notre rendez-vous ? demanda-t-il.

— Bien sûr que non. Alors, dis-moi, quoi de neuf depuis tout ce temps ? Te connaissant, j'imagine que tu as des projets fantastiques.

— Ouais, je suis sur un gros truc, genre histoire à énigmes. Un truc dingue. Je suis en train d'écrire *le* scénario avec un grand S.

— Waah ! C'est super. Tu écris le scénario toi-même ?

— Exact. Tu as entendu parler de ces meurtres, à Los Angeles ? L'affaire Mary Smith ?

Résidant à Vancouver depuis un mois, elle n'en connaissait que les grandes lignes ; il dut la mettre au courant des détails.

— Tu as acheté les droits ? C'est génial ! Et alors, tu veux que ce soit moi qui produise le film ?

— À qui veux-tu que j'aie acheté les droits, Tracey ?

— Oui, c'est vrai. Donc pourquoi me racontes-tu ça ?

— Je peux te confier quelque chose ?

— Bien sûr. Vas-y, j'adore les thrillers.

Ça y est, c'est le moment. Je me lance ? Comment va-t-elle réagir ?

— C'est moi qui ai planifié tous ces meurtres, Tracey. C'est moi, Mary Smith.

Wouuh, ça y est, je l'ai dit. Comme ça : Mary Smith, c'est moi. Putain de merde !

Elle l'observa d'un air bizarre. Plus que bizarre, même, et il comprit aussitôt qu'il venait de commettre une grossière erreur. Visiblement, Tracey n'était plus cette personne déjantée qu'il avait connue. Il venait de tout faire voler en éclats. Et pour quoi ? Pour épancher sa bile auprès d'une ancienne conquête ? Pour se défouler ? Pour se confesser ?

Elle le fixait les yeux exorbités, comme s'il lui était poussé une deuxième tête.

— Répète-moi ça ? Tu as dit quoi, au juste ?

Il partit d'un rire joyeux, du moins essaya-t-il de paraître décontracté.

— Je déconne, Tracey. On est défoncés, j'ai voulu te faire une blague. Tiens, si tu veux, je te ramène à ton hôtel. Tu dois t'occuper de ton fils, non ? Tu es une mère attentionnée, n'est-ce pas ?

57.

Ils parlèrent peu dans la voiture, et le Narrateur mesura pleinement l'énormité de son erreur. Il se demandait à présent si son parcours avait été émaillé d'autres faux pas qui risquaient de le trahir. Comme cette escapade new-yorkaise. Le triple meurtre du cinéma.

— Tu sais, je traverse une période plutôt stressante ces derniers temps, lâcha-t-il finalement.

— Oui, je comprends, marmonna Tracey.

Putain ! En fait, elle le rendait paranoïaque, et même un peu cinglé. Mais quand même, ils avaient été amis pendant longtemps.

— Alors, quel âge a ton fils maintenant ?

— Euh, quatre ans et demi. Stefan. Un sacré petit bonhomme.

Elle le terrifiait carrément. Que faire ? Cette scène ne figurait pas dans le scénario de « Mary Smith ». Tracey n'en faisait même pas partie. Ça ne sentait pas bon du tout.

Soudain, il rangea sa Volvo de location sur le bord de la route.

— Qu'est-ce que tu fais ? demanda-t-elle. Il y a un problème ?

— Tu ferais mieux de descendre, Tracey. Je ne plaisante pas, descends ! Tu finiras à pied.

— À pied ? Tu es fou ou quoi ?

— Sors de cette bagnole, dégage ! Dégage, avant que ce soit moi qui te foute dehors !

Cette dernière sommation incita la jeune femme à s'exécuter. Elle sortit en trébuchant et en proférant des insultes dignes d'un chauffeur routier. Il faisait froid, dehors. Elle croisa les bras pour se réchauffer, puis éclata en sanglots.

— T'es qu'un malade ! Tu sais quoi ? Je croyais qu'on était amis, lança-t-elle, furieuse, avant de s'éloigner d'un pas vif le long de la petite rue sombre de ce quartier résidentiel situé entre le Marriott et son propre hôtel.

Le Narrateur quitta à son tour la voiture et se mit à la suivre.

— Tracey, attends !

Il eut tôt fait de la rattraper.

— Hé, je suis désolé de t'avoir fait peur, Tracey. Je suis désolé, tu entends ?

Il lui tira une balle dans la gorge ; elle s'écroula sur le trottoir ; il lui tira une autre balle dans la tête.

Et cette fois, ça n'avait plus rien, mais alors plus rien de cool. Il ne s'était jamais senti aussi effrayé.

Parce que l'histoire était en train de prendre le dessus ; l'histoire s'écrivait d'elle-même, et l'histoire semblait se foutre de savoir qui trinquait.

58.

Dans l'avion qui me ramenait de Seattle à Los Angeles le lendemain, je fus à nouveau frappé de constater à quel point cette sinistre affaire Mary Smith offrait une toile de fond appropriée aux événements qui perturbaient ma vie tout entière. J'avais l'impression d'être un type qui cherchait à établir le record des relations les plus compliquées et les plus foireuses. Lors de notre dernière conversation, Christine et moi avions fini par conclure que nous nous reparlerions bientôt. J'étais enthousiaste à l'idée que le petit Alex allait revenir vivre près de chez moi, mais je préférais ne pas trop me raccrocher à cette idée. Je connaissais trop le caractère versatile de Christine pour avoir une confiance absolue en sa parole.

À peine débarqué de l'avion, je me suis retrouvé happé par l'enquête.

Un reportage télé attira mon attention et je m'arrêtai devant l'écran pour voir quelles informations allaient être développées.

Là, je ne pus décrocher mon regard de la reporter.

— Lors d'une conférence de presse ce matin, Jeanne Galletta, l'inspecteur en charge de l'enquête sur l'affaire de la désaxée d'Hollywood, a démenti l'existence d'une quelconque liste.

La « désaxée d'Hollywood » était une expression récemment inventée par les médias pour désigner Mary Smith. Quant à cette fameuse liste, en revanche, j'ignorais de quoi il retournait.

— La police a demandé à la population de ne pas céder à la panique et de continuer à vivre normalement, mais de nombreuses personnes demeurent sceptiques. Une délégation de citoyens s'est même présentée dans un commissariat en demandant à consulter cette fameuse liste qui, selon la police, n'existe pas. Quoi qu'il en soit, une chose est certaine : la Désaxée suscite ici... (Elle laissa brièvement sa phrase en suspens, pour l'effet journalistique.) ... de très vives inquiétudes. C'était Lorraine Solie, en direct de Beverly Hills.

Une liste ? De quoi s'agissait-il au juste ? La police avait-elle découvert un élément qu'elle ne nous avait pas communiqué ? Je n'en aurais pas été surpris.

La première personne que je réussis à contacter au bureau du FBI fut David Fujishiro, un autre agent spécial affecté à l'enquête.

— Tout cela est vraiment bizarre, me dit-il. Il y a cette prétendue liste censée comporter vingt et un noms, à commencer par Patrice Bennett, Antonia Schifman et Marti Lowenstein-Bell, et qui correspondrait au programme de Mary Smith.

— Et tout le monde à Los Angeles veut savoir si son nom y figure ?

— Exactement. Ça va même plus loin. Une rumeur prétend qu'il est possible de faire supprimer son nom de la liste en envoyant une somme de cent mille dollars à l'adresse d'une boîte postale à Orange

County, qui apparemment n'existe même pas. Nous avons vérifié tout ça, mais personne ne nous croit. Certains vont jusqu'à menacer de porter plainte contre la police.

— Vous êtes certain que cette rumeur n'est pas fondée, David ?

— Pas d'après ce que nous savons. Mais est-on vraiment au courant de tout ? On n'est jamais que le FBI !

— Quelqu'un s'est-il entretenu avec Jeanne Galletta au sujet de la liste ?

— Je ne sais pas, mais – *quoi ?*

Il y eut un blanc à l'autre bout de la ligne.

— Restez en ligne, Alex.

— David ? Que se passe-t-il ?

J'entendais des voix en fond sonore, mais rien de distinct. L'agent Fujishiro me demanda à nouveau de ne pas raccrocher.

— Une info vient de tomber, ajouta-t-il.

— Attendez ! criai-je, mais trop tard. Il était déjà reparti.

Derrière, d'autres voix se mêlèrent aux premières et le grondement s'amplifia. Que se passait-il donc ?

Puis j'entendis Fujishiro dire « Oui, je suis avec lui au téléphone. »

— Alex ? Fred Van Allsburg veut vous parler immédiatement. Je vous le passe.

Je n'étais jamais ravi d'avoir des nouvelles de Fred Van Allsburg, mais à sa voix, je compris qu'il se trouvait dans un état de tension des plus sérieux.

— Que se passe-t-il ?

— C'est justement ce qu'on essaie de déterminer. Tout ce qu'on sait pour l'instant, c'est qu'Arnold Griner, le journaliste du *L.A. Times*, a reçu un nouvel e-mail. Pouvez-vous filer au journal ?

— Pas s'il y a une nouvelle scène de crime. Si c'est le cas, il faut que je la voie tout de suite.

— Ce n'est pas négociable, Alex. Nous vous communiquerons les informations dès qu'on en saura plus. En attendant...

Je ne pus m'empêcher de lui couper la parole :

— Allô ? Vous m'entendez, monsieur ? Allô ?

Je raccrochai au beau milieu d'une phrase de Van Allsburg criant qu'il m'entendait parfaitement.

J'appelai ensuite l'agent Page et lui demandai de me mettre en attente jusqu'à ce que l'on sache si Mary Smith avait fait une nouvelle victime.

59.

Ce matin-là, tandis qu'elle s'engageait en marche arrière dans l'allée, Suzie Cartoulis prêtait peu attention au monde qui l'entourait. Elle était obnubilée par la cabine qu'elle et son mari faisaient construire près de la piscine de leur maison de Pacific Palisades. Et ce foutu entrepreneur qui ne répondait jamais à ses appels – mais toujours à ceux de son mari ! Encore deux jours à ce régime-là, et c'est à coups de pied dans le cul qu'elle le renverrait, ce sale type !

À cet instant, elle aperçut, juste derrière la haie de cèdres de la propriété voisine, une voiture à l'arrêt. Suzie dut piler pour éviter l'accrochage. Son cœur bondit dans sa poitrine. Il n'aurait plus manqué que ça pour bien commencer la journée, un accident à dix mètres de chez elle.

Elle adressa un geste de la main à l'autre conducteur.

— Désolée ! C'est ma faute.

Puis elle dirigea sa Mercedes break le long de la rue en direction de Sunset. L'autre véhicule s'engouffra à sa suite, mais Suzie Cartoulis ne s'en aperçut pas.

Son attention s'était en effet reportée sur le petit garçon de neuf ans installé sur le siège arrière.

— Tout va bien, Zach ? Je ne voulais pas freiner aussi fort, tu sais.

— Oui, oui, ça va.

— Bien. Tant mieux, mon petit cœur. Ça te dirait d'écouter un peu de musique ?

Elle essayait de ne pas se montrer castratrice avec Zachary, mais c'était parfois difficile. C'était un garçon si émotif, et qui réclamait tellement d'attention. Peut-être que s'il avait eu un petit frère, ou une petite sœur… Mais cela n'était pas près d'arriver. Pas maintenant que Suzie était devenue la célèbre présentatrice du journal télévisé de 22 heures. Elle avait finalement réussi à intégrer le petit cercle des privilégiés dont on reconnaît le visage à Los Angeles – pour une ancienne présentatrice météo de Tucson, excusez du peu – et elle ne comptait pas mettre sa carrière entre parenthèses pour une autre grossesse. Surtout que, depuis quelque temps, New York semblait s'intéresser à elle de très près.

Bien évidemment, son portable se mit à sonner.

L'écran affichait le numéro de son mari. Elle jongla avec le téléphone pour l'amener contre son oreille.

— Chéri ! Où es-tu ?

Elle était contente que Gio ne puisse voir la petite moue qui s'était dessinée sur son visage.

— À Miami. On est sur le point de conclure le marché ; je dois être à Palm Beach dans une minute. Pour ne pas changer, la météo annonce l'arrivée d'un ouragan, alors je crois que je ne vais pas faire de vieux os. Il reste quelques signatures à obtenir, mais j'ai l'impression que c'est dans la poche.

— Génial ! minauda-t-elle avec un enthousiasme feint.

Elle était censée savoir de quel projet il parlait, mais elle finissait par tous les confondre. Peut-être cette histoire de centre commercial dans le sud de la Floride ? Vero Beach, c'était bien en Floride, non ? Sur la Treasure Coast ? C'était leur petit jeu : Gio parlait de son travail en faisant semblant de croire qu'elle s'y intéressait, et elle, de son côté, faisait semblant de s'y intéresser.

— Tout ça pour dire, je devrais rentrer ce soir au lieu de lundi. C'est super, non ? Ce sera l'occasion d'aller faire une petite partie de golf. Wiatt m'a finalement invité au Riviera.

— Mmm...

— Comment va Zach ?

— Il est à côté de moi. Je te le passe.

Suzie abandonna le téléphone à son fils :

— C'est papa. Dis-lui un petit mot gentil.

Elle était déjà en train de réorganiser son planning de la journée. Trouver quelqu'un d'autre pour couvrir la conférence de presse du maire sur cette affaire de meurtres. Demander à la gouvernante de passer prendre Zach à la fin de sa leçon de tennis. Appeler Brian pour voir s'il pouvait se libérer ; puis téléphoner au Ramada et réserver une chambre, histoire de s'envoyer en l'air bien comme il faut avant le retour du brillant homme d'affaires qui lui faisait office de mari.

Et s'appliquer à passer un après-midi inoubliable.

60.

À : agriner@latimes.com
De : Mary Smith
À : Suzie Cartoulis

À Los Angeles, tous les jours, les gens te regardent présenter le journal télévisé. Ils te regardent jouer à celle qui est au courant de tout. Il faut dire que tu es douée pour jouer la comédie, Suzie. Tu es douée pour faire semblant. Mais aujourd'hui, les choses vont un peu changer. Aujourd'hui, c'est toi qui vas te retrouver au cœur de l'actualité.

Les téléspectateurs vont apprendre que Suzie Cartoulis et son amant, le beau champion olympique de beach-volley, ont été abattus dans une chambre d'hôtel. C'est bien ce que vous dites au JT ? Abattus ? Peu importe le terme qu'ils emploieront, ils ne sauront jamais ce que j'ai lu dans ton regard au moment où je t'ai tuée. Cette frayeur incroyable, l'égarement, et ce que j'ai pris pour une forme de respect.

C'était bien différent ce matin, devant ta jolie maison de Pacific Palisades. Tu as failli me rentrer dedans avec ton break Mercedes rutilant, et tu m'as regardée droit en face sans me voir. Tu m'as regardée, Suze, je peux te l'assurer. Je n'oublie jamais ce genre de choses.

Ensuite, comme les autres, tu as vaqué à tes occupations comme si je n'existais pas. J'ai eu le sentiment que cette journée allait être pour toi la dernière. Et puis ce sentiment est devenu une certitude.

D'abord, je t'ai observée dire au revoir à ton petit Zach chéri pour la dernière fois. Il n'est probablement pas en mesure de comprendre tous les sacrifices auxquels tu consens pour t'occuper de lui – mais plus tard, il y repensera, quand ce sera quelqu'un d'autre qui l'emmènera à l'école, ou à son entraînement de tennis. Tu as raison sur un point, Suze, tu aurais dû consacrer plus de temps à Zachary. Tu aurais pu, et tu aurais dû.

Puis je t'ai suivie jusqu'à cet hôtel de West Hollywood. Au début, je ne savais pas pourquoi tu te rendais là-bas, mais j'ai vite compris que tu n'allais pas mourir seule. Ce délicieux blondinet dont tu t'es entichée – vous alliez très bien ensemble. Un joli petit couple, caricatural à souhait.

Rien qu'en le voyant, j'ai deviné que vous apparteniez au même monde. N'ai-je pas raison ? Il a fait les Jeux olympiques, après tout. C'est quelqu'un d'important. À sa manière, lui aussi est un jeune loup. Et maintenant, vous voilà avec un autre point commun. Vous êtes tous les deux des célébrités mortes. Assassinés par une personne que tu n'as même pas vue quand tu l'as regardée dans les yeux.

Je vous ai laissé passer un peu de bon temps avant de monter vous rejoindre. Assez pour que vous vous sentiez en sécurité dans votre petit cocon d'amour adultère. Peut-être même avez-vous pu réaliser ce que vous aviez en tête pour votre petit rendez-vous sournois ? En entrant, c'est lui que j'ai vu en premier. Un coup de chance ! Tu sais pourquoi ? Parce que je voulais que tu le voies mourir. J'ai vu ce masque d'épouvante sur ton visage avant de te tirer dessus, et cette frayeur, je suis allée la découper, petit bout après petit bout, jusqu'à ce que tu n'aies plus peur.

Tu n'étais plus rien, Suzie Cartoulis.

Plus rien du tout.

Comme moi.

61.

J'étais encore sur la route lorsque la nouvelle tomba. Mary Smith venait de frapper à nouveau – un triple homicide, cette fois, son coup le plus meurtrier jusqu'à maintenant, du moins à notre connaissance. Je cherchais encore des pistes pour tâcher d'élucider le triple meurtre de New York, mais l'enquête progressait lentement, et voilà que j'étais en chemin vers une autre scène de crime.

Susan Cartoulis, une présentatrice de journal télévisé, et son amant, Brian Conver, avaient été retrouvés morts dans une chambre du Ramada Plaza Suites, à West Hollywood.

Conver, producteur d'émissions sportives, travaillait pour la même chaîne que Susan Cartoulis. Une seconde femme, Mariah Alexander, étudiante à l'université de Californie du Sud, avait également été tuée. Que signifiait donc ce micmac ?

Je demandai à l'agent Page de me lire le message de Mary Smith tandis que je conduisais. Le texte indiquait clairement que la présentatrice était la cible principale. À aucun moment le nom de Brian Conver n'était évoqué, et aucune allusion à une quelconque Mariah Alexander.

— Que savons-nous de Susan Cartoulis ? Le mode opératoire est identique ?

— Oui, quasiment. De plus, elle s'intègre parfaitement au puzzle. Mariée, un enfant, séduisante et très en vue à Los Angeles. Elle présentait le JT sur une chaîne locale à forte audience. Elle était également présidente à titre honorifique de l'association Cedars-Sinai qui œuvre pour les enfants hospitalisés dans les services des grands brûlés. Son fils avait neuf ans. Le profil type de la mère idéale.

— De celles qui se gardent un amant sous le coude ?

— Je suppose que personne n'est parfait. Peut-être est-ce le message qu'elle souhaite nous faire passer ?

— Oui, peut-être.

Les journalistes n'allaient pas tarder à sauter sur la nouvelle et s'en délecter, eux pourtant déjà plus que rassasiés. Cela ne faisait qu'accentuer la tristesse que j'éprouvais pour le mari et le fils de Susan Cartoulis. Sa mort allait faire la une de la presse et des JT, au même titre que son infidélité, dévoilée au grand public.

— Vous pensez qu'il s'agit de ça ? me demanda Page. Ces mères parfaites qui ne le sont pas tant que ça ? L'hypocrisie qui règne au sein du foyer ? Ce serait quelque chose d'aussi simple ?

— Si c'est là qu'elle veut en venir, elle joue un jeu plutôt obscur. Surtout pour une personne qui se montre aussi circonspecte dans ses e-mails. De plus, pour autant qu'on sache, la réputation de ces femmes n'a pas été ternie.

— Pour autant qu'on sache. C'est peut-être une piste à explorer.

— OK. Quant à vous, pourquoi vous n'iriez pas

fouiner un peu, voir si vous pouvez déterrer quelques secrets du genre douteux. Essayez de cuisiner cet Arnold Griner. Je parie qu'il se garde une ou deux infos sous le coude. C'est son job, après tout, non ?

— Spécialiste en « ragologie » ? plaisanta Page. Je vais voir ce que je peux dénicher du côté de Griner. Encore faut-il que je parvienne à lui faire aborder un autre sujet que sa petite personne.

— Qui était la troisième victime ? Mariah Alexander ?

— Ouais. C'est moche. Elle travaillait comme femme de chambre à l'hôtel. Une étudiante. On suppose que Mary a utilisé son passe pour s'introduire dans la pièce.

— Encore autre chose. Si jamais on vous pose la question, vous n'avez eu aucune nouvelle de moi et vous ne savez pas où je suis.

Page marqua un temps de pause :

— Si on me le demande, je répondrai sans mentir, mais je ne dirai rien spontanément. De toute manière, je m'apprêtais à quitter le bureau.

— Ça me va. À propos, Page, je tiens à vous dire que vous faites un travail remarquable.

— Pour un surfeur ?

— Exactement, mec !

62.

Je suivis les indications de Karl Page pour me rendre au Ramada. En arrivant là-bas, je laissai délibérément mon téléphone dans la voiture. Je ne voulais être joint par personne, pas même par Ron Burns.

Le hall d'entrée de l'hôtel, style Art déco, était calme et déprimant. Des palmiers maussades et desséchés se dressaient au-dessus de banquettes couleur chocolat, toutes vides. À la réception, deux retraitées représentaient les seuls clients en vue.

La personne en charge de la scène de crime – j'espérais qu'il s'agissait de Jeanne Galletta – avait parfaitement verrouillé l'opération. Seuls les deux officiers postés près de l'ascenseur permettaient de deviner qu'une enquête policière de grande envergure se déroulait à l'étage supérieur. Je pris l'escalier et grimpai les marches deux par deux pour accéder à la chambre où les meurtres avaient eu lieu.

Le couloir du deuxième étage grouillait de policiers, certains équipés de gants, de bottes blanches et du polo de la police scientifique. La tension se lisait sur les visages.

Un officier en uniforme me jaugea d'un coup d'œil :

— Qui êtes-vous ? demanda-t-il.

Son badge m'apprit qu'il s'appelait Sandhausen. Je lui présentai brièvement ma carte et poursuivis mon chemin.

— Hé ! appela-t-il derrière moi.

— Hé ! vous-même, répondis-je sans me retourner.

Un peu plus loin, je trouvai la porte de la chambre 223 grande ouverte.

Une rangée d'autocollants enfantins était apposée sur le côté extérieur – les deux premiers représentant des fées aux ailes étincelantes, et le dernier, collé par-dessus le judas, une licorne.

Et toujours ces inscriptions : deux A et un B.

Un chariot de ménage était rangé sur le côté.

— Jeanne Galletta est-elle dans les parages ? demandai-je à une jeune femme qui passait près de moi.

J'étais déconcerté par le nombre impressionnant de personnes allant et venant en tous sens.

Elle me jeta un regard irrité :

— Je crois qu'elle est en bas, dans le bureau. Je ne sais pas exactement.

— Eh bien tâchez de savoir, rétorquai-je, perdant soudainement patience. Dites-lui qu'Alex Cross la cherche. Elle pourra me trouver ici.

Je m'armai de courage avant de pénétrer dans la pièce. Toute scène de crime nécessite un certain détachement, comme une seconde peau qu'on enfile. Mais il doit être contrebalancé par une autre approche. Je tenais à garder à l'esprit qu'il était question d'êtres humains et pas seulement de cadavres. Si jamais je devais un jour perdre de vue cette notion, il serait alors temps pour moi de changer de métier. Peut-être était-il temps, d'ailleurs.

En entrant, je découvris une scène de crime aussi brutale que je l'avais imaginée.

Ainsi que d'autres surprises désagréables auxquelles je n'étais pas préparé.

63.

La salle de bains offrait un spectacle d'épouvante.

Mariah Alexander, la jeune employée de ménage de dix-neuf ans, gisait effondrée dans la baignoire. Sa tête, projetée de côté, formait un angle improbable avec le reste de son corps. Elle avait la gorge déchirée, là où une balle était venue lui interdire toute possibilité de crier. Ses longs cheveux bouclés étaient imprégnés de sang. Sa carotide semblait avoir été tranchée, ce qui pouvait expliquer les projections qui maculaient le mur de haut en bas.

Un lourd trousseau de clés reposait sur le sol carrelé, tout près des jambes pendantes de la jeune femme. Selon moi, Mary Smith avait braqué son arme sur l'étudiante pour la forcer à ouvrir la porte. Elle l'avait ensuite poussée à l'intérieur jusque dans la salle de bains avant de l'abattre, le tout en une succession d'actions rapides.

Susan Cartoulis et Brian Conver devaient se trouver dans la chambre à ce moment-là, à quelques mètres à peine.

L'un des deux – probablement Conver – était alors venu voir ce qui se passait.

À en juger par les traces de sang sur la

moquette, Mary Smith l'avait intercepté à mi-chemin entre la chambre et la salle de bains.

Son corps, cependant, se trouvait sur le lit, à côté de celui de Susan Cartoulis. Les deux amoureux reposaient sur le dos, à même les couvertures.

Ils étaient nus – une autre innovation chez Mary Smith – même s'il était vraisemblable qu'ils l'étaient déjà à son arrivée.

Des taies d'oreillers recouvraient les hanches des deux victimes, ainsi que la poitrine de Susan Cartoulis, dans une singulière allusion à la pudeur.

Cet assassin s'avérait aussi loufoque que déroutant. Toutes ces incohérences avaient de quoi interloquer.

Encore plus étrange, les draps étaient impeccablement bordés. Peut-être les deux amants n'avaient-ils pas fait l'amour sur le lit, mais un emballage de préservatif, sur la table de nuit, semblait indiquer le contraire.

Mary Smith avait-elle refait le lit après avoir assassiné trois personnes ? À ce compte-là, elle était plutôt douée. Nana m'avait appris depuis longtemps à reconnaître un lit soigneusement fait, et Mary Smith avait l'air experte en la matière.

Les couvertures étaient imbibées de sang, particulièrement autour du corps de Susan Cartoulis. Les deux victimes présentaient d'importants impacts de balles au niveau du crâne, mais le visage de Cartoulis avait en plus été tailladé à l'aide d'une lame – comme Mary Smith en avait l'habitude, et comme promis dans son e-mail. Je discernais l'expression d'horreur absolue qui déformait les traits du visage de Conver, mais celui de Cartoulis présentait de si nombreuses coupures qu'on ne voyait plus qu'une seule blessure, béante.

Cela me rappelait les meurtres commis au domicile d'Antonia Schifman – mode opératoire à la fois précis et confus.

Un seul assassin, deux impulsions de nature totalement opposées.

Que s'était-il passé dans sa tête ? Que cherchait-elle à obtenir ?

L'élément le plus perturbant restait à venir. Quelques minutes plus tard, je découvris sur une chaise, près du lit, un portefeuille en cuir jaune contenant le permis de conduire et les cartes de crédit de Susan Cartoulis.

En explorant le reste du contenu, je constatai la présence de plusieurs emplacements plastifiés laissés vides. Je sentis mon sang se glacer.

— Nom de Dieu ! m'écriai-je. Les photos !

L'un des techniciens de scène de crime se tourna vers moi :

— Que se passe-t-il ? Vous avez découvert quelque chose ?

— Savez-vous où se trouve le mari de Susan Cartoulis ?

— Il est censé être à bord d'un avion en provenance de Floride. Pourquoi ?

— Il faut absolument que je sache si cette femme conservait des photos de famille dans son portefeuille.

Ce n'était qu'une formalité : j'étais presque certain de connaître la réponse. Pour la deuxième fois consécutive, Mary Smith s'était intéressée aux photos. Elle qui, auparavant, se contentait de laisser les enfants orphelins, en était venue à voler ou détruire leurs photos. Dans le même temps, ses méthodes se faisaient de plus en plus imprévisibles, et les e-mails trahissaient une confiance en soi allant crescendo.

Jusqu'à quel point cette pente allait-elle devenir glissante ? Et où allait-elle m'entraîner ?

Je ne pensais pas pouvoir continuer à vivre en paix avec moi-même si, faute d'avoir arrêté Mary Smith à temps, elle commençait à s'en prendre aux enfants. C'était malheureusement ce que je craignais.

64.

— Puis-je vous voir un instant, Dr Cross ? Il faut qu'on parle.

Je levai les yeux : Jeanne Galletta se tenait dans l'encadrement de la porte. Elle avait les traits tirés et l'air plus vieille que lors de notre dernière entrevue. Elle semblait également avoir maigri, comme si elle s'était délestée de trois ou quatre kilos qu'elle n'aurait pas eu besoin de perdre.

Nous sortîmes dans le couloir.

— Que se passe-t-il ? Ne me dites pas qu'il y a eu un autre drame.

— Je ne veux pas encore y accorder trop d'importance, commença-t-elle d'une voix éteinte, mais j'ai recueilli le témoignage d'une femme qui dit avoir vu une Suburban bleue quitter le parking de l'hôtel à toute allure. C'était aux alentours de 14 heures. Elle n'a rien remarqué d'autre. Je me demandais si vous pourriez l'interroger, pour comparer nos notes avant que j'entreprenne quoi que ce soit.

C'était une bonne initiative de sa part. J'étais persuadé que nous pensions tous deux à la même chose : l'affaire du sniper de Washington, en 2002, avait donné lieu à une vaste opération d'appels à témoins en vue de retrouver un véhicule qui s'était avéré ne pas être le bon, une camionnette blanche portant des inscriptions en lettres noires. Un cauchemar sur le plan de l'investigation et de la gestion des relations publiques, exactement le genre d'erreur que la police de Los Angeles souhaitait éviter sur cette enquête.

— Pourriez-vous faire ça maintenant ? ajouta-t-elle. Ça m'aiderait beaucoup. Si jamais il y a lieu de lancer une recherche, je préfère ne pas attendre.

Je n'aimais pas avoir à quitter la scène de crime aussi prématurément. Il restait pas mal de travail. Si je n'avais vu Jeanne aussi stressée, j'aurais peut-être refusé.

À mon tour, je lui demandai une faveur. Je voulais qu'elle assure le suivi de l'interrogatoire de Giovanni Cartoulis concernant les photos disparues. Nous ne pourrions pas tirer grand-chose de cette information, ce qui était plutôt frustrant, mais il fallait à tout prix déterminer si Mary Smith avait dérobé des photos de famille. De plus, il convenait de déterminer si l'on pouvait éliminer Giovanni Cartoulis de la liste des suspects, comme ç'avait été le cas pour les autres maris. Jeanne et son équipe s'étaient chargés de les interroger, et j'étais satisfait de leurs rapports. La police de Los Angeles faisait du bon boulot.

— Qu'y a-t-il ? demanda Jeanne en me fixant du regard. À quoi pensez-vous ? Dites-moi. Je crois pouvoir encaisser. Enfin, je pense.

— Soufflez un bon coup, Jeanne. Ne vous laissez pas miner par toute cette merde. Vous conduisez cette enquête aussi bien que possible, mais je dois avouer que vous faites peur à voir.

Elle fronça les sourcils :

— Euh... merci ?

— Je n'ai pas dit que vous aviez une tête affreuse, loin de là, mais vous êtes très pâle, Jeanne. C'est le stress. Et ça, personne ne peut le comprendre sans l'avoir vraiment éprouvé.

Jeanne finit par sourire :

— J'ai surtout l'air d'un raton laveur, avec ces cernes sous les yeux.

— Désolé de vous avoir dit ça.

— Ne vous en faites pas. Bon, je dois y aller.

Je repensai à sa récente invitation à dîner et à la façon maladroite dont j'avais décliné la proposition. Si nous étions restés quelques secondes de plus dans ce couloir, je lui aurais peut-être retourné l'invitation, mais Jeanne - et l'instant - s'était déjà évaporée.

De plus, un interrogatoire m'attendait.

Une Suburban bleue ?

65.

Ce n'étaient pas ses multiples tatouages d'inspiration tribale, ni la dizaine de piercings qui parsemaient son visage, qui me faisaient douter de Bettina Rodgers. En fait, Bettina était le meilleur témoin qu'on pût espérer. Mais les dépositions des témoins oculaires sont connues pour être lacunaires et manquer de fiabilité. Selon les estimations du FBI, leur exactitude, même recueillies à seulement quelques minutes de l'incident, ne se situe qu'aux alentours de cinquante pour cent – en l'occurrence, il s'était écoulé au moins deux heures.

Cela dit, Bettina se montrait catégorique dans son récit.

— J'étais dans ma voiture sur le parking et je m'apprêtais à démarrer, me répéta-t-elle pour la troisième fois. Là, j'ai vu cette Suburban débouler en trombe derrière moi, puis prendre la direction de Santa Monica Boulevard. Je me suis retournée pour regarder, parce qu'elle roulait vraiment vite. Je suis certaine qu'elle était bleu foncé, et je sais qu'il s'agissait d'une Suburban parce que ma mère en avait une. Je suis montée dedans des millions de fois. Je me rappelle que j'ai trouvé ça marrant, comme si je voyais ma mère en train de conduire comme une folle.

Elle marqua une pause.

— La bagnole a tourné à gauche en sortant du parking. C'est tout ce que je sais. Je peux partir maintenant ?

C'était à peu près tout ce que Jeanne avait pu tirer d'elle, mais je décidai de pousser plus loin en lui posant quelques questions supplémentaires.

— Avez-vous remarqué des signes particuliers sur la voiture ? Autocollants, traces de chocs, ce genre de choses ?

Elle haussa les épaules :

— Je l'ai vue seulement de côté, et comme je vous l'ai expliqué, elle est passée à toute berzingue. Je n'ai pas eu le temps de voir la plaque ou quoi que ce soit d'autre.

— Vous souvenez-vous du conducteur ? Un détail qui permettrait de l'identifier ? Y avait-il d'autres passagers ?

Tout en réfléchissant, elle se mit à tripoter l'un des piercings qui ornaient ses sourcils. Elle portait un maquillage outrancier et sombre, excepté son fond de teint, très pâle. Je ne savais pas grand-chose de cette Bettina, mais elle me rappelait le milieu des « vampires urbains » dans lequel j'avais enquêté quelques années auparavant. Une investigation au cours de laquelle j'avais découvert que ces personnes, en dépit de leur style gothique stéréotypé, possédaient souvent un esprit aiguisé.

— J'ai envie de dire qu'il s'agissait d'une femme, répondit-elle finalement. Ça paraîtrait logique, non ? Je veux dire, merde, quoi, on est bien en train de parler de la Désaxée d'Hollywood ? Pas la peine de chercher à m'embrouiller, je sais que c'est elle. L'un des flics me l'a dit tout à l'heure.

Je ne répondis rien, pour la laisser réfléchir encore quelques instants. Elle finit par hausser les épaules à nouveau :

— Une Suburban bleue. Elle est passée à fond la caisse, elle a tourné à gauche. Voilà, c'est tout ce que je peux dire.

Sa volonté farouche de ne pas donner plus de détails renforça la confiance que m'inspirait son témoignage. Parfois, dans le seul but de contenter la personne qui les interroge, les gens ont tendance à abonder dans son sens. Je remerciai Bettina pour sa collaboration et l'autorisai à prendre congé.

Je retrouvai ensuite Jeanne Galletta pour lui faire part de mes impressions. Nous nous isolâmes dans une chambre inutilisée au deuxième étage. Jeanne m'apprit qu'un autre client de l'hôtel avait corroboré le récit de Bettina.

— Aux alentours de 14 heures, il a aperçu depuis sa chambre du troisième étage un véhicule bleu foncé, type 4 × 4, sortir en trombe du parking. Il n'a pas bien vu le conducteur, mais il pense que ça pouvait être une femme.

— Ça ne signifie pas pour autant qu'il s'agissait bien de Mary Smith. Mais si tel était le cas, alors ce serait pour nous capital. Nous avons déjà deux personnes qui ont vu le même véhicule quitter le parking précipitamment.

Jeanne opina du chef en silence. Elle considérait le problème.

— Reste la question à dix mille dollars : quelle importance allons-nous accorder à cette information ?

Toute décision comportait une part de risque.

Réfléchissant à voix haute, j'entrepris de peser le pour et le contre :

— Le temps ne joue pas en notre faveur. Mary Smith n'a encore montré aucun signe d'essoufflement. Ce serait même plutôt l'inverse. On constate une évolution. Ce serait l'occasion d'utiliser les médias à notre avantage en accélérant les recherches – si c'est l'option que vous décidez de choisir. D'un autre côté, la population est déjà effrayée, et les gens risquent de réagir avec excès dès qu'ils verront une Suburban bleue, peut-être même à chaque fois qu'ils croiseront un 4 × 4 bleu. Si tout ça vous pète à la gueule, ça ne fera qu'apporter de l'eau au moulin de ceux qui se méfient de la police. Mais si ça vous permet de mettre la main sur Mary Smith, alors vous serez acclamée et tout sera pour le mieux dans le meilleur des mondes.

— C'est un peu la roulette russe, en somme ?

— Oui, en quelque sorte.

— Je ne tiens pas spécialement à être acclamée.

— Ça fait partie des risques du métier.

Enfin, pour la première fois, un sourire se dessina sur son visage :

— Le Sherlock Holmes américain... Il me semble avoir lu ça dans un article.

— Ne croyez pas tout ce qu'on lit dans la presse.

J'entendais presque le tic-tac de l'horloge résonner dans sa tête, mais peut-être étaient-ce les battements de son cœur.

— Très bien, fit-elle en regardant sa montre. En avant ! Il faut d'abord que j'en réfère à ma hiérarchie, mais si je pars maintenant, on devrait pouvoir obtenir une conférence de presse avant le JT.

Parvenue à la porte, elle marqua un temps de pause.

— J'espère que je ne suis pas en train de commettre une grave erreur.

— Foncez, Jeanne.

— Venez avec moi, Alex. D'accord ?

— Ça va, j'accepte. Malgré votre allusion au « Sherlock Holmes américain » !

66.

Comme il fallait s'y attendre, la conférence de presse rencontra un vif succès. Même James Truscott avait répondu présent. L'événement semblait avoir attiré tous les journalistes de la région et même au-delà. La Suburban bleue était assurée de faire les gros titres jusqu'à ce que survienne le prochain coup de théâtre, un nouvel élément déterminant dans l'affaire des meurtres de Los Angeles. Avec un peu de chance, ce serait l'annonce de la découverte de la Suburban, puis, dans la foulée, de la capture de Mary Smith, homme ou femme.

Ne faisant pas partie du petit groupe filmé en compagnie de l'inspecteur Galletta, je la rejoignis quelques minutes plus tard. Les gens la saluaient et la félicitaient de toutes parts, mais elle fendit la foule pour venir me trouver.

— Je tenais à vous remercier pour votre aide et vos conseils pleins de sagesse, me dit-elle. Alors, j'avais l'air de quoi, à la télé ? Toujours d'un raton laveur ?

— Non, pas du tout. Enfin... peut-être un peu, fis-je en souriant. Je me rappelle vous avoir entendu dire l'autre fois *il faut bien manger, dans la vie,* non ? Vous êtes toujours intéressée ?

D'un seul coup, son visage s'assombrit.

— Non, Alex. Désolée, mais pas ce soir.

Puis elle m'adressa un petit clin d'œil en souriant :

— Je vous ai eu ! Bien sûr, que je suis toujours intéressée. Qu'est-ce qui vous tente ? Personnellement, je meurs de faim. Un resto italien, ça vous dit ?

— Je suis toujours partant pour un resto italien.

L'appartement de Jeanne étant situé sur le trajet, elle insista pour que nous y fassions un saut.

— Je voudrais voir de quoi j'ai l'air dans le miroir de ma salle de bains, avec un éclairage familier et en lequel je peux avoir confiance, m'expliqua-t-elle. Ça ne prendra pas plus de cinq minutes. Disons sept au grand maximum. Allez, montez. Je vous promets de ne pas vous sauter dessus.

J'éclatai de rire et la suivis dans un immeuble en brique rouge, quelque part du côté de Santa Monica.

— Réflexion faite, il se pourrait bien que je vous saute dessus, me dit-elle dans l'escalier.

Ce qui fut chose faite dès qu'elle eut refermé la porte derrière nous. Elle se retourna très vite, m'empoigna pour m'embrasser et desserra aussitôt son étreinte.

— Hmm... C'était plutôt agréable. Mais je me laisse aller, *docteur*, et j'oublie ma promesse. Pas plus de dix minutes.

— Sept.

Jeanne s'enfuit vers sa salle de bains et son miroir à l'éclairage familier. Je ne l'avais encore jamais vue si détendue et enjouée. J'avais l'impression de découvrir une nouvelle personne, totalement différente de celle que je côtoyais au travail.

L'opération salle de bains dura un peu plus que

les sept minutes prévues, mais l'attente en valait la peine. La transformation était époustouflante. Je l'avais toujours trouvée séduisante, mais dans le cadre professionnel, elle se montrait sous un jour sévère qui n'invitait pas à envisager une relation plus intime. À présent vêtue d'un débardeur en soie, d'un jean et d'une paire de sandales, les cheveux encore humides, l'inspecteur Jeanne Galletta apparaissait plus douce, et laissait découvrir une autre facette de sa personnalité.

— Je sais, je sais, je fais peur à voir, dit-elle, tout en sachant que ni elle ni moi ne le pensions.

Elle se frappa le front :

— J'ai complètement oublié de vous offrir à boire. Ça, c'est moi tout craché.

— Nous n'étions là que pour cinq minutes.

— Exact. Ma parole, vous avez toujours le bon mot au bon moment. Enfin... presque toujours. Bien, allons-y. La nuit nous attend.

La sensation du corps de Jeanne contre le mien, la chaleur de ses lèvres, étaient encore très vivaces en moi. Et puis, j'étais libre à présent, non ? L'étais-je réellement ? Tout cela, je dois l'avouer, devenait de plus en plus confus dans mon esprit. Déjà, Jeanne me conduisait vers le couloir – et soudain elle se retourna. Cette fois, j'étais prêt et je la pris dans mes bras. Nous échangeâmes un baiser, plus long et plus satisfaisant que le premier. Son odeur enivrante, son corps magnifique, ses yeux bruns qui me dévoraient...

Elle me prit par la main et commença à m'entraîner vers l'appartement, mais je l'arrêtai dans son élan.

— Vous venez juste de vous habiller pour sortir.

— Non, c'est pour vous que je me suis habillée comme ça.

Dans un effort pour rassembler mes esprits, j'insistai :

— Allons manger, Jeanne.

— Très bien, répondit-elle en souriant. Allons manger.

67.

À 4 heures du matin, Alicia Pitt, une jeune actrice de vingt-deux ans, quitta Las Vegas en direction de Los Angeles. Le casting devait débuter à 9 heures, et elle ne tenait pas à se retrouver à la place de la petite blonde mignonne numéro 305 dans la file d'attente – le rôle risquerait de lui passer sous le nez avant même qu'elle ait pu dire son texte.

La Suburban familiale – que les Pitt, jamais en manque d'inspiration, surnommaient la Grande Bleue – engloutissait sans remords des litres et des litres d'essence. Mais la voiture ne lui coûtait rien d'autre, et au final, le voyage ne revenait pas à trop cher. Dès qu'Alicia aurait décroché un vrai travail, elle pourrait peut-être se permettre de vivre à Los Angeles. En attendant, elle se tapait l'interminable trajet aller-retour à chaque audition.

Alicia suivait les lignes de la route et, tandis qu'elle se dirigeait vers l'ouest, elle essayait de ne pas trop regarder le script posé à côté d'elle sur le siège passager. Le petit rituel familier se poursuivit jusqu'à Los Angeles.

« Ne viens pas me parler de fierté. Je la connais, ta petite chanson. Alors maintenant, tu vas... »

Attends, je me suis trompée, là. Elle jeta un bref coup d'œil à son script.

« Ne viens pas me parler de fierté. Je le connais, ton petit refrain. Je n'y crois plus. Alors maintenant, tu vas... »

Oh, et merde ! Mais qu'est-ce que je fous ? Quelle conne ! songea-t-elle.

Sans trop savoir comment, elle venait de quitter l'autoroute pour s'engager sur une bretelle de sortie. Elle arriva à un feu rouge, au niveau d'un carrefour qu'elle ne connaissait pas.

Elle était bien à Los Angeles, mais pas du tout sur Wilshire Boulevard.

L'endroit lui était totalement inconnu. Un peu partout, des bâtiments abandonnés. Plus loin, au bord de la route, une carcasse de voiture calcinée. Un taxi, pour être précis.

Puis elle aperçut un groupe de mecs. Trois d'entre eux la regardaient fixement.

Très bien, se dit-elle. Surtout, ne pas flipper. Tu vas faire demi-tour et retourner sur l'autoroute, tout simplement. Tout va bien, Alicia. Tout va bien.

Tout en cherchant des yeux la bretelle d'accès, elle pria pour que le feu passe rapidement au vert.

Pendant ce temps, l'un des jeunes avait commencé à s'approcher, la tête penchée en avant pour tenter d'apercevoir l'intérieur de la voiture à travers le reflet du pare-brise. Vêtu d'un jean baggy ultralarge et d'un sweat bleu clair à capuche, il n'avait a priori pas plus de seize ou dix-sept ans.

Les deux autres ne tardèrent pas à le suivre. Le temps qu'Alicia prenne la décision de griller le feu rouge, les trois garçons s'étaient postés devant sa voiture et lui barraient le passage. Super ! Et maintenant ?

68.

Elle ferma les yeux l'espace d'une demi-seconde. Qu'était-on censé faire dans ce genre de situation ? Et pourquoi n'avait-elle jamais trouvé le temps d'aller acheter un téléphone portable ? Hum, peut-être parce qu'elle était fauchée comme les blés.

En rouvrant les yeux, elle vit le gars au sweat bleu le visage collé à la vitre, l'air menaçant. Il avait un dragon tatoué sur le cou.

Elle poussa un cri malgré elle – rien qu'un petit cri, mais malheureusement suffisant pour que le gars comprenne à quel point sa frayeur était grande.

Puis son degré de panique franchit un nouveau palier. Elle mit un moment à se rendre compte que le gars au sweat essayait de lui parler. D'un geste de la main, il semblait lui dire de se calmer.

Elle entrebâilla la vitre :

— Pardon ? demanda-t-elle, incapable de maîtriser le tremblement de sa voix.

— Je vous demande si vous êtes perdue, mademoiselle, tout simplement. En tout cas, vous avez l'air.

Alicia réprima à grand-peine un sanglot.

— Oui. Je suis désolée.

C'était chez elle une sale habitude. Elle s'excusait pour tout et tout le temps.

— En fait, je cherche...

— Non, je dis ça parce que je *sais* que vous n'habitez pas le quartier, l'interrompit le gars au sweat bleu.

Son visage affichait de nouveau une expression patibulaire. Les deux autres s'esclaffèrent à sa plaisanterie.

— C'est votre voiture ? reprit-il.

La peur et la confusion emprisonnèrent Alicia dans un état de soumission qu'elle haïssait. Elle n'entrevoyait d'autre issue que de répondre à la question.

— C'est celle de mes parents.

Le gars se frotta les poils du menton, comme s'il méditait la réponse qu'elle venait de formuler.

— Y a pas mal de gens qui sont à la recherche d'une bagnole exactement comme celle-là. Vous ne lisez pas les journaux ? Vous ne regardez pas la télé ?

— Je veux seulement aller à Westwood. Je dois passer une audition pour un téléfilm, mais j'ai quitté l'autoroute un peu trop tôt et...

Hilare, le gars se tourna vers ses acolytes. Ses mouvements étaient lents, empreints d'une grande nonchalance.

— Vous entendez ça, les mecs ? Elle veut aller à Westwood pour jouer dans un film. Un film pour la télé. Bingo, c'est pile ce que je pensais. Parce que ici, je me doute qu'il n'y a rien d'intéressant pour vous. Rien, et surtout personne.

— Bah non, lança un autre. Elle préfère aller tuer chez les riches.

— Moi, je ne vois pas où est le problème, ajouta le troisième. Elle n'a qu'à les buter, les riches. Elle peut même les bouffer, ça ne me fera ni chaud ni froid.

— Mais de quoi parlez-vous ?

Elle les observait maintenant à tour de rôle, en quête désespérée d'un indice qui lui aurait permis de clarifier la situation, de trouver quoi dire ou quoi faire pour s'extirper de ce merdier. Son regard exorbité se dirigea vers le rétroviseur. *Et si je m'enfuyais en marche arrière ? Le plus vite possible, genre pied au plancher ?*

À cet instant, le gars ouvrit la fermeture Éclair de son sweat pour dévoiler le pistolet qu'il portait à la ceinture :

— N'y pense même pas, lança-t-il.

L'idée qu'elle allait être assassinée avant d'avoir bu son café du matin la glaça d'horreur.

— Je vous en prie, je veux simplement… Ne me faites pas de mal, bredouilla-t-elle.

Elle percevait toute la détresse et l'impuissance contenues dans sa voix. C'était comme écouter parler quelqu'un d'autre, une personne pitoyable. Bon Dieu, elle était censée savoir jouer la comédie !

Le gars en bleu hocha lentement la tête, d'un air indéchiffrable. Puis il recula d'un pas et lui fit signe de passer.

— L'autoroute, c'est par là, dit-il.

Ses deux potes s'écartèrent aussi.

Un tel soulagement s'empara d'Alicia qu'elle crut qu'elle allait perdre connaissance. Elle adressa aux trois jeunes un sourire faiblard :

— Merci beaucoup. Encore désolée…

Ses mains tremblaient sur le volant, mais au moins, elle était saine et sauve.

La Suburban s'était à peine mise en branle

qu'un effroyable craquement retentit dans l'habitacle : le pare-brise explosa dans une pluie de verre.

L'instant d'après, une lourde barre de métal faisait voler en éclats la vitre côté conducteur.

Alicia en resta paralysée. Ses bras et ses jambes ne répondaient plus. Elle était même incapable de hurler.

Son cerveau n'avait pas eu le temps d'envoyer à son pied l'impulsion nécessaire pour enfoncer l'accélérateur que la portière s'ouvrit en grand ; des mains puissantes l'agrippèrent et l'arrachèrent de son siège. Elle atterrit lourdement sur le dos ; l'air quitta ses poumons d'un seul coup.

— Elle est débile, ma parole ! entendit-elle l'un des trois dire, puis elle ressentit un choc d'une violence inouïe sur le côté de la tête. Elle vit une barre de fer se lever et s'abaisser à toute vitesse, une image floue projetée au centre de son front.

69.

D'un seul coup, l'affaire Mary Smith se retrouva complètement chamboulée. Jeanne Galletta était hors jeu. On l'avait écartée de l'enquête.

J'avais essayé d'intervenir en sa faveur, mais quelques heures après la découverte du corps d'Alicia Pitt, Jeanne faisait déjà partie de l'histoire ancienne. Ce soir-là, Shrewsbury, le préfet de police, annonça qu'il superviserait lui-même l'affaire de la Désaxée d'Hollywood, et que Jeanne Galletta était provisoirement en congé, le temps de faire la lumière sur le regrettable meurtre d'une jeune femme de Las Vegas qui conduisait une Suburban bleue.

Jeanne était inconsolable ; dans cette affaire, elle traversait toutes sortes d'expériences, y compris celle de se retrouver dans la peau du bouc émissaire.

— Rendez-vous compte : c'est le maire de Las Vegas qui a demandé au maire de Los Angeles d'expliquer au préfet de police la manière de conduire une enquête ! ironisa-t-elle. Depuis quand ne laisse-t-on plus les professionnels faire leur boulot ?

— Depuis la nuit des temps, répondis-je.

Il était aux alentours de 20 heures, nous nous

étions retrouvés pour boire un verre dans un endroit que Jeanne avait choisi. Elle m'avait dit vouloir s'assurer que je disposais de tous les éléments nécessaires pour la suite de l'enquête. Bien entendu, elle avait également besoin de s'épancher.

— Je sais bien que je suis responsable de la mort d'Alicia Pitt...

— Ne dites pas ça, Jeanne. Vous n'êtes en rien responsable de ce qui est arrivé. Sa mort est peut-être survenue à la suite d'une décision que tu as prise, mais ce n'est pas la même chose. Vous avez fait le choix qui s'imposait. Le reste, c'est de la politique. Je pense aussi qu'ils n'auraient pas dû vous retirer l'enquête.

Elle resta un instant silencieuse.

— Je ne sais pas. Cette pauvre fille est tout de même morte.

— Vous avez des vacances ? demandai-je. Vous devriez en profiter pour prendre l'air.

— Je ne vais pas quitter la ville maintenant. On m'a peut-être écartée de l'enquête, n'empêche...

Elle ne termina pas sa phrase, mais c'était inutile. M'étant déjà retrouvé dans sa position, je savais qu'il valait mieux ne pas crier sur les toits que vous vous apprêtiez à enfreindre les règles. Ce qu'il fallait dans ces cas-là, c'était foncer, quitte à désobéir.

— Alex, je vais avoir besoin de me retrouver un peu seule, c'est pourquoi je vous ai donné rendez-vous ce soir.

— Je comprends tout à fait. Vous savez où me joindre si nécessaire.

Une ébauche de sourire s'esquissa sur son visage :

— Vous êtes vraiment quelqu'un de bien. Pour un agent du FBI.

— Vous êtes plutôt un bon flic. Pour quelqu'un qui fait partie du LAPD.

Elle posa sa main sur la mienne, puis la retira aussitôt.

— Je suis maladroite, dit-elle en souriant à nouveau. Désolée de me comporter de façon si étrange.

— Vous êtes humaine, Jeanne. C'est très différent. Ne vous excusez pas de ça.

— Très bien, je vais arrêter de m'excuser. Je dois partir, de toute manière, avant de fondre en larmes ou ce genre de choses embarrassantes. Vous savez où me joindre en cas de besoin.

Elle quitta la table. Avant de franchir la porte, elle se retourna vers moi :

— Je n'ai pas l'intention de lâcher cette enquête. Je reste dans les parages.

70.

Étrange. En regagnant ma chambre ce soir-là, je trouvai à la réception une enveloppe à mon nom.

Elle venait de James Truscott.

Je l'ouvris en montant dans ma chambre et ne pus m'empêcher de commencer à lire.

SUJET : FEMMES INCARCÉRÉES DANS LE COULOIR DE LA MORT EN CALIFORNIE.

Il y en avait actuellement quinze, et pour chacune, Truscott avait joint un bref rapport.

La première était une certaine Cynthia Coffman. En 1986, elle et son petit ami avaient détroussé et étranglé quatre femmes. Condamnée à mort en 1989, elle était maintenant âgée de quarante-deux ans et attendait toujours son exécution.

À la fin de cette longue note, Truscott me faisait part de son projet d'aller rendre visite à certaines d'entre elles en prison. J'étais cordialement invité à me joindre à lui si je pensais que cela pouvait m'être utile.

Une fois achevée la lecture de ces pages, je les parcourus à nouveau brièvement.

Que cherchait donc James Truscott ? Et

pourquoi voulait-il écrire ma biographie ? Je ne souhaitais qu'une chose, le voir disparaître de ma vie, mais ce n'était visiblement pas près de se produire.

71.

Le téléphone me tira du sommeil à 2 h 30 du matin. J'étais en train de rêver d'Alex Jr et de Christine, mais la plupart des détails s'évanouirent au moment où la sonnerie retentit.

Ma première pensée cohérente fut : James Truscott.

Mais ce n'était pas lui.

Une demi-heure plus tard, je me retrouvai au volant de ma voiture, dans un quartier de Los Angeles qui m'était totalement inconnu, à la recherche de la résidence Hillside. Je l'aurais trouvée plus facilement en plein jour, et si mon cerveau n'avait été en ébullition tout le long du trajet.

Le petit jeu de Mary Smith venait à nouveau de changer, et je luttais pour tenter de comprendre. Pourquoi ce meurtre ? Pourquoi maintenant ? Pourquoi ces deux victimes ?

La résidence Hillside semblait avoir été construite dans les années 1970. Elle était composée de petits immeubles de trois étages aux toits plats, en cèdre teinté sombre, qui, reposant sur de larges colonnes, abritaient un parking ouvert. Je notai également la présence d'un parking dans la rue, à même d'offrir à un intrus une parfaite discrétion.

— Agent Cross ! Alex ! entendis-je un peu plus loin dans l'obscurité.

Je reconnus la voix de Karl Page. Le cadran de ma montre affichait 3 h 05.

Il me rejoignit sous un lampadaire.

— C'est par là, indiqua-t-il.

— Comment avez-vous été prévenu ? demandai-je.

C'était lui qui m'avait appelé à ma chambre d'hôtel.

— J'étais encore au bureau.

— Il vous arrive de dormir, Page ?

— Je dormirai quand cette enquête sera bouclée.

Je suivis le jeune agent à travers un dédale de petites allées, jusqu'à un groupe d'immeubles faisant face à un jardin et une piscine. Plusieurs habitants, la plupart en vêtements de nuit, s'étaient rassemblés devant l'une des entrées. Ils jetaient autour d'eux des regards inquiets et discutaient en murmurant.

Page désigna un appartement au troisième, où les lumières étaient allumées derrière les rideaux tirés :

— Les cadavres sont là-haut.

Nous franchîmes le cordon de police et, empruntant l'une des deux entrées de l'immeuble, nous nous rendîmes sur la scène de crime.

— Regardez ! fit Page en voyant les trois autocollants apposés sur la porte de l'appartement.

Marqués de deux A et un B. La signature de Mary Smith. Ces autocollants me faisaient chaque fois penser à ce clown dans *Poltergeist* – inoffensif en apparence, mais parfaitement sinistre dans le contexte. Tout l'inverse d'un jeu enfantin.

La porte s'ouvrait sur un salon d'assez grande

taille, encombré de cartons de déménagement et de meubles éparpillés de manière désordonnée.

Au milieu de la pièce gisait le corps d'un homme, effondré sur un amas de cartons. Des dizaines de livres étaient renversés sur la moquette couleur sable, nombre d'entre eux imbibés de sang. Je remarquai les exemplaires de *The Hours* et de *Running with Scissors*.

— Philip Washington, m'apprit Page. Trente-cinq ans ; banquier d'affaires à la Merrill Lynch. Un homme visiblement cultivé.

— Tout comme vous, j'imagine.

Cette fois, le corps n'avait pas été mis en scène ; il n'était pas question de « tableau ». L'assassin avait sûrement préféré ne pas s'attarder, étant donné la proximité des nombreux voisins et la configuration des lieux.

Mais Philip Washington n'était pas la seule victime. Non loin de son corps, un deuxième cadavre gisait sur le sol.

Et ce meurtre, je ne pouvais l'accepter. Ce meurtre allait me hanter.

La balle avait considérablement endommagé la tempe gauche de la victime, dont le visage avait été tailladé à de multiples reprises, ainsi que Mary Smith en avait l'habitude. La chair au niveau du front et des yeux apparaissait striée de marques de couteau. Les joues, contractées sous l'effet d'un hurlement, avaient été transpercées.

Je fixai le cadavre, m'efforçant d'assembler les éléments pour tenter de comprendre ce qui s'était passé, de déchiffrer les événements qui avaient pu conduire à ce drame. Deux questions hantaient mon esprit : Avais-je joué un rôle dans ce meurtre ? Aurais-je pu l'anticiper ?

Peut-être la victime connaissait-elle la réponse – mais Arnold Griner n'allait plus être en mesure de nous aider dans l'enquête. Il faisait maintenant partie de la liste des victimes.

IV

LA SUBURBAN BLEUE

72.

J'avais à peine commencé à explorer la scène de crime que je tombai sur Maddux Fielding, le shérif adjoint rattaché au bureau de la police judiciaire, lequel remplaçait Jeanne Galletta sur l'affaire Mary Smith. Avec sa tignasse grisonnante et ses yeux bruns semblables à ceux de Jeanne, on aurait pu le prendre pour son père.

D'emblée, il m'apparut compétent et déterminé. Il m'avait également tout l'air d'un parfait connard.

— Agent Cross, fit-il en me serrant la main. J'ai beaucoup entendu parler de votre travail à Washington.

Quelque chose dans l'intonation de sa voix me fit penser qu'il ne s'agissait pas d'un compliment.

— Voici l'agent spécial Page, fis-je à mon tour. Il travaille avec moi sur cette affaire.

Voyant que Fielding ne répondait rien, je poursuivis :

— Que pensez-vous de tout ça ? Je sais que vous venez de débarquer dans l'enquête, mais je suppose que vous avez eu à cœur de rattraper votre retard.

Je n'avais pas dit ça pour lui lancer une pique, mais les mots restèrent en suspens comme si ç'avait été le cas. Une moue se dessina sur le visage de

Fielding. Il m'observa d'un air suffisant par-dessus l'épaisse monture de ses lunettes à double foyer :

— Ce n'est pas la première fois que je travaille sur une affaire de meurtres en série, sachez-le. Je me sens tout à fait opérationnel.

Il prit une profonde inspiration et, sans se départir de son dédain, ajouta :

— Pour répondre à votre question, je suis porté à croire que ce double meurtre est signé Mary Smith. Nous n'avons pas affaire à un copycat. J'en viens naturellement à me demander si elle n'a pas programmé la mort d'Arnold Griner depuis le départ. C'est très probable. Reste bien sûr à comprendre pourquoi, et de quelle manière, cet épisode est lié aux événements précédents.

Ce qu'il venait de dire était parfaitement sensé, surtout le fait que Griner ait pu constituer une cible dès le premier jour. Je me tournai vers Page :

— Quel est votre sentiment ?

J'étais de plus en plus curieux de recueillir son avis – ce qu'il aurait pu, ou non, reconnaître comme une marque de ma confiance grandissante envers lui.

— Griner et Washington venaient juste d'emménager, répondit-il en consultant ses notes. Il y a tout juste trois jours. Griner avait changé de numéro et s'était mis sur liste rouge, pour que Mary ne puisse pas le retrouver trop facilement. Comme s'il se savait traqué. Et même s'il ne possède pas le profil des autres victimes, il fait partie intégrante de l'histoire depuis le début. Elle a commencé par lui, et maintenant, je ne sais pas, peut-être qu'elle termine par lui. Peut-être ce meurtre représente-t-il une sorte de conclusion. Peut-être est-ce la fin de l'histoire.

— J'en doute, intervint Fielding sans même un

regard en direction de Page. Sa colère est trop flagrante. Elle a mis une telle rage dans ce meurtre. Vous avez vu *The Grudge* ? Peu importe. Oubliez ce que je viens de dire.

— Et la Suburban ? demandai-je. A-t-on progressé de ce côté-là ?

Jusqu'à la veille, la police de Los Angeles n'avait rien découvert d'intéressant, ce que je trouvais assez surprenant étant donné l'urgence de la situation.

Fielding tira un mouchoir de sa poche, ôta ses lunettes et entreprit de les nettoyer méticuleusement avant de répondre.

— Rien pour l'instant, lâcha-t-il finalement. Mais puisque vous en parlez, je tiens à éclaircir un peu les choses. Je ne suis pas l'inspecteur Galletta. Je suis son supérieur, et, sachez-le, je ne vais pas venir vous consulter chaque fois qu'un nouvel élément se présentera. Si le FBI tient à s'emparer de l'affaire, il n'a qu'à plaider sa cause. Vu la tournure que prennent les événements, j'en serais presque soulagé. En attendant, faites votre boulot et n'essayez pas de venir foutre la merde dans mon enquête comme vous l'avez fait avec l'inspecteur Galletta. J'espère m'être montré assez clair.

Il s'était adressé à moi avec loyauté, de flic à flic. Sans avoir posé la moindre question, il venait de décider que j'avais ruiné l'enquête de Jeanne. J'avais déjà assisté à ce genre de réaction, je les avais même parfois comprises, mais je ne pouvais rester coi :

— Un petit conseil, Fielding. Vous feriez mieux de savoir de quoi vous parlez avant de lancer de telles accusations. Vous ne faites que compliquer votre propre travail.

— À ce stade, je ne vois pas bien ce qui pourrait le compliquer davantage, rétorqua-t-il sèchement. Je pense qu'on s'est tout dit. Vous savez comment me joindre si vous avez des questions, ou même, sait-on jamais, si vous découvrez quelque chose susceptible de nous aider.

— Absolument.

Tandis qu'il s'éloignait, je dus réprimer une violente envie de le gifler. C'était peut-être la seule chose qui aurait pu obscurcir un peu plus notre première entrevue.

— Chic type, me dit Page. De la personnalité, du savoir-vivre. Tout pour plaire, en somme.

— Ouais. J'en suis encore tout bouleversé.

Au lieu de m'appesantir sur le cas Fielding, je retournai à mon travail. Si la communication avec la police devait s'avérer encore plus limitée qu'auparavant, nous avions plus que jamais besoin de notre propre analyse. Nous commençâmes notre inspection par les corps, comme le veut la logique, et l'étendîmes progressivement à tout l'appartement.

Après avoir passé le logement au peigne fin, nous entreprîmes de ratisser le couloir, puis les deux escaliers et enfin les alentours immédiats de l'immeuble.

J'étais curieux de voir jusqu'où pouvait aller la patience de Page. Vu son jeune âge, je craignais qu'il ne se montre trop empressé pour effectuer correctement ce travail. Mais il se révéla d'un grand professionnalisme. On le sentait véritablement absorbé par l'enquête.

Nous étions encore près de l'immeuble lorsque la nouvelle nous parvint du centre de surveillance informatique. À 5 h 30 ce matin-là, un nouveau message était parvenu sur la boîte mail d'Arnold Griner.

Une lettre de Mary Smith, adressée à l'homme qu'elle venait de tuer.

73.

À : agriner@latimes.com

De : Mary Smith

À : Arnold Griner

Devine quoi ? Je t'ai suivi jusqu'à ton nouvel appartement après ton petit dîner entre amis dans ce restaurant branché de Sunset, l'Asia de Cuba.

Tu as garé ta voiture sous l'immeuble et tu as emprunté l'escalier de derrière. Essoufflé, Arnold, au bout d'un étage ? Je le voyais bien, que tu étais trop gros. Et trop à côté de la plaque, hélas.

J'ai attendu que les lumières s'allument dans ton appartement, et puis j'ai suivi. Je n'avais plus peur comme avant. Avant, j'éprouvais une sensation étrange en tenant mon pistolet, je le trouvais lourd dans ma main. Maintenant, je le remarque à peine.

Tu n'as pas installé de serrure blindée sur la porte de derrière. Peut-être en avais-tu l'intention, mais tu as dû être trop occupé par ton déménagement ; ou bien peut-être te sentais-tu un peu plus en sécurité dans ton nouvel appartement, alors tu as considéré que ça n'avait pas beaucoup d'importance. En effet, maintenant, ça n'en a plus tellement.

Il faisait sombre dans la cuisine quand je suis entrée, mais dans le salon, la télévision et les lumières étaient allumées. J'ai aperçu un couteau à découper sur le comptoir près de l'évier ; je l'ai laissé à sa place : j'avais apporté le mien. Un détail dont tu étais probablement au courant, si tu as lu les messages que je t'ai envoyés.

J'ai attendu aussi longtemps que je pouvais le supporter. Je vous écoutais parler, ton compagnon et toi. Je ne percevais pas distinctement vos paroles, mais le son était agréable. J'aimais l'idée d'être la dernière personne à entendre vos voix.

Puis la nervosité a commencé à reprendre le dessus. Au début, c'était assez léger, mais je savais qu'en attendant plus longtemps, ça ne ferait qu'empirer.

J'aurais pu quitter l'appartement à n'importe quel instant, vous n'auriez jamais su que je m'étais introduite chez vous.

C'est en cela que tu ressembles aux autres. Tant que leur heure n'a pas sonné, ils ne semblent pas remarquer ma présence. À croire que je suis invisible. On est nombreux dans ce cas-là.

Quand j'ai fait irruption dans le salon, vous avez sursauté tous les deux en même temps. J'ai fait en sorte que vous voyiez le pistolet, et après ça, vous êtes restés immobiles. J'avais envie de te demander si tu savais pourquoi j'étais là, pourquoi tu méritais de mourir, mais j'avais peur de ne pas être capable d'aller jusqu'au bout si je n'agissais pas immédiatement.

Alors j'ai appuyé sur la détente et tu t'es écroulé sur le dos. Ton petit camarade a poussé un hurlement, puis il a essayé de s'échapper. Je ne sais pas trop où il comptait s'enfuir.

Je lui ai tiré dessus, et je crois qu'il est mort sur le coup. Comme toi, d'ailleurs. Tu ne t'es pas montré très combatif, pour un petit roquet de ton espèce.

Au revoir, Arnold. Au revoir… Tu viens juste de nous quitter, et pourtant, tu sais quoi ? Tout le monde t'a déjà oublié.

74.

À présent, il le savait, le Narrateur devait mettre un terme à cette série de meurtres. Cela faisait partie de son plan génial. Quel dommage, quand même. Il commençait à être doué, et il y avait belle lurette qu'il n'avait plus excellé dans un domaine.

En attendant, les médias ne tarissaient pas d'éloges à son égard. La télé, et bien sûr les journaux, à commencer par le *L.A. Times*, qui avait fait de ce sac à merde d'Arnold Griner un martyr et un saint. Tous s'accordaient à reconnaître le génie du Narrateur – mais ils étaient loin d'envisager la puissance de son œuvre.

Il avait envie de fêter ça, sauf qu'il ne pouvait rien raconter à personne. Il avait essayé à Vancouver, et regardez comment ça s'était terminé. Obligé de tuer une amie. Enfin... une vieille connaissance, juste une petite traînée avec qui il avait baisé autrefois.

Alors, comment fêter ça ? Arnold Griner était mort, et ça le faisait parfois hurler de rire. Il y avait beaucoup d'ironie dans cette histoire, une ironie parfois très subtile. Griner avait commencé par recevoir les e-mails, puis il s'était fait son messager auprès de la police avant d'y passer à son tour. Dans la vraie vie – et contrairement à ce qu'il avait indiqué dans son dernier message – ce petit merdeux l'avait supplié de lui laisser la vie sauve dès qu'il l'avait reconnu, dès qu'il avait compris, ce qui n'en avait rendu le meurtre que plus jouissif. Il ne les avait pas achevés immédiatement, oh non. Ça avait duré presque une heure, et il avait savouré chaque seconde de ce petit mélodrame.

Alors, que faire à présent ?

Il aurait aimé faire la fête, mais il n'avait personne à qui confier son histoire. Ouin, ouin, il était tout seul.

D'un seul coup, il sut exactement ce qu'il allait faire. C'était tellement évident. Il se trouvait à Westwood, alors il gara sa voiture et se rendit à pied au Bruin Theater, un cinéma vulgaire à souhait où l'on jouait *Collateral*, avec Tom Cruise. *Tom Cruise !*

Il mourait d'envie de voir le film.

Il mourait d'envie de se retrouver assis avec les autres spectateurs et de regarder Tom Cruise faire semblant d'être un grand méchant tueur, sans remords ni regrets.

Ouh, que j'ai peur, Tom.

75.

— M. Truscott a téléphoné. Il souhaiterait t'interviewer. Il a dit que c'était important, et qu'il pouvait venir ici si tu préférais. Il se demandait si tu avais bien reçu son enveloppe.

— Évitons de parler de lui, fis-je en fronçant les sourcils. À part ça, que s'est-il passé en mon absence ?

— Damon t'a dit que sa petite amie et lui avaient rompu ? me demanda Nana. Étais-tu seulement au courant qu'il avait une petite amie ?

Nous étions installés à la table de la cuisine en ce samedi après-midi. Je venais tout juste de rentrer de Los Angeles. Je jetai un coup d'œil en direction du salon pour m'assurer que nous étions bien seuls.

— Tu parles de la fille avec laquelle il passe tant de temps au téléphone ?

— Enfin, plus maintenant. Tant mieux, d'une certaine manière. Je le trouve encore un peu jeune pour tout ça.

Elle se leva en chantonnant l'air de *Joshua Fit the Battle of Jericho* et alla surveiller le chili qui mijotait dans la poêle.

Je fus distrait un instant en constatant que Nana avait utilisé de la viande de dinde hachée au lieu de bœuf ou de porc comme à son habitude. Peut-être Kayla Coles avait-elle, par quelque tour de magie, amené Nana sur la voie du renouveau. Un bon point pour Kayla.

— Quand Damon t'a-t-il dit qu'il avait une petite amie ?

J'étais curieux d'en apprendre davantage, quitte à reconnaître que j'étais à côté de la plaque.

— Il ne m'a rien dit ; c'est moi qui ai deviné. Ce n'est pas le genre de sujet que les adolescents abordent directement. Cornelia est venue plusieurs fois à la maison. Ils faisaient leurs devoirs ensemble. Elle est très gentille d'ailleurs. Ses parents sont tous deux avocats, mais je ne lui en ai pas tenu rigueur, ajouta Nana en riant à sa propre plaisanterie. Enfin... peut-être un tout petit peu.

Cornelia ? Nana l'experte, Alex dans le rôle de celui qui débarque. Toutes mes bonnes résolutions, et la promesse que je m'étais faite de changer, avaient été balayées par ce je ne sais quoi qui me ramenait constamment vers mon travail.

J'ai loupé la première rupture de Damon. Impossible de revenir en arrière. Cornelia, nous t'avons à peine connue.

C'était bon d'être de retour à la maison, malgré tout. Une délicieuse odeur envahit bientôt la cuisine. Nana avait organisé une soirée avec les amis et la famille : en plus du chili, elle avait préparé son fameux pain de maïs, deux plats de légumes à l'ail, des steaks marinés, ainsi qu'une fournée de bread pudding avec de la sauce au caramel, qu'elle ne confectionnait qu'en de rares occasions, pour épater la galerie. Apparemment, le docteur Kayla Coles n'avait pas réussi à venir à bout de son hyperactivité.

J'essayai de me rendre utile tandis que Nana,

l'œil rivé à la pendule, naviguait d'un bout à l'autre de la cuisine. J'aurais été plus enthousiaste si j'avais estimé mériter cette petite fête. Car non seulement j'étais définitivement éliminé de la liste des prétendants au titre de père de l'année, mais en plus mon vol de retour pour Los Angeles était déjà réservé.

76.

— Mais regardez qui est là ! C'est Djakata ! Tu nous fais un beau sourire, pour la photo ?

Sampson et Billie étaient arrivés de bonne heure avec leur fille, âgée de trois mois, que je n'avais pas revue depuis sa naissance. Radieux, John la souleva du porte-bébé que Billie avait accroché devant elle, et la mit dans mes bras. C'était une vision étonnante – Sampson et sa petite fille. Papa Ours, pensai-je. Avec Maman et Bébé Ours.

— Quelle beauté ! m'émerveillai-je en regardant la petite.

Et c'était la vérité. Avec sa peau couleur chocolat et ses petits tourbillons de cheveux sombres.

— Je crois qu'elle a pris ce qu'il y avait de mieux chez ses deux parents. Elle est vraiment adorable.

Jannie s'approcha et se glissa entre nous pour mieux la voir. Elle était à cet âge où les filles se disent qu'elles auront un jour leur propre bébé, et commençait à se projeter dans l'avenir.

— Elle est minuscule ! s'exclama-t-elle d'une voix stupéfaite.

— Pas tant que ça, rectifia Sampson. Elle est même tout en haut des courbes de croissance. Pour ça, elle tient de son père. À mon avis, à cinq ans, elle sera déjà aussi grande que Billie !

— Espérons qu'elle n'héritera ni de tes mains ni de tes pieds, fit Nana en se penchant vers Djakata.

Elle adressa un grand sourire à Billie, qu'elle considérait déjà comme un membre de la famille.

Soudain, je me sentis submergé par le bonheur d'être de retour à la maison. L'un de ces moments qui vous transcendent, vous prennent un peu par surprise et vous rappellent d'un seul coup tout ce que vous avez de plus cher au monde. Il pouvait arriver n'importe quoi, j'aurais toujours mes proches, mon foyer.

Instantané – garde cette sensation en mémoire pour la prochaine fois où tu en auras besoin.

Cette sensation d'intimité ne dura pas longtemps, car la maison ne tarda pas à accueillir de nouveaux invités. Il y avait les vieux de la vieille, d'anciens collègues de la police de Washington ; Jerome et Claudette Thurman, qui étaient venus accompagnés de Rakeem Powell et de sa nouvelle petite amie, dont je fus incapable de retenir le prénom.

— Attends une semaine avant de t'en préoccuper, me glissa Sampson. Si ça se trouve, d'ici là, elle aura déjà une remplaçante.

Ma tante Tia et mon cousin Carter furent les premières personnes de la famille à se présenter, suivis de plusieurs autres, des visages familiers dont certains me ressemblaient vaguement.

Kayla Coles arriva la dernière ; je l'accueillis à la porte en personne :

— Vous devez être Annie Sullivan ?

— Pardon ? Oh, je vois. Vous faites référence à *Miracle en Alabama* !

— Exactement. Vous avez fait des miracles avec Nana. Elle est transformée. Rendez-vous compte, elle a même mis de la dinde dans son chili ! Et c'est grâce à vous. Bravo.

— À votre service, répondit-elle.

En forme de plaisanterie, elle ponctua sa phrase d'une petite révérence. Elle était vêtue d'une robe turquoise très seyante, mais qui n'en gardait pas moins un style décontracté. Kayla se dévoilait rarement de la sorte, et je ne pus m'empêcher de remarquer que cette tenue la mettait bien plus en valeur que les ensembles BCBG un peu stricts qu'elle portait habituellement pendant ses consultations.

Aujourd'hui, au lieu de sa trousse médicale, elle tenait un grand plat recouvert d'une feuille de papier aluminium.

— Ça pourrait bien devenir votre plus grand tour de magie, fis-je en riant. Introduire dans la cuisine de Nana un plat confectionné par quelqu'un d'autre, je demande à voir !

— Et j'apporte aussi la recette.

Elle me montra la fiche scotchée sur la paroi du récipient.

— Des haricots blancs diététiques, pour une femme qui ne sait que trop bien les cuisiner à la graisse de bacon.

— Allez-y, fis-je en l'invitant à entrer. Mais c'est à vos risques et périls !

Nous nous dirigeâmes vers le salon, d'où s'échappaient les premières notes de l'album *Romare Bearden Revealed*, du Branford Marsalis Quartet. La fête battait déjà son plein, et tout le monde avait l'air ravi de voir le docteur Coles, qui était considérée dans le quartier comme une sainte. Je fus pris d'un léger vertige à l'idée qu'à la fin de la semaine, je serais de nouveau dans l'avion pour Los Angeles. Mais pour le moment, je comptais bien profiter de ma soirée.

77.

Je trouvai Billie et Sampson dans la cuisine, juste au moment où ce dernier s'apprêtait à ouvrir une cannette de bière. Je la lui ôtai des mains : avant d'entamer les festivités, je tenais à régler quelque chose avec lui.

— Suis-moi, avant de commencer à boire. Il faut que je te parle.

— Oh, c'est bien mystérieux ! lança Billie en riant.

Billie, qui travaille comme infirmière aux urgences, est du genre à ne pas s'en laisser conter et n'hésite pas à nous mettre en boîte.

— Allons dans mon bureau.

— J'ai déjà commencé à boire, Alex. C'est ma deuxième bière.

— Viens quand même, insistai-je. Ne t'inquiète pas, Billie, on n'en a que pour une minute.

Depuis mon bureau, sous les combles, nous parvenait le son étouffé de la musique. Je distinguai le rire de Kayla parmi le brouhaha général.

Sampson s'appuya contre le mur :

— Vous vouliez me voir, monsieur ? Dans votre bureau ?

Il portait un T-shirt humoristique de son équipe

de basket-ball de St. Anthony – catégorie senior – où l'on pouvait lire l'inscription : *Que personne ne bouge !*

— Je ne voulais pas mélanger travail et loisirs.

— Mais tu n'as pas pu t'en empêcher, c'est ça ?

— Je ne suis pas là pour longtemps. Il faut que je retourne bientôt à Los Angeles et je ne voulais pas attendre.

— Tu m'intrigues... De quoi ça parle ?

— Grosso modo, Burns et moi-même souhaitons que tu réfléchisses sérieusement à l'éventualité de rejoindre le FBI. Nous aimerions t'avoir avec nous, John. Tu t'y attendais ?

— Plus ou moins, répondit-il en riant. Ça fait un moment que je te vois tourner autour du pot. Ce cher Burns aurait-il besoin de Noirs pour son quota ?

— Non, même si je n'y verrais aucun inconvénient.

Burns voulait avant tout s'entourer d'agents connaissant la valeur de l'investigation sur le terrain, des personnes en qui il pouvait avoir confiance. Je lui avais dit que s'il n'en fallait recruter qu'un, mon choix se porterait sur John Sampson. Et là-dessus, Burns me faisait confiance.

— J'ai déjà le feu vert de la direction, John. Ron Burns souhaite la même chose que moi. Ou bien peut-être est-ce l'inverse.

— Tu veux dire qu'il voudrait que j'intègre le FBI ?

— Eh bien, vu qu'il n'a pu obtenir ni Jerome ni Rakeem, ni la contractuelle qui fait traverser les enfants devant l'école, il s'est rabattu sur toi.

Sampson partit d'un grand rire, un son cher à mon cœur.

— Toi aussi, tu me manques, dit-il. Et figure-toi que j'ai déjà ma réponse. Je veux que ce soit toi qui reviennes dans la police. Pas mal comme rebondissement, hein ? Tu ne l'avais pas vu venir, je parie. En tout cas, tu as raison sur un point : il faut qu'on bosse à nouveau ensemble, d'une manière ou d'une autre. Et personnellement, je penche en faveur de l'autre.

Je ne pus m'empêcher d'éclater de rire à mon tour ; pour conclure, John me tapa dans la main, moi dans la sienne, scellant ainsi notre décision de retravailler ensemble.

Je promis à Sampson de réfléchir à sa surprenante proposition, et lui de réfléchir à la mienne. Puis il rouvrit la porte du bureau, laissant pénétrer la musique venue d'en bas.

78.

— Alors, tu m'autorises à boire un coup, maintenant ? lança Sampson. C'est la fête, ce soir. Tu te rappelles ce que c'est, faire la fête ?

— Vaguement.

Deux minutes plus tard, je me retrouvai avec une bière dans une main et une côte de porc dégoulinante de sauce barbecue maison dans l'autre. Je trouvai Jannie et Damon en train de jouer aux cartes dans la salle à manger avec l'un de leurs cousins, Michelle et Kayla Coles. Pour être honnête, j'étais surtout venu pour Kayla.

— Vous faites bande à part ? demandai-je aux enfants.

— Non, rétorqua Jannie en désignant Michelle et Kayla d'un geste de la tête.

— Ils sont en train de me battre à plate couture, fit cette dernière, déclenchant les rires conspirateurs de Jannie et Damon.

Voilà qu'à nouveau une femme s'entendait bien avec mes enfants. Que se passait-il au juste ? À côté de quoi étais-je en train de passer ?

J'observai longuement Kayla tandis qu'elle mélangeait puis distribuait les cartes. Elle était incroyablement sereine, et belle sans chercher à l'être. Je l'appréciais beaucoup, et ce depuis l'époque où nous étions enfants et habitions dans le quartier de Southeast. Et alors ?

— Vous regardez mes cartes ? demanda-t-elle au bout d'un moment, interrompant ma rêverie.

— Ce ne sont pas vos cartes qu'il regarde, intervint Jannie. C'est vous, Dr Kayla. Il est très sournois, vous savez.

— Bien, assez plaisanté. Je file, il faut que j'aille aider Nana, fis-je en jetant un regard complice à Kayla.

Puis je m'éloignai d'un pas pressé.

— Ne partez pas ! lança Kayla.

Mais j'avais déjà franchi le seuil de la porte.

En me dirigeant vers la cuisine, je ne pensais plus qu'à une chose. Comment me retrouver seul avec Kayla à un moment de la soirée ? Et où l'emmènerais-je pour notre premier rendez-vous ?

79.

C'est à dessein que je lui proposai de dîner au Kinkead's. Ç'avait été notre restaurant préféré, à Christine et à moi, mais avant cela, ç'avait été *mon* restaurant préféré, et je comptais bien me le réapproprier. Kayla arriva moins de cinq minutes après moi, ce que j'appréciai. Elle était à l'heure, pas de chichis. Cache-cœur noir en cachemire, pantalon noir et talons aiguilles, elle était, à sa manière, d'une beauté éblouissante.

— Désolée, Alex, s'excusa-t-elle comme elle s'approchait de moi. Je suis désespérément ponctuelle. Je sais que c'est ennuyeux à mourir, mais je ne peux pas m'en empêcher. La prochaine fois, car il y en aura une, je me forcerai à arriver en retard. Dix minutes, peut-être un quart d'heure. Juste ce qu'il faut.

— Vous êtes pardonnée, Kayla.

D'un seul coup, je me sentais complètement détendu.

— Vous êtes douée pour briser la glace, ajoutai-je.

Elle eut un petit sourire :

— N'est-ce pas ? Vous voyez, je fais ça comme ça, de façon sournoise. Un peu comme vous.

— Vous connaissez cet axiome selon lequel les hommes craignent les femmes trop intelligentes ? Eh bien, je vous trouve d'une effroyable intelligence.

— Mais vous êtes l'exception qui confirme la règle, n'est-ce pas ? Vous aimez les femmes intelligentes. Je ne le suis pas tant que ça d'ailleurs, et je vais vous dire pourquoi – c'est du moins ma théorie.

— Expliquez-moi.

Je fis signe au barman :

— Une Pilsner pression, s'il vous plaît.

Kayla poursuivit :

— À l'hôpital, je fréquente toute la journée des gens soi-disant très intelligents, médecins, chercheurs, qui se révèlent lamentables dans leur vie privée. Alors à quel point peut-on considérer qu'ils sont intelligents ? Simplement parce qu'ils sont capables de mémoriser quantité d'informations, et les idées des autres, pour les recracher ensuite ? Parce qu'ils connaissent tous les morceaux de rock'n roll jamais enregistrés ? Ou le scénario de chaque épisode de *Ma sorcière bien-aimée* ?

Je roulai des yeux :

— Vous connaissez le scénario de chaque épisode de *Ma sorcière bien-aimée* ? Vous connaissez des gens qui se souviennent de tous les épisodes de *Ma sorcière bien-aimée* ?

— Mon Dieu, non. *Urgences*, à la rigueur. Peut-être *Scrubs*.

— Quant à moi, je connais pas mal de morceaux de rhythm & blues. D'un autre côté, on ne peut pas dire que je sois très doué pour la vie en général.

— Je ne suis pas d'accord, fit Kayla en riant. Il n'y a qu'à voir vos enfants.

— Avez-vous déjà rencontré Christine Johnson ?

— Arrêtez, Alex. D'ailleurs, oui, je l'ai déjà rencontrée. C'est une femme très impressionnante. Vraiment. Juste un peu perturbée en ce moment.

— Très bien, je n'aborderai pas ce sujet. Même si je pourrais trouver de nombreux arguments en ma défaveur.

Nous avons continué à discuter ainsi, beaucoup ri, un peu bu et très bien mangé. Chose intéressante, nous n'avions pas parlé de Nana et des enfants, peut-être parce que ç'aurait été trop facile. Comme toujours, j'étais charmé par l'humour de Kayla, mais surtout par son assurance. On la sentait bien dans sa peau, jamais sur la défensive. J'appréciais énormément ce rendez-vous.

Nous en étions au digestif lorsqu'elle déclara :

— J'ai passé une excellente soirée en votre compagnie, Alex.

— Ça vous surprend ?

— Non, pas vraiment. Enfin... peut-être un petit peu, admit-elle. Peut-être même beaucoup.

— Dites-moi pourquoi.

— Eh bien, parce que je savais que vous ignoriez qui j'étais vraiment, même si vous étiez certainement persuadé du contraire.

— D'habitude, lorsque je vous vois, vous êtes le Dr Kayla Coles, du centre de soins.

— Prenez deux aspirines, et ne vous avisez pas de m'appeler chez moi, lança-t-elle en riant. Le plus dur dans mon métier, c'est que beaucoup de gens se confient à moi, mais la plupart du temps, je n'ai pas l'occasion de me confier en retour.

— Vous voulez me confier quelque chose ? demandai-je avec un petit sourire.

— Je crois que c'est déjà fait. Comme je vous l'ai

dit, j'ai passé une excellente soirée. Encore meilleure que je ne l'imaginais.

— Et il y aura une prochaine fois, c'est bien ça ?

— À vous de me le dire, répondit-elle avec un clin d'œil des plus délicieux.

— Alors il y en aura une. Si vous acceptez.

— Oh, Alex, bien sûr que j'accepte. J'ai très envie de savoir ce que ça va donner.

80.

Le lendemain après-midi, de retour sur la côte ouest, je trouvai le Bureau dans un état de grande agitation. Tout le monde parlait du dernier rebondissement dans l'affaire Mary Smith, mais j'étais également au centre des conversations, ce qui ne constituait pas une excellente nouvelle, c'était le moins qu'on puisse dire.

Apparemment, le bruit courait que Maddux Fielding et moi ne nous étions pas entendus comme larrons en foire lors de notre récente entrevue. Les relations entre le Bureau et la police de Los Angeles s'étaient toujours révélées tendues, la collaboration plus ou moins opérationnelle suivant les affaires, et cet épisode n'allait pas dans le sens d'une amélioration.

Le débat, d'après ce que je compris, portait sur le fait de savoir si, oui ou non, l'agent Alex Cross avait débarqué comme un cheveu sur la soupe et, estimant qu'il n'avait rien à perdre, bousillé l'enquête de la police d'une façon pour le moins cavalière.

Cela m'a chagriné l'espace de cinq minutes, puis je suis passé à autre chose.

L'affaire Mary Smith, alias la Désaxée d'Hollywood, alias Dirty Mary, se révélait être celle qui, de mémoire d'homme, avait donné le plus de fil à retordre aux enquêteurs. Une affaire criminelle aussi intense que mouvante. Même les anciens en parlaient. Surtout maintenant qu'une petite polémique était venue se mêler à tout ce grabuge.

Un nouvel e-mail était parvenu le matin même. Je n'en avais pas encore pris connaissance, mais selon la rumeur, celui-ci différait des autres, et la police prenait ce message, et la menace qui s'y trouvait formulée, très au sérieux.

Nous nous rassemblâmes dans la salle de conférences du quatorzième étage qui, depuis plusieurs semaines, servait de centre d'opérations pour l'affaire Mary Smith. Photos, coupures de presse et rapports d'analyse divers s'alignaient le long des murs. Un standard téléphonique avait été temporairement installé à l'extrémité d'une immense table en merisier qui dominait la pièce.

La réunion devait être dirigée par Fred Van Allsburg. Ce dernier fit son entrée dix minutes après tout le monde. Cela me fit penser à Kayla Coles et à sa ponctualité le soir de notre rendez-vous. Selon elle, les gens qui arrivent constamment en retard sont ceux qui n'ont aucun respect pour les autres – ou, du moins, pour les pendules.

Fred Van Allsburg traînait avec lui un vieux surnom – le Stoppeur – qui remontait à la fin des années 1980, à l'époque où il avait démantelé un trafic d'héroïne entre l'Amérique centrale et les États-Unis. À ma connaissance, il n'avait guère brillé depuis, si ce n'est qu'il avait gravi peu à peu l'échelle de la hiérarchie. L'ayant à présent côtoyé dans le travail, je n'avais pas plus de respect pour lui que son rang et son ancienneté ne l'exigeaient.

Je pense qu'il le savait, si bien que je fus pris au

dépourvu en l'entendant commencer son discours d'introduction.

— J'aimerais dire quelques mots avant d'en venir au fait. Comme vous le savez tous, nous pouvons quasiment considérer que la police de Los Angeles fait bande à part sur cette enquête. C'est en tout cas ce à quoi Maddux Fielding semble résolu, et on peut dire qu'il excelle dans l'art de faire chier son monde. N'est-ce pas, Alex ?

Un petit rire entendu parcourut la salle. Les têtes se tournèrent vers moi.

— Pas de commentaires, répondis-je, déclenchant une nouvelle vague de rires.

Van Allsburg haussa le ton pour calmer l'assemblée :

— En ce qui me concerne, je tiens à ce que nous continuions à communiquer avec eux, ce qui implique de leur faire part immédiatement des éléments nouveaux qui viendraient à notre connaissance. Si jamais j'apprends que quelqu'un a fait de la rétention d'informations mesquine, la personne en question peut être certaine de se retrouver aux empreintes sur sa prochaine affaire. Fielding gère son enquête comme il l'entend, cela ne doit en rien compromettre notre professionnalisme. C'est bien clair pour tout le monde ?

J'étais agréablement surpris par la réaction de Van Allsburg. Visiblement, il avait ses propres allégeances, même si cela impliquait d'avoir à me soutenir.

Nous abordâmes ensuite le nouveau message de Mary Smith, qu'il afficha sur grand écran à l'aide du rétroprojecteur.

Tandis que je le parcourais, je fus frappé, non par ce qu'elle avait écrit, mais par ce qu'elle semblait vouloir nous signifier. Je l'avais déjà remarqué dans ses précédents e-mails, mais cela apparaissait maintenant de manière plus flagrante, comme un roulement de tambour qui se serait amplifié avec le temps.

Venez m'attraper, nous disait-elle.

Je suis là, venez. Pourquoi mettez-vous aussi longtemps ?

Elle avait envoyé ce message à feu Arnold Griner, et contrairement à lui, cette missive n'allait pas rester lettre morte.

81.

À : agriner@latimes.com

De : Mary Smith

À : La prochaine sur la liste

On s'est déjà rencontrées, toi et moi, qu'est-ce que tu dis de ça ?

Tu t'en souviens ? Moi oui.

Tu m'as signé un autographe l'autre jour. Tu étais si gaie, si charmante. Tu semblais si accessible, si réelle. Je ne dirai pas où c'était. De toute manière, tu ne t'en souviendrais pas. Je t'ai dit que j'adorais tes films, et tu m'as souri sans t'en rendre compte. Ça m'a rappelé à quel point j'étais invisible pour les gens comme toi.

Ce n'était pas non plus la première fois que tu me regardais sans me voir. Tu ne m'as pas vue à la garderie, hier, ni aujourd'hui, à la gym. D'un autre côté, je ne m'attendais pas à autre chose de ta part.

Toi et moi, c'est comme si nous étions à l'opposé l'une de l'autre. Ça te donne un indice ?

Tout le monde te connaît ; moi, personne. Je ne suis pas célèbre, je ne suis pas actrice, ni rien de tout ça. Je n'ai pas ton teint parfait, ni ton sourire éclatant. D'après ce que je sais, tu es une meilleure mère que ne l'était Patsy Bennett, meilleure actrice qu'Antonia Schifman, meilleure épouse que Marti Lowenstein-Bell, et sans conteste plus célèbre que la prometteuse Suzie Cartoulis.

Tu es exactement celle qu'on décrit quand on dit d'une femme « Elle a tout pour plaire », et je suis certaine que tu en as parfaitement conscience, même si tu l'oublies de temps en temps.

Mais il y a une chose que j'ai et que tu n'as pas. Je sais quelque chose d'important. Je sais que dans deux jours, vers midi, tu seras morte. Tu auras une balle dans le crâne et le visage déchiqueté ; ni tes charmants enfants ni le public rempli d'adoration qui se précipite pour aller voir tes films ne pourront te reconnaître.

Mais tout ça, je ne t'en ai pas parlé quand on s'est vues.

Je me suis contentée de sourire, j'ai même failli faire une révérence, et je t'ai remerciée d'exister. Puis je suis repartie en sachant que la prochaine fois que tu me regarderais, ce serait d'une manière différente.

La prochaine fois, je ne serai plus invisible, ça je te le garantis.

Et demande à Arnold Griner – je tiens toujours mes promesses.

82.

— Que penser de tout ça ? demanda Van Allsburg à l'assistance avant de se tourner vers moi. Vous êtes parmi nous celui qui possédez le plus d'expérience dans ce genre d'affaires. Selon vous, que peut-on en conclure ? Que manigance-t-elle au juste ?

— Elle veut qu'on l'arrête, lançai-je tout de go.

Je sentis le besoin de me lever pour m'adresser au groupe :

— Selon toute vraisemblance, nous avons affaire à un individu qui se sent extrêmement seul. Le fait d'éliminer les personnes sur lesquelles elle fait une fixation est paradoxal. Elle, ou il, détruit ce qu'elle, ou il, est incapable d'obtenir. Plus le temps passe, plus son malaise s'intensifie. Il se peut qu'une partie de Mary en soit consciente, mais elle ne dispose pas du self-control nécessaire pour s'arrêter d'elle-même.

— Et en ce qui concerne le dernier e-mail ? demanda Fred.

— J'y vois un autre signe du conflit qui l'habite. Peut-être envisage-t-elle cela comme une façon de provoquer la police, tandis que son inconscient la pousse à nous indiquer le chemin qui nous mènera jusqu'à elle. C'est du moins l'explication la plus sensée que je sois en mesure de fournir.

— Et si elle ne cherchait qu'à nous égarer ? lança David Fujishiro.

— Vous avez raison, c'est une possibilité. Dans ce cas, on peut s'attendre à tout, sauf à ce qui est prédit dans le message. Je pense que, dans un premier temps, avant de considérer d'autres possibilités, nous avons l'obligation de prendre cet avertissement au pied de la lettre. Mais David vient de mettre le doigt sur l'autre hypothèse que la logique impose. Bien sûr, nous ne savons pas si Mary Smith est une personne logique.

Plusieurs agents, y compris mon ami Page, griffonnaient des notes pendant que je parlais. J'avais bien conscience de ma position, à défaut de me sentir tout à fait à l'aise dans ce rôle.

— Savons-nous ce que compte faire la police ? Je veux dire, à propos de cette nouvelle menace ? demanda un agent que je n'avais encore jamais vu.

Je me tournai vers Van Allsburg.

— Ce dont nous sommes certains, c'est qu'ils ont détaché d'importants effectifs, expliqua ce dernier. Ils exploitent actuellement une base de données répertoriant les cibles potentielles. Mais si on prend en compte toutes les actrices de cette ville habituées à voir leur nom en tête d'affiche, même en se cantonnant à celles qui ont des enfants, la liste est longue. De plus, la police risque de se montrer craintive. Ils n'ont pas envie de semer la panique. Hormis des patrouilles renforcées et une campagne de sensibilisation, il n'y a pas grand-chose qu'ils puissent faire pour ces femmes et leurs familles – si ce n'est continuer à traquer Mary Smith. Car une chose est sûre, il faut absolument l'arrêter. Et vous savez quoi ? Je veux que ce soit à nous que revienne ce mérite, et non au LAPD.

83.

Pour toute bonne mère de famille qui se respecte, Disneyland est un lieu qui transpire l'ironie. « L'endroit le plus merveilleux au monde », pouvait-on lire sur les brochures. C'était peut-être vrai ; sauf qu'avec cette foule surexcitée, c'était aussi l'endroit rêvé pour perdre un enfant.

Mary luttait pour ne pas céder à l'inquiétude. *Ça ne fait qu'attirer les problèmes. C'est bien connu, les gens anxieux sont toujours les plus malheureux.*

Surtout que cette journée était censée être placée sous le signe de la bonne humeur et de la détente en famille. Brendan et Ashley attendaient ça depuis une éternité. Même le petit Adam se trémoussait dans sa poussette en poussant des cris de joie.

Mary ne quittait pas des yeux les deux grands tandis qu'ils arpentaient Main Street USA, avec ses boutiques aux bonbons multicolores et ses nombreuses attractions. C'était adorable de les voir tenir chacun un bout de la carte, alors que ni l'un ni l'autre ne savaient ce qu'ils cherchaient au juste. Depuis la naissance d'Adam, ils se plaisaient à jouer les grandes personnes.

— Que voulez-vous faire en premier, mes petites citrouilles ? leur demanda-t-elle. Vous voyez, ça y est : nous y sommes enfin, à Disney. Comme je vous l'avais promis.

— Moi, je veux tout faire ! s'écria Ashley.

Bouche bée, elle regarda passer Goofy, le vrai Goofy, juste devant elle !

Brendan pointa du doigt un garçon du même âge que lui, qui arborait des oreilles de Mickey :

— Tu peux nous en acheter ? lança-t-il plein d'espoir. Dis, tu peux ? S'il te plaît, dis oui, dis oui !

— Non, mon chéri, je regrette. Maman n'a pas assez d'argent pour ça. La prochaine fois, d'accord ?

Elle se demanda pourquoi elle n'avait pas pensé à emporter des sandwichs. Cette journée à Disneyland allait lui coûter bien plus qu'elle ne pouvait se le permettre. Si jamais un imprévu survenait avant la fin du mois, elle se retrouverait dans le caca !

Mais ce n'était qu'une nouvelle source d'inquiétude. *Stop. Stop. Pas aujourd'hui. Ne gâche pas tout, Marsey-doats*[1].

— Je sais ce qu'on va faire, dit-elle doucement en leur prenant le plan des mains.

Ils embarquèrent bientôt pour la croisière « It's a Small World », une attraction que Mary n'avait plus faite depuis son enfance. La dernière fois, elle devait avoir l'âge de Brendan.

Pourtant, rien n'avait changé, et c'était plutôt réconfortant. La fraîcheur et l'obscurité produisaient le même effet apaisant que dans son souvenir. Elle aimait toujours autant les visages souriants des poupées animées. Cette déambulation avait quelque chose de rassurant. Elle appréciait de se retrouver à Disneyland avec les enfants. Elle avait tenu sa promesse.

---

1. Référence à un dialogue de la série *Twin Peaks*.

— Oh, regardez ! s'exclama Brendan en montrant les Esquimaux qui saluaient les visiteurs d'un air jovial depuis leur maison recouverte de neige.

Elle se fit la réflexion que Brendan et Ashley ne se rappelaient probablement pas ce qu'était la neige, et qu'Adam n'en avait jamais vu. La grisaille et le froid persistant de son ancienne région semblaient appartenir à un autre monde, comme ce passage en noir et blanc dans *Le Magicien d'Oz*. Sauf que dans le film, Dorothy finissait par revenir, ce qui ne serait jamais son cas. Fini, les montagnes aux sommets enneigés. Tout cela se trouvait loin derrière elle, à des millions de kilomètres. Dorénavant, il ne serait plus question que du soleil de la Californie – sans oublier Goofy et les Esquimaux souriants.

— Excusez-moi, m'dame, il faut descendre, fit un employé, interrompant sa songerie.

— Maman !

Mary se sentit envahie par la frustration. Elle avait passé la moitié du parcours à rêvasser. Quand avait-elle décroché ? Ah oui, la famille esquimaude. La neige. Oh, la neige.

— Madame ? S'il vous plaît, il y a des gens qui attendent.

Mary se tourna vers le jeune homme en uniforme, qui l'observait avec une extrême politesse.

— Peut-on refaire un tour ? demanda-t-elle.

L'employé lui adressa un sourire obligeant :

— Je suis désolé, madame, nous n'y sommes pas autorisés. Il va falloir refaire la queue.

— Viens, maman, cria Brendan. Allez, viens. Ne fais pas de scène. S'il te plaît !

— Très bien, allons-y, céda Mary.

Sa voix était tendue, elle était un peu embarrassée.

— Ah, les enfants ! fit-elle avec un petit clin d'œil complice à l'intention de l'employé.

Puis elle s'élança sur la plate-forme pour rattraper ses petits moussaillons, ses petits trésors.

84.

L'heure du déjeuner arriva bientôt, et Mary fut terriblement déçue de constater qu'elle ne disposait en tout et pour tout que de douze dollars et d'un peu de monnaie. Ils allaient se retrouver contraints de partager une pizza en guise de déjeuner.

— Il y a des trucs verts dessus, fit Ashley comme Mary déposait la pizza sur la table.

— Ça n'a pas de goût, rétorqua Mary en enlevant les petits morceaux d'origan à l'aide de sa serviette. Et voilà, plus de trucs verts !

— Mais il y en a aussi sous le fromage. Je n'en veux pas, maman. J'ai faim, je veux autre chose !

— Voyons, ma puce, il faut manger. Tu sais que tu n'auras rien d'autre avant ce soir.

— Je ne mangerai pas ça.

— Ashley...

— Non !

Mary prit une profonde inspiration et compta jusqu'à cinq. Elle prenait sur elle pour essayer de se maîtriser.

— Regarde ton frère, il la mange, sa pizza. Il trouve ça délicieux.

Brendan afficha un grand sourire et, pour bien

montrer qu'il était obéissant, il croqua une nouvelle bouchée. Ashley baissa la tête et se mit à bouder.

D'un seul coup, Mary sentit une tension se propager dans ses épaules et son cou.

— Ashley, trésor, mange au moins une bouchée. Il faut toujours goûter avant de dire qu'on n'aime pas. Ashley ! Regarde-moi quand je te parle.

Mary savait pertinemment qu'elle aurait mieux fait de laisser tomber. Après tout, c'était son problème si elle ne voulait rien manger.

— As-tu une idée du prix de cette pizza ? ne putelle s'empêcher d'ajouter. Sais-tu combien ça coûte de passer une journée ici, au Pays des Rêves ?

— Maman, ne fais pas ça, tenta d'intervenir Brendan. S'il te plaît, maman.

— Alors ? insista Mary. Réponds-moi, quand je te pose une question.

— Je m'en moque, je ne mangerai pas, répliqua Ashley.

Cette petite garce, cette affreuse petite fille.

Cette fois, Mary sentit que la tension gagnait son corps tout entier, s'insinuait dans tous ses muscles comme un immense fourmillement.

Ashley ne voulait pas manger ? Bien. Parfait.

Sa main balaya violemment la table.

— Maman ! cria Brendan.

Les assiettes en carton et les parts de pizza atterrirent sur le sol, la bouteille de soda se renversa et laissa échapper son liquide poisseux sur la poussette où était assis Adam, qui se mit instantanément à hurler. Son cri aigu se mêla aux vociférations de Mary.

— Regarde un peu ce que tu as fait. Tu es contente ?

Mais Mary entendait à peine. Sa propre voix lui

faisait l'impression de résonner à travers une porte, une lourde porte fermée à clé.

Oh, ce n'était pas ainsi que la journée était censée se dérouler. Elle était à Disneyland pour passer du bon temps avec les enfants, et voilà que tout était gâché. Tout ce pour quoi elle avait travaillé si dur venait de partir à la poubelle. C'était un cauchemar. Rien n'aurait pu être pire.

85.

À en croire le dernier e-mail de Mary Smith, il nous restait au maximum quarante-huit heures pour empêcher le prochain meurtre.

Le problème, c'est que nous ne pouvions être partout à la fois, même avec plusieurs centaines de personnes mobilisées sur l'enquête.

Une nouvelle piste en particulier allait nous donner du pain sur la planche. Fred Van Allsburg ne nous avait pas communiqué plus de détails. Je ne voyais pas la nécessité d'une nouvelle réunion, mais une fois sur place, je fus content de m'être déplacé.

Nous étions parvenus à contourner la politique de huis clos non-officielle décrétée par Maddux Fielding. L'une des personnes chargées d'enquêter sur la Suburban bleue était au téléphone au moment où j'arrivai.

L'équipe affectée à cette tâche se composait de deux inspecteurs principaux, une vingtaine d'hommes pour l'enquête de terrain, et un coordinateur, Merrill Snyder, qui était en ligne avec nous.

Snyder commença par dresser un tableau général des opérations de recherche. Il s'exprimait avec un léger accent de la Nouvelle-Angleterre :

— Comme vous le savez, le service des

immatriculations ne recense pas la couleur des véhicules, seule précision que nous ayons concernant la Suburban censée appartenir à Mary Smith. Cela nous a laissé, pour le comté de Los Angeles, un peu plus de deux mille voitures susceptibles d'être celle que nous recherchons. Nous avons concentré nos efforts sur les appels que nous recevions des citoyens. Nous continuons à en recevoir des dizaines par jour – des gens qui possèdent une Suburban bleue et ne savent pas quoi faire ; des gens qui en ont vu une, ou qui ont cru en voir une, ou encore qui connaissent quelqu'un en ayant vu une. Le plus dur, c'est d'effectuer le tri entre tous ces appels pour déterminer lequel, entre dix mille, vaudra la peine d'être exploité.

— En quoi celui-ci a-t-il retenu votre attention ? demandai-je.

— La combinaison de plusieurs facteurs, nous expliqua Snyder. Ce type a appelé à propos de sa voisine, qui est également sa locataire. Bien évidemment, elle conduit une Suburban bleue, mais surtout, elle répond au nom de Mary Wagner.

Tout autour de la salle, les sourcils se dressèrent. Il ne s'agissait peut-être que d'une coïncidence, mais pour ma part, je n'aurais pas été surpris d'apprendre que l'assassin – avec sa volonté d'attirer l'attention – utilisait son propre prénom.

— Elle a tout de la femme anonyme, poursuivit Snyder. Elle n'a pas passé son permis de conduire en Californie ; ni dans un autre État, d'ailleurs. Les plaques d'immatriculation sont d'ici, mais devinez quoi ?

— Ce sont des plaques volées, murmura quelqu'un au fond de la salle.

— Exactement, fit Snyder. Et elles ne sont pas

répertoriées. Elle a dû les trouver sur une voiture abandonnée. Et enfin, il y a l'adresse. Mammoth Avenue, à Van Nuys, à seulement une dizaine de blocs du cybercafé où le message avorté a été découvert.

— Que savons-nous de cette femme ? demanda Van Allsburg. L'avez-vous placée sous surveillance ?

Un agent pianota sur le clavier d'un ordinateur portable et une diapo s'afficha sur l'écran de la salle de conférences.

La photo, prise depuis un poste d'observation qui donnait sur un parking, montrait une femme d'âge moyen, assez grande. Ni mince, ni grosse, elle était vêtue d'un uniforme rose de femme de chambre qui, bien qu'à sa taille, semblait inadapté à sa silhouette masculine. Je lui donnai environ quarante-cinq ans.

— Ce cliché a été pris dans la matinée, nous apprit Fred. Elle fait le ménage au Beverly Hills Hotel.

— Un instant. Elle est femme de ménage ? C'est bien ce que vous avez dit ?

Plusieurs têtes se tournèrent vers l'agent Page, assis sur le rebord de la fenêtre.

— Oui. Pourquoi ?

— Je ne sais pas. Ça va vous sembler un peu dingue, mais...

— Allez-y.

— En fait, je pense à un détail que j'ai lu dans le rapport du Dr Cross. À l'hôtel où les corps de Suzie Cartoulis et Brian Conver ont été découverts, le lit avait été impeccablement refait.

Il haussa les épaules :

— Ça paraît presque trop simple, mais... je ne

sais pas. Étant donné qu'elle est femme de chambre...

Le silence dans la pièce sembla intimider le jeune homme ; il se tut. Avec l'expérience, Page apprendrait à reconnaître ce type de réaction, qui démontrait l'intérêt de l'auditoire et non son scepticisme. Tout le monde prit note de cet élément, puis Van Allsburg passa à la seconde diapositive : un gros plan de Mary Wagner, où l'on voyait que ses cheveux bruns et rêches coiffés en chignon commençaient à grisonner. Son visage rond, sévère, affichait une expression neutre et distante. Elle avait l'air ailleurs.

De nouveau, une vague de murmures se fit entendre : « Elle est vraiment quelconque. »

Effectivement. C'était le genre de personne qu'on ne remarque pas.

Une femme presque invisible.

86.

À 18 h 20 ce soir-là, j'étais garé à proximité de la maison de Mary Wagner. Cette piste pouvait vraiment nous mener quelque part et nous en avions tous conscience. Nous étions même parvenus à tenir la presse à l'écart.

Une seconde équipe était postée dans la ruelle située derrière la maison, une troisième avait suivi Wagner depuis le Beverly Hills Hotel. Ils venaient à l'instant de nous contacter : elle s'était arrêtée au supermarché et n'allait pas tarder à arriver.

En effet, quelques minutes plus tard, une Suburban bleue au pot d'échappement fumant se rangea dans l'allée du garage.

Mary Wagner sortit deux sacs en plastique du coffre de la voiture et entra dans la maison. Elle avait l'air plutôt costaud. J'eus également l'impression qu'elle se parlait à elle-même, mais je n'aurais pu l'affirmer.

Nous attendîmes que la porte se referme avant de descendre un peu la rue pour avoir une meilleure vue.

Mon coéquipier pour la soirée, Manny Baker, était un homme du même âge que moi, qui jouissait d'une bonne réputation au sein du FBI, mais dont les réponses monosyllabiques à mes efforts pour tenter d'engager une conversation polie avaient laissé place au silence depuis déjà un long moment. Nous nous installâmes donc et continuâmes à surveiller la maison dans le crépuscule naissant.

Le bungalow que louait Mary Wagner était encore plus dégradé que les autres bâtiments du quartier, eux-mêmes en piteux état. Un vieux grillage entourait la propriété, mais il manquait le portail, et des herbes folles avaient envahi l'allée menant à la porte d'entrée.

Le terrain était à peine plus grand que la maison, avec juste la place suffisante pour garer une voiture devant le garage. La Suburban avait d'ailleurs failli racler le mur du voisin en arrivant.

Jeremy Kilbourn, l'homme qui avait appelé pour la Suburban, habitait à côté et possédait les deux maisons. Il nous avait expliqué que le bungalow était autrefois habité par sa mère, décédée quatorze mois plus tôt. Mary Wagner y avait emménagé peu de temps après. Elle payait son loyer en temps et en heure, toujours en liquide. Kilbourn la décrivait comme une personne un peu bizarre, mais toujours courtoise. Elle recevait très peu de visites.

Ce soir-là, la maison était plongée dans l'obscurité. Kilbourn avait préféré s'installer chez des proches avec sa femme et ses enfants en attendant de savoir qui était vraiment Mary Wagner.

La torpeur s'abattit sur la rue en même temps que la nuit. Chez Mary Wagner, les lumières se mirent bientôt à briller. Une vie faite de désespoir tranquille, ne pus-je m'empêcher de penser.

À un moment, je sortis ma Maglite et mon portefeuille et jetai un bref regard sur les photos de Damon, Jannie et Alex, en me demandant ce qu'ils étaient en train de faire. Dans le noir, je n'avais pas à essayer de masquer le sourire niais qui s'était affiché sur mon visage.

Durant les heures qui suivirent, mon attention se divisa entre la surveillance de la maison et la lecture de mes notes, qui représentaient plus un support qu'autre chose. Tout ce qu'il y avait à savoir à propos de Mary Smith était déjà enregistré dans mon cerveau.

Puis j'aperçus quelque chose – ou plutôt quelqu'un – et n'en crus pas mes yeux.

— Oh non ! m'écriai-je. C'est pas vrai !

Le pauvre Manny Baker en fut presque éjecté de son siège.

87.

— Truscott ! Arrêtez-vous ! Arrêtez immédiatement !

Je bondis hors de la voiture en voyant le journaliste et sa photographe s'approcher de la maison. Que foutaient-ils là, au juste ?

Nous étions tous deux à égale distance du bungalow, et Truscott se mit soudain à courir.

Je me précipitai à mon tour, et me montrai bien plus rapide que lui, peut-être bien plus qu'il ne m'en aurait cru capable. Il ne me laissait pas le choix – je me jetai sur lui avant qu'il ait eu le temps d'atteindre la porte. Il s'effondra dans un grognement de douleur.

C'était le bon côté de la chose, le fait de pouvoir m'en prendre à lui physiquement. Mais quel désastre, en revanche... Le fiasco intégral ! Mary allait forcément nous entendre et venir voir ce qui se passait. Nous étions d'ores et déjà grillés, et je ne pouvais pas faire grand-chose pour empêcher cela.

Je traînai Truscott par les pieds jusqu'à nous retrouver hors de vue de la maison et, avec un peu de chance, hors de portée de voix.

— J'ai parfaitement le droit d'être là, vociféra le journaliste. Je vous collerai un procès, Cross.

— Si ça vous chante.

Son attitude agressive et sa photographe qui en profitait pour nous mitrailler m'obligèrent à lui faire une clé de bras pour l'entraîner plus loin.

— Vous n'avez pas le droit de faire ça ! Lâchez-moi tout de suite !

— Chopez-la, ordonnai-je aux agents venus de la ruelle à l'arrière du bungalow. Prenez-lui son appareil.

— Vous ne vous en tirerez pas comme ça, Cross. Je vais vous foutre un procès au cul, à vous et au FBI. Je vous préviens, vous allez en baver.

Truscott hurlait toujours tandis qu'à trois nous parvenions enfin à l'amener au coin de la rue. Je lui passai alors les menottes et le poussai dans l'une de nos voitures :

— Emmenez-le. La photographe aussi.

Avant de m'éloigner, je jetai un dernier coup d'œil vers la banquette arrière :

— Poursuivez-moi en justice, poursuivez le FBI et qui vous voudrez. Il n'en reste pas moins que vous êtes en état d'arrestation, pour entrave à la justice. Allez, emmenez-moi ce cinglé.

Dieu merci, quelques minutes plus tard, la petite rue avait retrouvé son calme.

J'étais franchement surpris - voire abasourdi. Mary Wagner, cette tueuse en série qu'on supposait douée d'une vive intelligence, au comportement si méticuleux, semblait n'avoir rien remarqué.

88.

Cette nuit-là, Mary Wagner dormit bien plus que nous tous. James Truscott, quant à lui, passa la nuit en prison, mais j'étais certain qu'il sortirait dès le lendemain matin. Le magazine pour lequel il travaillait avait déjà porté plainte. D'un autre côté, il n'avait pas raté grand-chose. Dans la maison, rien n'avait bougé lorsque la relève vint nous remplacer à 4 heures du matin.

Cela me laissa le temps de rentrer à l'hôtel pour prendre une douche et faire une petite sieste avant de reprendre la route.

J'arrivai au Beverly Hills Hotel sur les coups de 7 heures. Mary Wagner prenait son service à 7 h 30.

Tout cela devenait de plus en plus intéressant, mais aussi un peu étrange.

Le luxueux hôtel, bâtiment emblématique d'Hollywood, tout habillé de stuc rose, se tenait à l'ombre d'une rangée de palmiers et de bananiers sur Sunset Boulevard. L'intérieur faisait écho à l'extérieur, avec son hall d'entrée noyé sous le rose et son papier peint représentant des feuilles de bananiers.

Je retrouvai Andre Perkins, le chef de la sécurité, dans son bureau. Je m'étais arrangé pour n'avoir qu'un seul contact à l'hôtel.

Perkins était lui-même un ancien du FBI. Il m'avait préparé deux copies du dossier de Mary Wagner.

— Elle a tout de l'employée modèle, me dit-il. Elle arrive à l'heure, elle fait son travail et elle repart. C'est à peu près tout ce que je suis en mesure de vous dire. Mais je peux continuer à me renseigner, si vous voulez.

— Pas pour le moment, merci. Avez-vous des informations concernant son parcours professionnel ?

— Elle est chez nous depuis presque huit mois. Il semblerait qu'avant de travailler ici, elle ait fait partie d'un plan de licenciement dans un hôtel Marriott du centre-ville. J'ai passé quelques coups de fil pour vérifier ses emplois précédents, mais je suis tombé sur des numéros qui ne correspondaient à rien, ou qui n'étaient plus attribués. Quant à son numéro de sécurité sociale, il est faux également. Plutôt inhabituel, pour une femme de ménage.

— Quelqu'un peut-il affirmer qu'elle était bien à son poste à chaque fois ?

— On ne peut se fier qu'au registre, fit Perkins en secouant la tête.

Il consulta ses notes :

— Mais elle remplit parfaitement ses quotas, ce qui serait impossible si elle s'absentait trop souvent. De plus, nous avons d'excellents retours sur son travail. La seule chose qu'on puisse dire à propos de Mary Wagner, c'est qu'elle se distingue des autres employés par son professionnalisme au-dessus de la moyenne.

89.

Je faxai au Bureau les copies des feuilles de présence de Mary Wagner afin qu'ils les épluchent en détail. Puis Perkins me procura un uniforme d'agent de maintenance et un badge au nom de « Bill ».

Ainsi grimé, je me postai au sous-sol, à un endroit d'où l'on voyait la réserve où le personnel venait chercher les produits d'entretien. Juste après 7 h 30, la nouvelle équipe arriva.

Il n'y avait que des femmes, toutes vêtues du même uniforme rose. Mary était la plus grande du groupe. Charpentée, voilà l'adjectif qui l'aurait le mieux définie. Autre fait notable, c'était l'une des rares blanches de l'équipe.

Elle semblait assez forte pour avoir réalisé le travail physique accompli par Mary Smith – manipuler le corps de Marti Lowenstein-Bell dans la piscine, ou encore hisser Brian Conver sur le lit de la chambre d'hôtel.

Je me tenais à une vingtaine de mètres, devant un panneau à fusibles, le visage partiellement masqué par une porte.

Wagner se mit calmement au travail tandis que les autres filles papotaient entre elles, la plupart en espagnol. Comme Perkins me l'avait dit, elle restait dans son coin la plupart du temps. Elle fut la première à s'avancer avec son chariot pour emprunter l'ascenseur de service.

Je ne la suivis pas dans les étages. Les couloirs de l'hôtel ne m'offriraient pas la discrétion appropriée, et je tenais en priorité à l'interroger chez elle un peu plus tard, sous ma véritable identité. Cela signifiait une surveillance limitée pour ce bon vieux Bill.

La meilleure occasion se présenta à l'heure du déjeuner. La cantine du personnel était pleine à craquer. Mary s'installa seule à une table située près de la porte. Elle mangeait une salade de thon tout en écrivant dans un carnet, vraisemblablement son journal intime. Je mourais d'envie de le lire. Ses conversations avec les autres personnes se résumaient à des salutations polies. L'employée modèle...

Je décidai de quitter la salle et regagnai le bureau de Perkins au sous-sol. Par courtoisie, j'entrepris de lui faire un rapide débriefing, lorsque mon bipeur se mit à sonner.

— Excusez-moi.

Karl Page m'appelait depuis la cellule de crise :

— J'ai pensé que vous voudriez être informé au plus vite – oui, j'arrive dans une seconde – ses feuilles de présence concordent parfaitement. Figurez-vous qu'avant et après chaque meurtre, pendant au moins deux heures, Mary Wagner n'était pas à son travail. Bingo !

— OK, merci de m'avoir prévenu. J'arrive. Elle travaille à l'hôtel aujourd'hui.

— Quand l'avez-vous vue pour la dernière fois ?

— Il y a environ dix minutes. Bon, je dois y aller, Page.

Perkins me regardait d'un air interrogateur et je ne tenais pas à ce qu'il me pose trop de questions. J'avais déjà presque reposé le combiné lorsque j'entendis Page hurler :

— Attendez !

J'adressai un petit signe à Perkins pour m'excuser. Parfois, Page pouvait se montrer exaspérant.

— Oui ?

— Le dernier e-mail de Mary Smith, Alex. Le meurtre qui est censé se produire avant demain midi.

— Oui, je saisis, fis-je en raccrochant.

Je savais ce que Page essayait de me dire. Le lendemain, c'était le jour de congé de Mary Wagner.

90.

Il m'apparaissait capital d'essayer de parler à Mary Smith avant qu'elle ait subi le traumatisme consécutif à une arrestation, cela j'en étais fermement convaincu. Je savais que la police allait se trouver sous pression pour agir au plus vite. Je devais donc, dans la mesure du possible, me montrer encore plus rapide qu'eux.

Je me dépêchai de regagner le Bureau et trouvai Van Allsburg à son poste.

— Ce n'est pas à moi qu'il faut le demander. Ce n'est pas de mon ressort, me dit-il lorsque je lui eus exposé ma volonté d'aller interroger Mary Wagner. Si Maddux Fielding veut la coffrer…

— Alors accordez-moi une faveur.

Quelques minutes plus tard, nous étions en ligne avec Fielding. J'étais certain qu'il ne prendrait pas mon appel, mais il avait accepté qu'on lui transmette Van Allsburg.

— Maddux ? Je suis ici en compagnie d'Alex Cross, qui souhaiterait que vous attendiez avant d'entreprendre quoi que ce soit avec Mary Wagner. Le temps suffisant pour qu'il puisse l'interroger. Il a quelques bons arguments à faire valoir.

— Je ne comprends pas ce qu'il vous faut de

plus, répondit Fielding. On a déjà largement de quoi l'arrêter.

— Ce ne sont que des présomptions, fis-je en parlant devant le haut-parleur. Vous serez obligés de la laisser repartir.

— Je travaille à régler cette question.

— Qu'entendez-vous par là ? demandai-je, déjà furibard. Qu'êtes-vous en train de nous cacher au juste ? Où est l'intérêt de jouer à ce petit jeu ?

Il ignora ma question, pourtant légitime, par l'un de ces silences glacials qui faisaient sa marque de fabrique.

— Écoutez, entre le LAPD et le FBI, elle est sous surveillance permanente. Rien n'indique qu'elle s'apprête à passer à l'action. Nous connaissons son emploi du temps. Laissez-moi simplement aller chez elle pour l'interroger. Ça pourrait être la dernière occasion de lui parler sans qu'elle soit sur la défensive.

Je détestais le ton conciliant de ma voix, mais je savais que cet interrogatoire pouvait s'avérer crucial.

— Je sais que nous sommes en désaccord, vous et moi, mais nous souhaitons tous les deux un dénouement rapide. Si vous m'accordiez...

— Soyez chez elle à 18 heures, lâcha-t-il soudain. Je ne vous promets rien, Cross. Si elle ne rentre pas après son travail, ou s'il y a le moindre changement, tant pis, on lui tombe dessus.

Le temps que j'aie fini de hausser les sourcils sous l'effet de la surprise, il avait raccroché.

91.

Elle ne prenait visiblement pas la peine de bloquer la porte avec la chaîne, que j'entendis cliqueter contre le montant lorsqu'elle m'ouvrit.

— Mary Wagner ?

— Oui ?

Ses larges pieds étaient nus, mais elle portait encore son uniforme de femme de chambre. Elle m'adressa un sourire engageant avant même de savoir qui j'étais.

— Agent Cross, du FBI, fis-je en présentant ma carte. Puis-je entrer vous poser quelques questions ? C'est important.

Son visage fatigué s'affaissa :

— C'est au sujet de la voiture, j'imagine ? Seigneur, j'aimerais tant pouvoir la repeindre, la revendre ou que sais-je encore. Vous n'avez pas idée du nombre de regards embarrassants auxquels j'ai eu droit depuis quelques jours.

Elle se montrait bien plus extravertie que la Mary Wagner de l'hôtel. Son comportement me fit penser à celui d'une institutrice de maternelle dépassée par une classe surchargée, constamment sur le qui-vive.

— Tout à fait, madame. C'est au sujet de la

voiture. Juste une formalité. Nous contrôlons le maximum de Suburban possible. Je peux entrer ? Ça ne prendra pas longtemps.

— Bien sûr. Où avais-je la tête ? Je vous en prie, entrez.

Je fis signe à Baker, resté sur le trottoir.

— Cinq minutes, lançai-je, principalement pour que Mary sache que je n'étais pas venu seul.

J'espérais qu'avec un peu de chance, elle ne remarquerait pas les voitures banalisées de la police garées à chaque extrémité de la rue.

Je franchis le seuil et elle referma la porte derrière moi. Aussitôt, un flot d'adrénaline se répandit dans mon corps. Cette femme était-elle une tueuse sanguinaire, une folle ? Pour je ne sais quelle étrange raison, je ne me sentais pas menacé.

À l'intérieur, je fus frappé par la netteté des lieux. Les sols reluisaient de propreté, tout était impeccablement rangé.

Dans l'entrée, accroché au mur, un panneau en bois décoratif représentait une fermière en train de faire une révérence ; on pouvait lire sur sa jupe l'inscription *Bienvenue*. Je me rendis compte que l'état de délabrement relatif qui régnait à l'extérieur incombait au propriétaire du bungalow. L'intérieur, c'était son domaine à elle.

— Je vous en prie, venez vous asseoir.

D'un geste, elle m'invita à passer au salon, où un canapé et une causeuse dépareillés accaparaient la quasi-totalité de l'espace.

La télévision était allumée sans le son. Je remarquai, posés sur la vieille table basse en séquoia, une cannette de Pepsi light et un bol de soupe à moitié fini.

— Je vous dérange pendant votre dîner ? demandai-je. Désolé.

Non que j'eusse l'intention de partir.

— Non, non, pas du tout. Ne vous en faites pas, je ne suis pas une grosse mangeuse.

Elle éteignit la télé et alla déposer son plateau-repas dans la cuisine.

Je restai seul à observer la pièce. Tout semblait méticuleusement rangé. Juste une maison banale, presque trop propre, trop aseptisée.

— Voulez-vous boire quelque chose ? demanda-t-elle depuis la cuisine.

— Rien, merci.

— Un verre d'eau ? Du jus d'orange ? Un soda peut-être ? N'hésitez pas, agent Cross.

— Vraiment, je n'ai pas soif.

Son journal se trouvait probablement ici, dans la maison, mais je ne le voyais nulle part. Avant mon arrivée, elle regardait le jeu *Jeopardy !* à la télé.

— Ça tombe bien, je suis à court de jus d'orange, lança-t-elle d'un ton cordial en revenant vers moi.

Soit elle se sentait parfaitement à l'aise, soit elle tenait le rôle à la perfection. Très étrange. Nous prîmes place sur le canapé.

— Alors, que puis-je pour vous ? demanda-t-elle d'un air affable qui produisait un effet troublant. Je serais naturellement ravie de pouvoir vous aider.

Je m'efforçai de conserver un ton neutre et bienveillant :

— Tout d'abord, êtes-vous la seule conductrice de la voiture ?

— La seule et unique, répondit-elle avec un petit sourire.

Elle avait l'air de trouver ma question vaguement amusante. Je me demandais bien pourquoi.

— Votre voiture s'est-elle retrouvée hors de votre surveillance lors des six dernières semaines ?

— Eh bien, à part quand je dors, non. Et puis quand je suis au travail. Je suis femme de chambre au Beverly Hills Hotel.

— Je vois. Vous prenez donc votre voiture pour aller travailler.

Elle indiqua le col de son uniforme et lança un regard insistant vers le calepin que je tenais dans ma main, comme si elle voulait que j'écrive ce qu'elle s'apprêtait à dire. Pris d'une soudaine impulsion, je m'emparai de mon crayon et lui fit signe de poursuivre.

— Je suppose que la réponse à votre question est oui, reprit-elle. Techniquement, on peut dire qu'elle s'est retrouvée... comment dites-vous ? Hors de ma *surveillance* ?

Elle eut un gloussement un peu niais.

Je griffonnai en hâte quelques notes. *Volonté de plaire ? Mains constamment en action. Veut montrer qu'elle est intelligente.*

L'interrogatoire se poursuivit ; je l'observais autant que je l'écoutais. Elle tenait d'ailleurs des propos très ordinaires. Ce qui me frappait le plus, c'était la manière dont elle se concentrait sur moi. Ses mains n'arrêtaient pas de s'activer, mais ses yeux marron ne se décrochaient jamais des miens. J'avais l'impression qu'elle était contente de ma présence.

Lorsque je me levai pour partir, à la fin de l'entretien, son visage s'assombrit.

— Finalement, je boirais bien un verre d'eau, si vous n'y voyez pas d'inconvénient.

À peine avais-je prononcé cette phrase qu'elle s'illumina.

— Je vous l'apporte tout de suite.

Je la suivis. Dans la cuisine, l'ordre régnait comme dans le reste de la maison. Le plan de travail était presque vide, à l'exception d'un grille-pain et d'une série de petites boîtes un peu kitsch.

L'égouttoir à côté de l'évier était plein, et parmi les couverts se trouvaient deux couteaux à viande.

Elle remplit un verre au robinet et me le tendit. L'eau avait un goût légèrement chloré.

— Êtes-vous originaire de Californie ? demandai-je sur le ton de la conversation. De la région de Los Angeles ?

— Oh, non. Je viens d'un endroit beaucoup moins agréable.

— Où habitiez-vous ?

— Au pôle Nord ! répondit-elle en gloussant à nouveau. Ou du moins un endroit qui y ressemble.

— Laissez-moi deviner. Le Maine ? Quelque chose me dit que vous êtes de la Nouvelle-Angleterre.

— Je vous ressers un verre d'eau ?

— Non, je vous remercie.

Elle me reprit le verre encore presque plein et se tourna vers l'évier.

C'est à cet instant que tout partit en vrille.

J'entendis de lourds bruits de pas suivis d'un cri, juste devant la maison.

Presque aussitôt, la porte de derrière explosa dans une pluie de verre et d'éclats de bois. J'entendis la porte principale subir le même sort.

Puis des policiers équipés de gilets pare-balles firent irruption dans la cuisine, leurs pistolets braqués sur Mary Wagner.

92.

Elle lâcha le verre, mais je ne l'entendis pas se briser. Des hurlements, mêlés aux cris de terreur de Mary, envahirent la cuisine.

— Sortez de chez moi ! Je n'ai rien fait ! Laissez-moi !

Je brandis mon badge devant moi, ne sachant trop si l'équipe qui venait de donner l'assaut savait qui j'étais.

— À terre ! beugla l'officier principal, son pistolet braqué sur la poitrine de Mary. Couchez-vous ! *Maintenant !*

En l'espace de quelques secondes, Mary Wagner se retrouva dévastée. Son regard était devenu flou, elle ne semblait même pas entendre l'officier qui lui hurlait dessus.

— À terre ! ordonna-t-il à nouveau.

Elle recula d'un pas, ses bras et ses épaules recroquevillés dans une position de défense.

Je vis son pied nu se poser sur un tesson de verre. Elle gémit pitoyablement, puis son corps s'affaissa sur le côté, comme si elle avait reçu un coup.

Son autre pied glissa sur la flaque d'eau et elle se tordit la cheville. Elle eut beau mouliner des bras pour tenter de retrouver l'équilibre, elle s'effondra lourdement.

La seconde d'après, les policiers se ruaient sur elle. Deux d'entre eux la retournèrent pour lui passer les menottes dans le dos, tandis qu'un troisième lui lisait ses droits. À la vitesse où il parlait, je doutais qu'elle comprît quoi que ce soit.

Je sentis une main se poser sur mon épaule.

— Monsieur, entendis-je dans mon oreille, pouvez-vous venir avec moi s'il vous plaît ?

J'ignorais qui était cette personne.

— Monsieur ? insista l'officier.

Je me libérai de son étreinte d'un geste brusque.

— Elle a besoin de soins ! m'écriai-je, mais personne ne semblait m'entendre, ou bien ils ne me prêtaient aucune attention.

— Madame, avez-vous compris ce que je viens de vous dire ? demanda l'officier qui lui avait lu ses droits.

Mary, toujours à terre, hocha la tête en tremblant. J'étais persuadé qu'elle ne comprenait rien à la situation.

— Madame ? Répondez par oui ou par non. Avez-vous compris ce que je viens de vous dire ?

— Oui, lâcha-t-elle dans un souffle – elle respirait de façon saccadée. Je comprends très bien. Vous pensez que j'ai fait quelque chose de mal.

C'en était trop. Je me frayai un chemin jusqu'à elle et m'agenouillai à ses côtés :

— Mary ? C'est moi, l'agent Cross. Est-ce que ça va ? Mary ? Comprenez-vous vraiment ce qui est en train de se passer ?

Elle était encore en état de choc, mais je ne percevais aucun signe de dissociation. Je m'assurai que le morceau de verre n'était pas resté enfoncé dans son pied, puis improvisai un bandage à l'aide d'un torchon et l'aidai à se redresser.

Elle observa la pièce autour d'elle, les yeux écarquillés, comme à la recherche d'un point de repère familier.

— Vous êtes en état d'arrestation, Mary. La police va vous emmener. Vous comprenez ce que je vous dis ?

— Très bien, allons-y, lança un jeune flic en s'avançant vers nous.

— Juste une seconde.

— Je regrette, monsieur, répondit-il, nous avons pour consigne de la placer en garde à vue immédiate.

Je m'éloignai de Mary et, à voix basse :

— Vous ne voyez pas que j'essaie de vous aider ?

— Mes instructions sont formelles, monsieur. Écartez-vous, je dois procéder à l'arrestation.

La seule option qui s'offrait à moi aurait conduit à une scène des plus désagréables. J'y songeai sérieusement, tout en sachant que mes griefs n'allaient pas à l'encontre de cet homme mais de son supérieur. Et puis le mal était fait.

Quelques secondes plus tard, ils poussaient Mary à l'extérieur. Le torchon, imbibé de sang, gisait froissé sur le sol, où apparaissait une longue traînée rouge.

— Elle a besoin de soins pour son pied, hurlai-je derrière eux, même s'ils ne pouvaient plus m'entendre, et même s'ils se foutaient de ce que j'avais à dire.

J'étais furieux au point de vouloir frapper quelqu'un. Je bouillais de frustration et de colère, et je savais à qui m'en prendre. Je me jetai sur le brigadier le plus proche :

— Où est Maddux Fielding ? hurlai-je, cette fois à pleins poumons. Où est-il ?

93.

— Arrière, Cross ! lança Fielding avant même que je sois parvenu à sa hauteur.

Il se tenait sur le trottoir devant le bungalow et s'entretenait avec l'un des officiers qui avaient mené l'arrestation.

Ce banal quartier de banlieue était soudain devenu le théâtre d'une opération policière comme les gens rêvent d'en voir au cours de leur vie.

Une bonne dizaine de voitures de police stationnaient dans la rue, gyrophares allumés pour la plupart.

Un ruban jaune vif avait été posé le long du grillage pour délimiter la zone réservée à la police, et une barrière contenait la foule grandissante des badauds.

Tu te rends compte ? Mary Smith habitait dans cette maison ! Ici, dans notre quartier !

J'aperçus également plusieurs camions de télévision. Je me demandai si Maddux Fielding avait lui-même orchestré la couverture médiatique de sa Grande Arrestation. J'étais furax.

— À quoi ça rime, tout ce cirque ? lançai-je, hors de moi.

Il se retourna à contrecœur et m'observa de son air suffisant.

— Vous avez compromis un interrogatoire de la plus haute importance, et mis en péril sa sécurité ainsi que la mienne. J'aurais pu recevoir une balle. Elle aussi. Vous avez fait de cette arrestation une attraction de carnaval. Vous êtes la honte de la police de Los Angeles, Fielding.

Je ne savais pas si des gens m'entendaient, mais je m'en foutais. Tout ce que j'espérais, c'était qu'il allait se sentir embarrassé. Peut-être comprendrait-il ce langage, après tout ? Son visage restait impénétrable.

— Agent Cross...

— Savez-vous qu'à cause de votre petit manège, vous avez laissé filer une occasion d'obtenir des aveux ?

— Je n'ai pas besoin d'aveux ! finit-il par crier. J'ai beaucoup mieux.

— De quoi parlez-vous ?

Il hocha la tête avec condescendance. La rétention d'informations constituait le nerf de la guerre, et il était, sur ce terrain-là, bien plus armé. Que savait-il au juste ?

— Comme vous le voyez, je suis occupé, me dit-il. Je transmettrai mon rapport au FBI dès que possible.

— Vous m'aviez donné votre parole, Fielding. Vous aviez promis de me laisser du temps pour l'interroger.

— J'ai dit que si jamais il y avait le moindre changement, on lui tomberait dessus. Ce sont mes mots exacts.

— Alors expliquez-moi ce qui s'est passé.

Il marqua un temps de pause.

— Allez vous faire foutre, Cross. Je n'ai pas à répondre à vos questions.

Je me ruai sur lui, et c'était probablement ce qu'il cherchait. Deux de ses gorilles s'interposèrent entre nous et me retinrent. Heureusement, d'une certaine manière – même si j'aurais adoré lui faire ravaler son petit sourire méprisant, ou, mieux encore, lui arranger un peu le portrait. Je me dégageai des deux officiers et m'éloignai.

Mais avant d'avoir réussi à me calmer, je m'emparai de mon téléphone portable.

— Allô ?

— Jeanne ? Ici Alex. Avez-vous des renseignements concernant l'arrestation de Mary Wagner ?

— Je vais bien, merci. Et vous ?

— Désolé, mais c'est important. Je me trouve actuellement devant le domicile de Wagner. C'est la pagaille, ici. Vous ne croiriez pas ce qui vient de se produire.

— Je ne fais plus partie de l'enquête, fit Jeanne après un silence.

— Obtiendrais-je une autre réponse si je vous avais devant moi en personne ?

— Possible.

— Alors tant pis. Je vous en prie, Jeanne. J'ai vraiment besoin de votre aide. Je dispose de peu de temps.

— Que s'est-il passé ? demanda-t-elle d'une voix radoucie. Vous avez l'air dans tous vos états.

— Je suis abasourdi. Tout a été foutu en l'air. J'étais au beau milieu de mon interrogatoire lorsque la police a fait irruption comme une armée de clowns. C'était ridicule, Jeanne, et parfaitement inutile. Fielding est au courant de quelque chose et refuse de me le dire.

— Je vais vous faire gagner du temps, Alex. C'est elle. Mary Wagner est Mary Smith.

— Comment le savez-vous ? Comment la police l'a-t-elle découvert ?

— Vous vous rappelez le cheveu retrouvé au cinéma où Patrice Bennett a été tuée ? Eh bien, ils ont prélevé un cheveu sur un vêtement de Mary Wagner, dans son casier à l'hôtel. Les résultats viennent juste de tomber. Les deux cheveux proviennent de la même personne.

J'enregistrai cette nouvelle information dans mon cerveau en ébullition pour la mettre en lien avec le reste.

— Je vois que vous faites du bon boulot depuis que vous n'êtes plus sur l'enquête.

— Je ne peux pas m'empêcher d'entendre ce que j'entends.

— Et auriez-vous surpris une conversation concernant l'endroit où ils vont la conduire ?

Jeanne hésita, mais seulement quelques secondes :

— Essayez le poste de Van Nuys, sur Sylmar Avenue. Vous feriez bien de vous dépêcher, elle ne va pas y rester longtemps.

94.

Je me rendis directement à l'endroit indiqué, où je m'entendis dire que Mary Wagner n'y était pas détenue.

Je n'avais aucun moyen de les amener à changer de position. C'était leur suspecte, et ils ne tenaient visiblement pas à la partager. Même Ron Burns, à supposer qu'il en ait eu l'intention, n'aurait pu intercéder en ma faveur.

Je ne pus voir Mary que le lendemain matin. Entre-temps, le LAPD l'avait provisoirement transférée dans une maison d'arrêt du centre-ville, où ils la retenaient en salle d'interrogatoire – sans grand résultat, comme je l'avais prédit.

Un officier sympathique me décrivit son comportement : elle oscillait entre l'abattement et la catatonie. Il n'en restait pas moins que je devais impérativement m'entretenir avec elle en tête à tête.

En arrivant à la maison d'arrêt, je me retrouvai au beau milieu d'une gigantesque foule de journalistes. Des semaines durant, la Désaxée d'Hollywood avait fait les gros titres, non seulement au niveau local, mais dans le pays tout entier. À présent, le portrait de Mary Wagner circulait un peu partout, une femme échevelée au regard éteint, qui pouvait fort bien ressembler à une tueuse psychopathe.

Juste avant d'éteindre mon autoradio, j'entendis quelques phrases d'un stupide talk-show matinal, à base d'humour potache et de psychologie de bazar. Il était question des raisons qui avaient poussé Mary Wagner à assassiner des femmes riches et célèbres.

— Et pourquoi pas Kathy Bates dans le rôle de Mary Smith ? lança un auditeur « qui souhaitait réagir ».

— Trop vieille, répliqua l'animateur, ravi d'entrer dans le jeu. En plus, elle a déjà fait *Misery*. Non, moi je dis, prenez Nicole Kidman, mettez-lui un faux nez et une perruque, faites-lui prendre vingt kilos et le tour est joué. Ou pourquoi pas Meryl Streep ? Non, Emma Thompson ! Quoique... je verrais peut-être plus Kate Winslet.

Les contrôles d'identité me firent perdre presque trois quarts d'heure. Je dus parler à quatre personnes différentes et présenter mon badge une bonne dizaine de fois avant de pouvoir accéder à la petite salle d'interrogatoire où il était prévu que je m'entretienne avec Mary Wagner. Encore fallait-il qu'ils daignent l'amener jusqu'à moi, et ils ne semblaient pas très pressés.

Lorsqu'enfin elle arriva, le premier sentiment qui, bizarrement, s'imposa à moi fut la pitié.

Mary semblait avoir passé une nuit blanche, avec ses cernes presque violets et sa démarche traînante. Elle portait un pantalon de jogging gris informe et un sweat-shirt UCLA moucheté de taches de peinture du même jaune clair que les murs de sa cuisine.

Une vague lueur s'alluma dans ses yeux au moment où elle m'aperçut. Cela me remémora certains patients atteints d'Alzheimer auxquels je rendais régulièrement visite à Washington.

Je demandai au gardien de lui détacher les menottes et d'attendre à l'extérieur.

— Ne vous inquiétez pas. Nous sommes amis.

— Nous sommes amis, répéta Mary en me regardant droit dans les yeux.

95.

— Vous vous souvenez de moi, Mary ? demandai-je aussitôt après le départ du gardien. On s'est vus hier.

J'avais pris place sur une chaise face à elle, de l'autre côté de la table fixée au sol par des boulons. Il faisait froid dans la petite pièce ; on sentait un courant d'air.

— Oui, vous êtes l'agent Cross, du FBI.

— Je vois que vous avez bonne mémoire. Savez-vous pourquoi vous êtes ici ?

Elle se raidit, même s'il n'était pas évident de s'en apercevoir tant elle conservait une expression neutre.

— Ils croient que je suis cette femme. Ils m'accusent de meurtre...

Elle baissa les yeux.

— ... De *plusieurs* meurtres. Selon eux, j'aurais assassiné toutes ces stars.

J'étais content de l'entendre dire « ils ». Elle ne m'incluait pas dans le lot. Dans sa tête, je pouvais encore devenir un allié potentiel. Peut-être allait-elle finir par me dévoiler quelques-uns de ses secrets.

— Nous ne sommes pas obligés de parler de ça, si vous n'en avez pas envie.

Elle cligna des yeux, sembla retrouver un peu ses esprits, puis elle me jeta un regard et, de nouveau, baissa la tête.

— Avez-vous besoin de quelque chose ? Vous n'avez pas soif ? m'enquis-je.

Je tenais à ce qu'elle se sente le plus à l'aise possible, mais j'éprouvais également l'envie de lui venir en aide. Elle m'apparaissait dans un réel état de souffrance.

Elle se redressa, chercha à capter mon regard :

— Je voudrais bien une tasse de café. Vous croyez que c'est possible ?

On apporta du café ; Mary prit le gobelet du bout des doigts et le porta à ses lèvres avec une surprenante délicatesse. Le breuvage sembla la revigorer.

Elle ne cessait de m'observer à la dérobée tout en se lissant distraitement les cheveux. Elle me remercia pour le café. Ses yeux avaient retrouvé un peu d'éclat ; je commençais à voir réapparaître la femme joviale de la veille.

— Mary, y a-t-il des questions que vous vous posez à propos de votre arrestation ? Je suppose que oui.

Aussitôt, un voile tomba sur son visage. On la sentait extrêmement vulnérable. Ses yeux s'embuèrent de larmes.

— Que se passe-t-il, Mary ?

Elle se tourna vers la caméra, fixée dans un angle au niveau du plafond. Je savais que, tout près de l'endroit où nous étions assis, une dizaine de personnes au bas mot – membres de la police et autres experts psychiatres – assistaient à notre entrevue.

Mary semblait deviner la même chose. Lorsqu'elle reprit la parole, ce fut en murmurant :

— J'aimerais savoir comment vont mes enfants.

Son visage se déforma comme elle tentait de réprimer un sanglot.

96.

— Vos enfants ? demandai-je en essayant de masquer mon étonnement.

— Vous savez où ils sont ?

Sa voix tremblait, mais elle avait retrouvé de l'énergie.

— Non, je ne sais pas, répondis-je avec sincérité. Je peux me renseigner, mais il va falloir me communiquer quelques informations.

— Allez-y. Je vous dirai tout ce que vous avez besoin de savoir. Ils sont trop jeunes pour rester seuls.

— Combien d'enfants avez-vous ?

Elle sembla sidérée par ma question.

— Trois. Vous ne le saviez pas ?

Je sortis mon calepin.

— Quel âge ont-ils ?

— Brendan a huit ans, Ashley cinq et Adam a onze mois, énonça-t-elle lentement pour que j'aie le temps de noter.

Onze mois ?

Il était certainement possible qu'elle ait accouché onze mois plus tôt, mais à dire vrai, j'en doutais fortement.

Je relus mes notes pour être sûr d'avoir bien entendu :

— Huit ans, cinq ans et onze mois ?

— C'est ça.

— Et vous, quel âge avez-vous, Mary ?

Pour la première fois, je vis de la colère sur son visage. Les poings serrés, elle ferma les yeux et lutta pour recouvrer son calme. Quel était donc le sens de tout cela ?

— J'ai vingt-six ans, pourquoi ? Quelle différence ça peut bien faire ? Je croyais qu'on allait parler de mes enfants.

Vingt-six ans ? Impossible. Nous y étions donc. La première brèche.

J'observai mes notes un instant, puis décidai de franchir un nouveau palier.

— Donc, Brendan, Ashley et Adam vivent avec vous, c'est bien ça ?

Elle fit un signe de tête positif. Lorsque j'abondais dans son sens, elle semblait aussitôt apaisée. On voyait le soulagement gagner son visage, puis se propager dans son corps tout entier.

— Étaient-ils chez vous, hier, lorsque je suis venu ?

Une certaine confusion s'empara d'elle ; la colère qui avait reflué était de retour.

— Vous le savez très bien, agent Cross, puisque vous étiez là. Pourquoi ces questions ? s'écria-t-elle, le souffle court. Qu'avez-vous fait à mes enfants ? Où sont-ils ? J'ai besoin de les voir maintenant. Sur-le-champ !

La porte s'ouvrit ; sans quitter Mary des yeux, je levai la main pour faire signe au gardien de ne pas approcher. Elle était dans un état d'agitation manifeste.

J'optai pour un risque calculé :

— Mary, fis-je d'une voix douce, il n'y avait aucun enfant dans votre maison, hier.

Sa réaction fut immédiate et brutale.

Elle se redressa d'un seul coup, les muscles du cou contractés, et se mit à hurler :

— Dites-moi ce que vous avez fait de mes enfants ! Je veux une réponse, immédiatement ! Où sont mes enfants ? Où sont-ils ?

Des bruits de pas résonnèrent derrière moi. Je me levai pour être le premier auprès d'elle.

Elle était à présent en plein délire :

— Répondez-moi ! rugissait-elle. Pourquoi vous ne me répondez pas ?

Ses cris étaient entrecoupés de sanglots, et je ressentis pour cette femme une profonde pitié.

Je contournai lentement la table en hurlant son prénom : « Mary ! », mais elle ne réagissait ni au son de ma voix, ni même à mon approche.

— Dites-moi où sont mes enfants ! Dites-le-moi ! Dites-le-moi immédiatement !

— Mary !

Je me penchai pour lui agripper les épaules, aussi doucement que possible.

— Dites-le-moi !

— Regardez-moi, Mary !

C'est à cet instant qu'elle s'empara de mon arme.

97.

Elle avait dû apercevoir le renflement de l'étui sous ma veste. En l'espace d'une fraction de seconde, sa main s'était posée sur la crosse de mon Glock.

— Mary, non ! hurlai-je.

Instinctivement, je la repoussai sur sa chaise, mais elle parvint à arracher le pistolet de son étui. Je croisai brièvement son regard, vitreux et halluciné.

Sans attendre, je plongeai sur elle ; d'une main je saisis son poignet, de l'autre j'agrippai le pistolet tout en continuant à crier son nom.

L'instant d'après, la chaise s'effondrait sous notre poids avec un énorme craquement.

J'étais vaguement conscient des personnes qui s'étaient précipitées autour de nous, mais mon attention était centrée sur Mary.

Le visage contracté par l'effort, elle me frappait de sa main libre. J'avais maintenant mon genou sur sa poitrine et tentai toujours de lui faire lâcher le pistolet, mais elle était aussi forte qu'elle en avait l'air.

Et son doigt venait de se poser sur la détente. Dans un sursaut, elle parvint à diriger le canon vers elle – puis elle inclina la tête. Elle savait parfaitement ce qu'elle faisait.

— Ne tirez pas, Mary !

L'adrénaline aidant – car j'affrontais une résistance aussi forte que la mienne – je réussis à lui faire lever le bras en direction du plafond avant de l'abaisser violemment vers le sol.

Le coup partit dans le mur au moment même où elle lâchait prise. Je m'emparai vivement de l'arme. Le coup de feu résonnait encore dans mes oreilles, j'avais la moitié du visage comme paralysée.

Il y eut un bref moment de flottement, un silence presque total.

Mary cessa aussitôt de lutter, puis, comme en écho aux événements de la veille, les flics se jetèrent sur elle. Ils la forcèrent à se relever et lui passèrent les menottes.

J'entendis ses sanglots désespérés tandis qu'ils la conduisaient en cellule.

— Mes bébés, mes pauvres petits bébés... Où sont-ils, mes enfants ? Où sont-ils ? Qu'est-ce que vous leur avez fait ?

Sa voix se fit de plus en plus faible, jusqu'à ce qu'une lourde porte se referme sur elle. Il va sans dire qu'on ne m'autorisa pas à la revoir.

Pour rendre les choses encore plus pénibles, si tant est que ce fût possible, j'aperçus James Truscott en quittant le bâtiment, environ une heure plus tard. Il se tenait parmi la foule des journalistes rassemblés à l'extérieur dans l'attente d'une nouvelle croustillante.

— Dr Cross ? m'interpella-t-il en criant. Comment a-t-elle réussi à s'emparer de votre arme ?

Ainsi, Truscott avait déjà eu vent de l'histoire.

98.

Je ne pouvais que m'interroger sur les causes et l'intensité de la maladie mentale de Mary Wagner, source évidente de profonds tourments. Il n'y avait certainement pas eu assez de temps pour une analyse psychiatrique approfondie, et ma participation à l'enquête touchait à sa fin, que cela me plût ou non. Pour être honnête, j'éprouvais des sentiments contradictoires.

En début d'après-midi, l'état de Mary faisait encore débat. La perquisition menée par le LAPD à son domicile s'était avérée pour le moins fructueuse. En matière de preuves, c'était la Sainte Trinité.

Un Walther PPK, retrouvé sous une couverture dans le vide de comble du grenier, était passé entre les mains des experts en balistique. Les tests préliminaires avaient permis de conclure qu'il correspondait à l'arme utilisée pour les crimes.

Les techniciens de scène de crime avaient également découvert plusieurs planches d'autocollants enfantins et, surtout, les photos de familles dérobées dans le bureau de Marti Lowenstein-Bell et le portefeuille de Suzie Cartoulis. Michael Bell et Giovanni Cartoulis les avaient formellement identifiées.

— Et le plus important, conclut Fred Van

Allsburg devant le petit groupe d'agents réunis dans son bureau, c'est que midi est passé et qu'aucun incident n'est à déplorer. Pas de nouvelle victime, ni de nouveau message. Cette histoire, je crois pouvoir l'affirmer sans risque, est bel et bien finie.

L'humeur était aux congratulations. Tout le monde était content de tirer un trait sur cette enquête, mais certains détails allaient continuer à hanter les esprits pendant quelque temps, de la même manière que l'affaire du sniper de Washington avait laissé, au sein du J. Edgar Hoover Building[1], un désagréable sentiment d'insatisfaction. Mais c'était aussi ce sentiment qui nous poussait à donner toujours le meilleur de nous-mêmes.

— Alex, sur ce coup-là, nous vous devons une fière chandelle, poursuivit Van Allsburg en se tournant vers moi. Votre travail, je dois le reconnaître, nous a été extrêmement précieux. Je comprends pourquoi Ron Burns tient à vous avoir sous la main.

Quelques rires gênés se firent entendre dans l'assistance. L'agent Page, derrière moi, me tapota l'épaule. S'il conservait intacte la passion qui l'animait, ce jeune homme était promis à une brillante carrière.

— J'aimerais tout de même jeter un dernier coup d'œil aux preuves que la police a trouvées. Et peut-être avoir l'opportunité d'un dernier entretien avec Mary Wagner, fis-je en détournant la conversation sur ce que, personnellement, je considérais comme le plus important.

— Ça ne sera pas nécessaire, répondit Van Allsburg en secouant la tête.

— Rien ne m'empêche de rester un jour de plus.

---

1. Siège du FBI à Washington.

— Ne vous inquiétez pas. Page et Fujishiro feront très bien l'affaire ; je peux les seconder. Et si jamais nous avons encore besoin de vous, vous pourrez toujours utiliser vos points fidélité pour reprendre l'avion jusqu'à Los Angeles ! plaisanta-t-il d'une voix faussement joviale.

— Fred, Mary Wagner n'avait parlé à personne avant mon arrivée. Elle a confiance en moi.

— Elle avait confiance au début. Ce n'est probablement plus le cas.

Déclaration plutôt abrupte, mais il l'avait prononcée d'un ton exempt d'agressivité.

— Malgré tout, je suis le seul à qui elle se soit confiée pour l'instant. J'ai entendu dire que le LAPD n'arrivait à rien.

— Je le répète, en cas de besoin, vous n'êtes qu'à quelques heures d'avion. J'en ai discuté avec Ron Burns et il partage mon avis. Rentrez chez vous retrouver votre famille. Vous avez des enfants, n'est-ce pas ?

— Oui, j'ai des enfants.

Un peu plus tard, à l'hôtel, en préparant mon sac, j'eus une soudaine prise de conscience. En fait, je brûlais d'impatience de rentrer à Washington. Je ressentais un grand soulagement de n'avoir plus à penser qu'il me faudrait bientôt reprendre l'avion dans l'autre sens.

Mais – et ce *mais* revêtait une importance capitale – pourquoi cet aspect était-il resté si éloigné de mon esprit un peu plus tôt, dans le bureau de Van Allsburg ? Quelles étaient ces œillères que je portais et comment se faisait-il que j'avais oublié leur présence ? Quel genre d'avertissement me fallait-il ?

Sur le trajet de l'aéroport, j'eus une autre illumination. Les lettres figurant sur les autocollants

V

FIN DE L'HISTOIRE

99.

Le Narrateur avait cessé de tuer. *Fini*. Personne ne connaîtrait jamais la vérité. *Fin de l'histoire*.

Il décida de fêter l'événement avec ses potes de Beverly Hills.

Il leur raconta qu'il venait d'être engagé par un grand réalisateur pour écrire le scénario d'un stupide thriller, inspiré d'un best-seller tout aussi stupide. On lui avait laissé carte blanche pour apporter les modifications qu'il souhaitait, mais il ne pouvait en dire plus pour le moment, car le réalisateur était du genre parano – à cela, rien de très surprenant. En tout cas, une petite fête s'imposait.

Ses amis s'imaginaient comprendre les raisons de cette soirée, ce qui montrait bien à quel point ils le connaissaient mal. Putain, dire que ses meilleurs amis ignoraient tout de lui ! Aucun ne le soupçonnait d'être un tueur. Incroyable, mais c'était ainsi.

Il leur donna rendez-vous au Snake Pit Ale House, un bar de Melrose Avenue. C'était là, à l'époque où il venait de s'installer à L.A., qu'ils avaient passé de longues soirées à boire de la bière en fantasmant sur l'équipe de football idéale. Fraîchement débarqué de la Brown University, il avait alors l'espoir de devenir acteur, et peut-être de s'essayer à l'écriture de scénarios – des trucs sérieux, profonds, pas le genre de conneries juste bonnes à occuper la tête du box-office.

— Bière à volonté ! lança-t-il lorsque tout le monde fut réuni. Et du vin pour les femmelettes. (Il lança un regard à la ronde.) J'imagine que ce sera pinard pour tout le monde ?

Aucun des quatorze gars qui avaient répondu à l'invitation ne commanda de vin. Ils étaient tous heureux de le voir de nouveau sur pied, de savoir qu'il avait dégoté un super contrat. Les plus honnêtes reconnurent être un peu jaloux. Ils lui trouvèrent un nouveau sermon : le « roi du scénar ».

Ils étaient encore quelques-uns au comptoir au moment de la fermeture, peu après 2 heures. Lui, David, Johnboy et Frankie, en train d'analyser en détail le film *We Don't Live Here Anymore*. Ils finirent par quitter le bar en titubant. Sur le trottoir, ils s'étreignirent à la manière d'Hollywood, à côté de la Bentley de Johnny – en parlant de réussite... Il s'était offert ce bijou grâce aux bénéfices tirés de son dernier film, un blockbuster qui avait rapporté la bagatelle de 400 millions de dollars. Tous les autres en étaient verts de jalousie, car cet enfoiré avait simplement acheté les droits d'une BD à la con pour cinquante mille billets avant d'engager *The Rock*, pour dix millions. Et hop, le tour était joué ! Brillant, non ? Ouais, parce que ça avait marché.

— Je t'adore, mec ! T'es vraiment le type le plus prétentieux, le salaud le plus arrogant que je connaisse. Toi aussi, Davey ! lança-t-il tandis que la Bentley grise s'éloignait.

— Je sais – pour l'instant, je suis juste un salaud, retourna David. Mais je rêve de devenir prétentieux et arrogant. Et talentueux – c'est ce qui me retient dans cette ville.

— Je te comprends, mec.

— À plus, le roi du scénar.

— J'invente des histoires, c'est tout !

Le Narrateur se retrouva à marcher dans une petite rue pour rejoindre sa propre voiture, une BM vieille de sept ans – et non une Suburban. Il était complètement soûl et avait l'impression de flotter dans les vapeurs d'alcool. Il entonna *The Wind Cries Mary*, la chanson de Jimi Hendrix. Une *private joke* qu'il était le seul à comprendre.

Mais l'euphorie retomba bien vite et il se mit soudain à sangloter sans pouvoir s'arrêter. Il s'assit sur la pelouse d'un vieil immeuble déglingué et, se prenant la tête à deux mains, continua à pleurer comme un gamin.

Encore un. Rien qu'un seul. Un dernier meurtre et puis j'arrête.

100.

Le lendemain matin, incapable de dormir, il arpenta Melrose Avenue en voiture – il passa devant L'Angelo ; le Groundling Theater, où Phil Hartman avait fait ses débuts ; Tommy Tang's ; le Johnny Rockets ; le Blue Whale. C'était sa ville ! La sienne et celle de Mary.

Il était environ 5 h 30 lorsqu'il pénétra dans le Starbucks, à l'emplacement d'un ancien fast-food, le Burger that Ate LA. Il détestait les Starbucks, mais ils avaient l'avantage d'être tout le temps ouverts, ces maudites pompes à fric. L'époque était aux profits maintenant, plus rien d'autre ne comptait.

Il entra, preuve vivante que les statisticiens avaient eu raison de tabler sur une ouverture matinale. 5 h 30 du mat et déjà il allait leur faire gagner de l'argent.

Dieu, qu'il les méprisait ces endroits à la con. Starbucks, c'était un peu le Mc Do du café. Des tarifs prohibitifs. Il se rappelait l'époque où une tasse de café coûtait cinquante cents, ce qui semblait un prix raisonnable. Mais pour un « Sumatra blend », par exemple, il fallait lâcher deux dollars cinquante ! Pour le grand modèle, c'est-à-dire pas grand-chose.

Et cet espèce de crétin, avec son petit bouc, qui

était trop occupé à ouvrir la boutique pour accorder la moindre attention à son premier client de la journée, le premier gogo qui allait payer son café une fortune.

Il patienta une bonne minute ; le type commençait à lui taper sérieusement sur les nerfs.

— Dépêchez-vous, lança-t-il finalement au barman qui s'activait derrière le comptoir et le remarquait à peine.

Aucun doute, il s'agissait d'un acteur raté. Il se croyait au-dessus de son travail, ce troufion ? Le genre de type qui se prenait pour une star et se sentait supérieur à tout le monde – ça aussi, c'était dans l'air du temps.

Une minute plus tard, le Narrateur faisait de nouveau irruption dans le Starbucks, mais avec cette fois quelque chose dans la poche de sa veste. C'était sûrement stupide, mais tellement jouissif. Il sentit son cœur s'emballer.

Hé, mec, je crois que mon flingue a une petite soif.

Aucun doute, sa décision était prise. Ce petit con allait payer pour son arrogance. Lui qui rêvait de célébrité allait bientôt se retrouver à la une des journaux.

— Hé, j'attends pour commander un café. Vous vendez bien du café à Starbucks ?

Le barman ne daigna pas lever les yeux. Il se contenta d'agiter la main :

— J'arrive.

Le Narrateur entendit la porte s'ouvrir derrière lui. Un autre gogo venait de se pointer.

— Salut, Christopher, lança une fille d'un ton enjoué.

Il ne se tourna pas pour la regarder. *Bute-la, elle aussi.*

— Ça va, Sarah ? répondit le barman, dont la voix, d'un seul coup, était devenue joviale.

Et voilà que ce crétin levait la tête et s'arrêtait de farfouiller derrière son comptoir. *Pour Sarah.*

Il lui tira une balle en pleine poitrine, en plein dans le logo Starbucks de son tablier.

— Laisse tomber, pour le café, Christopher. Je suis déjà assez excité comme ça.

Il se tourna pour voir ce que faisait la fille. Une blondasse, la trentaine, en pantalon corsaire et veste de cuir.

— Comment va, Sarah ? lança-t-il d'un air désinvolte et aussi engageant que celui d'un cocker attaché à sa laisse dans un parc. Tu t'es habillée en noir pour l'enterrement ?

— Pardon ?

Il l'abattit de deux balles à bout portant, puis en ajouta une dernière pour le barman.

Rien qu'un dernier, hein ? Allez, ça en fera deux pour le prix d'un !

Il déroba l'argent de la caisse, ainsi que le vieux portefeuille élimé de Sarah et repartit dans le smog matinal de Los Angeles. Puis il prit la direction de l'ouest, Stanley, Spaulding, Genessee.

Mary Smith, de nouveau en cavale, hein ?

101.

J'observai Jannie dans le rétroviseur :

— Direction le musée de l'espionnage, c'est bien ça ?

— Ouais ! Le musée de l'espionnage !

Lors du tirage au sort de notre petite loterie familiale, Jannie avait pioché le samedi après-midi. J'avais eu droit au samedi soir, Nana à la journée de dimanche, et Damon au dimanche soir. Le week-end de la famille Cross étant planifié, les choses sérieuses pouvaient commencer.

Nous avons donc passé l'après-midi à apprendre une foule de renseignements sur les ninjas, les services secrets et les détectives privés, un concept qui avait dû m'échapper lors de mes cours à Quantico. Les enfants testèrent leurs facultés d'observation à l'École des espions, et même moi, je fus impressionné par les accessoires futuristes exposés dans la section « XXIe siècle ».

Puisque c'était à moi de choisir le dîner, je décidai d'initier tout le monde à la cuisine éthiopienne. Jannie et Damon réagirent assez bien à ces nouveaux goûts pour le moins exotiques – excepté pour le *kitfo*, un plat à base de steak tartare. Ils apprécièrent le fait de manger avec les doigts, ce que Nana qualifia de « vraie cuisine du Sud ».

Lorsque Jannie et Nana se rendirent aux toilettes, Damon se tourna vers moi :

— Tu aurais pu inviter Kayla Coles, si tu voulais.

J'étais touché par ce rapport d'homme à homme que Damon cherchait à instaurer. Je trouvais même cela adorable, mais je savais qu'il détesterait que je le lui dise de cette manière.

— Merci, Damon, répondis-je. Kayla et moi dînons ensemble mardi soir. En tout cas, cette pensée me va droit au cœur.

— Je la trouve très sympa, et tout le monde est d'accord avec moi. Il te faut quelqu'un, tu sais.

— Je sais.

— En plus, c'est la seule personne qui ait réussi à faire faire à Nana des choses dont elle n'avait pas envie.

J'éclatai de rire, tout heureux de constater avec quelle lucidité il avait cerné les récents changements opérés grâce à Kayla.

— Qu'y a-t-il de si drôle ? fit Nana en revenant à la table. J'ai raté un épisode ?

— Que se passe-t-il ? demanda Jannie à son tour. Je veux savoir de quoi vous parliez. C'est à cause du musée de l'espionnage ? Vous étiez en train de vous moquer de moi, c'est ça ? Je refuse qu'on se moque de moi.

— C'était une discussion entre hommes, rétorqua Damon.

— Alors je suis sûre que vous parliez du Dr Coles, lança Jannie d'une voix surexcitée comme si son instinct la guidait vers la bonne réponse. On l'aime tous beaucoup, papa, ajouta-t-elle, voyant que je ne répondais rien.

— Oui, mais tu aimes tout le monde.

— Devine d'où je tiens ça ?

— Il faut que nous l'invitions à dîner, glissa Nana.

— Pas mardi soir, fit Damon.

Un grand sourire s'afficha sur le visage de Jannie :

— Mardi, c'est le soir du rendez-vous galant ? C'est ça, papa ? J'ai raison, hein ?

102.

Mardi soir, je sortis avec Kayla Coles.

De même que jeudi.

Peu après 1 heure du matin, Kayla et moi étions assis sur le porche. Cela faisait environ deux heures que nous discutions. Kayla venait de m'embaucher pour participer à des actions caritatives en faveur du Children's Defense Fund. Pour appuyer sa demande, elle m'avait cité quelques statistiques – tout comme Nana avait l'habitude de le faire. J'appris ainsi que les États-Unis comptaient quarante millions de personnes vivant sans protection sociale, et que chaque minute, un enfant naissait sans couverture maladie. Il allait sans dire que j'étais prêt à apporter mon aide – de toutes les manières possibles, et ce même si les circonstances avaient été différentes.

— Que faites-vous, samedi ? demanda-t-elle d'une petite voix qui, à elle seule, me fit sourire. Je précise qu'il n'est pas question du Children's Defense Fund.

— J'espérais vous avoir à dîner pour déguster un repas spécialement concocté par Nana.

— Nana est au courant ?

— C'était son idée, répondis-je en riant. À elle ou aux enfants, je ne sais pas exactement, mais elle fait partie du complot, c'est certain. C'est peut-être même elle la chef de gang.

Si les forces de l'univers cherchaient à m'empêcher de fréquenter une femme, le moins qu'on puisse dire, c'est que le message me parvenait de façon plutôt embrouillée. Toute la journée du samedi, je me sentis pourtant un peu nerveux. Le fait d'inviter Kayla à la maison revêtait en effet une signification particulière.

— Tu es très beau, papa, lança Jannie depuis la porte de ma chambre.

Je venais juste de jeter une chemise sur le lit, lui préférant un pull noir à col V, dont je devais reconnaître qu'il m'allait plutôt bien. J'étais un peu embarrassé d'être ainsi surpris en train de me pomponner. Jannie s'affala sur le lit et resta à m'observer.

— Que se passe-t-il, ici ? demanda Damon en s'invitant à son tour dans la chambre.

Il s'installa à côté de Jannie.

— Est-ce qu'il serait possible d'avoir un peu d'intimité ?

— Il se fait beau pour le Dr Kayla. Regarde, un vrai dandy. Je trouve que le noir lui va très bien.

Je leur tournai le dos, mais ils continuèrent à discuter entre eux comme si je n'étais pas là, prenant un malin plaisir à adopter un ton cabotin :

— Tu crois qu'il a le trac ?

— Hum, probablement.

— Et tu crois qu'il va renverser quelque chose pendant le repas ?

— C'est même sûr.

Je me précipitai vers eux en poussant un rugissement et les attrapai avant qu'ils aient eu le temps de s'enfuir. Tous deux explosèrent de rire, oubliant l'espace d'un instant qu'ils étaient un peu grands pour ce genre de chahut. Je me roulai avec eux sur le lit en les chatouillant, essayant de me souvenir quelles étaient leurs zones les plus sensibles.

— Arrête, papa, tu vas être tout froissé, hurla Jannie. Papaaa ! Stop !

— Peu importe, de toute façon, je vais devoir me changer... c'est bien vous qui avez dit que j'allais me tacher !

Je les poursuivis jusqu'à la cuisine, puis nous entreprîmes d'aider Nana, qui consentit à nous laisser faire deux ou trois petites choses. Installer la rallonge. Mettre la table et de nouvelles bougies.

Elle avait sorti le grand jeu, et cherchait clairement à nous en mettre plein la vue. Je n'y voyais pour ma part aucun inconvénient, n'ayant jamais rencontré aucune difficulté à me régaler de ses meilleurs plats.

Après le dîner, qui fut divin – deux poulets rôtis aux herbes accompagnés de pommes de terre, d'asperges et de diverses salades, le tout couronné d'un gâteau à la noix de coco – Kayla et moi décidâmes de sortir pour une promenade. À bord de la Porsche, nous nous rendîmes au Tidal Basin. Je me garai au niveau du Lincoln Memorial. Nous flânâmes ensuite le long du Reflecting Pool, qui, la nuit, était un endroit tranquille et magnifique. Pour une raison que je ne m'expliquais pas, les touristes y venaient rarement après le coucher du soleil.

— J'ai passé une merveilleuse soirée, me dit Kayla tandis que nous approchions du Washington Monument. Le dîner était parfait.

— Un peu trop parfait à mon goût, fis-je en riant. Vous ne les avez pas trouvés un peu trop empressés ?

Ce fut au tour de Kayla de se mettre à rire :

— Que dire ? Ils m'adorent, voilà tout !

— Trois rendez-vous en une semaine. Ça a dû leur donner des idées.

— À moi, ça m'en a donné, fit Kayla en souriant. Vous voulez savoir lesquelles ?

— Allez-y.

— Eh bien… Disons que je n'habite pas très loin d'ici.

— Vous êtes médecin. Vous devez en connaître un rayon en anatomie.

— Et vous, en tant que psychologue, vous devez en connaître un rayon sur la psyché.

— Tout cela me semble très prometteur.

Et ça l'était.

Jusqu'à ce que le devoir me rappelle.

103.

— Je serai là demain. C'est le mieux que je puisse faire. Je réserve tout de suite un vol pour Los Angeles.

J'avais du mal à croire que j'étais en train de prononcer ces paroles. Et pourtant...

J'étais au téléphone avec Van Allsburg depuis seulement quelques minutes, mais ma réponse avait été immédiate, comme si on m'avait programmé pour cela. Un peu comme dans le film *Un Crime dans la tête*. Quel rôle tenais-je exactement ? Le gentil ? Le méchant ? Un peu l'un, un peu l'autre ?

J'étais plus qu'impatient de rencontrer Mary Wagner à nouveau, poussé aussi bien par la curiosité que par mes obligations professionnelles. Le LAPD s'était apparemment révélé incapable de la faire parler. Ils tenaient donc à ce que je revienne à Los Angeles. Et je sentais que j'avais besoin d'y retourner – quelque chose continuait à me turlupiner à propos de cette affaire, même si tout semblait désigner Mary comme la coupable.

Bien entendu, je souhaitais que ce voyage fût le plus court possible. C'est pourquoi, en arrivant à l'hôtel, je ne sortis que ma brosse à dents, afin de rester dans l'optique d'un séjour temporaire.

Mon entretien avec Mary Wagner était prévu pour 10 heures le lendemain matin. Je songeai un moment à appeler Jamilla, mais renonçai finalement à l'idée. Je compris alors que tout était bel et bien fini entre nous. Une triste pensée, mais je savais qu'elle correspondait à la réalité, et j'étais certain que Jamilla devait éprouver un sentiment analogue. À qui la faute ? Je l'ignorais. Était-ce réellement important de chercher à le déterminer ? Certainement pas, pensa le Dr Cross.

Je passai la nuit à relire les différents rapports que Van Allsburg m'avait fait parvenir. D'après les transcriptions des interrogatoires, seuls ses trois enfants imaginaires – Brendan, Ashley et Adam – semblaient préoccuper Mary.

Cela facilitait en quelque sorte mon travail. Si elle se révélait incapable de penser à autre chose, c'était par là que nous commencerions.

104.

À 8 h 45 le lendemain matin, je me retrouvai dans une salle d'interrogatoire identique à celle de la dernière fois.

Le garde qui l'escortait se pointa à l'heure exacte – presque à la seconde. Je me rendis compte que plusieurs jours d'interrogatoires infructueux avaient laissé des traces.

Mary ne me regarda pas en entrant et conserva un air stoïque tandis que le gardien la menottait à la table.

Il se posta ensuite à côté de la porte, à l'intérieur de la pièce. J'aurais préféré rester seul avec elle, mais je n'insistai pas. Peut-être obtiendrais-je des conditions un peu plus souples lors d'un prochain entretien.

— Bonjour, Mary.

— Bonjour, répondit-elle d'une voix neutre.

Elle semblait vouloir se cantonner au strict minimum. Aucun contact visuel. Je me demandai si elle avait déjà fait de la prison. Et si tel était le cas, ce qui avait bien pu la conduire derrière les barreaux.

— Laissez-moi tout d'abord vous expliquer la raison de ma présence. Mary, vous m'écoutez ?

Pas de réponse. Je la voyais grincer des dents, les yeux fixés sur un point au mur. J'avais l'impression qu'elle m'écoutait mais qu'elle s'appliquait à ne pas le laisser paraître.

— Vous savez déjà qu'il existe un nombre significatif de preuves contre vous. Et je pense que vous savez également que de gros doutes subsistent en ce qui concerne vos enfants.

Elle finit par lever la tête, et me jeta un regard perçant :

— Il n'y a rien à dire à ce sujet.

— Détrompez-vous.

Je sortis un stylo, ainsi qu'une feuille de papier, et déposai le tout devant elle sur la table :

— J'ai pensé que vous voudriez écrire une lettre à Brendan, Ashley et Adam.

105.

Mary changea aussitôt de comportement, exactement comme je l'avais remarqué les fois précédentes. Elle m'observa à nouveau. Son visage s'était visiblement détendu et je vis réapparaître cette vulnérabilité familière. Dans ces moments-là, il était difficile de ne pas ressentir quelque chose pour elle, et ce malgré les faits qui lui étaient reprochés.

— Je ne suis pas autorisé à vous ôter les menottes, mais vous pouvez me dicter ce que vous voulez leur écrire.

— Ce n'est pas un piège, au moins ? demanda-t-elle d'un ton où l'on sentait qu'elle priait pour que ce ne fût pas le cas. Hein, ce n'est pas un piège que vous essayez de me tendre ?

Je devais choisir mes mots avec précaution.

— Il n'y a aucun piège, Mary. Je vous donne simplement l'opportunité de faire parvenir un message à vos enfants.

— Est-ce que la police lira la lettre ? Je veux le savoir. Dites-le moi.

Ses réponses me fascinaient. Un mélange d'émotions intenses et de self-control.

— Tout ce que vous dites en salle

d'interrogatoire est enregistré, lui rappelai-je. Vous n'êtes obligée à rien, Mary. C'est vous qui choisissez.

— Vous êtes venu chez moi.

— C'est exact.

— Je vous aimais bien.

— Moi aussi, je vous aime bien.

— Vous êtes de mon côté ?

— Bien sûr, Mary.

— Du côté de la justice, c'est ça ?

— Je l'espère.

Elle balaya la pièce du regard. Soit elle étudiait les différentes options qui s'offraient à elle, soit elle cherchait ses mots. Puis son regard se posa sur la feuille.

— Mon Brendan adoré, murmura-t-elle.

— Seulement Brendan ?

— Oui. S'il te plaît, lis cette lettre à ton frère et à ta sœur, puisque c'est toi l'homme de la maison.

Je notai à toute allure pour rester concentré sur ses paroles.

— Maman doit s'absenter quelque temps, mais je vous promets que ça ne sera pas long. Promis juré. Où que vous soyez, je sais qu'on prend bien soin de vous. Et si vous vous sentez seuls, que vous avez envie de pleurer, ce n'est pas grave. Parfois, ça permet d'être moins triste. Ça arrive à tout le monde de pleurer, même à maman. Vous me manquez énormément, mes chéris.

Elle s'interrompit, les yeux toujours fixés sur le mur face à elle, et un sourire illumina son visage. C'était à vous fendre l'âme.

Elle reprit :

— Lorsque nous serons à nouveau réunis, j'organiserai un super pique-nique. On emportera des tas de bonnes choses à manger et on ira passer la journée dans un endroit magnifique. On pourrait même se baigner, pourquoi pas ? Tout ce qui vous fera plaisir, mes petits trésors. J'attends ça avec impatience. Et vous savez quoi ? Votre ange gardien veille sur vous tout le temps. Cet ange gardien, c'est moi, votre maman. Je vous envoie mille baisers pour que vos nuits soient douces. N'ayez pas peur, car je suis avec vous. Et vous, vous êtes avec moi.

Elle s'arrêta, les yeux clos, et poussa un profond soupir.

— Je vous aime de tout mon cœur. Maman.

À présent complètement penchée au-dessus de la table, elle contemplait la lettre. À voix basse, presque dans un chuchotement, elle ajouta :

— Dessinez trois petites croix et trois petits ronds en bas de la page. Un bisou et un câlin pour chacun de mes enfants.

106.

Plus je l'écoutais parler, plus je doutais que Mary Wagner ait pu inventer de toutes pièces ces trois enfants, et je craignais le pire quant à ce qui avait pu leur arriver.

Je passai l'après-midi à essayer de trouver des renseignements. Grâce aux archives de l'Uniform Crime Report, je pus consulter une longue liste d'enfants victimes de femmes tueuses. J'avais lu quelque part, et entendu à plusieurs reprises, que les enlèvements et les meurtres d'enfants étaient aux États-Unis les seuls crimes que les femmes commettaient en aussi grand nombre que les hommes.

Si cette information correspondait à la réalité, alors ce volumineux rapport ne représentait que la moitié des meurtres d'enfants répertoriés.

Je grinçai des dents, au propre comme au figuré, et entrepris une nouvelle recherche dans cette sinistre base de données.

Cette fois, je me concentrai sur les femmes ayant à leur actif plusieurs homicides.

Quelques noms célèbres me sautèrent aux yeux : Susan Smith, qui avait noyé ses deux fils en 1994 ; Andrea Yates, qui avait tué ses cinq enfants après avoir combattu, plusieurs années durant, une psychose mêlée d'une profonde dépression post-partum.

La liste se poursuivait ainsi. Aucune de ces femmes ne pouvait être considérée comme victime, mais la dominance de sévères troubles mentaux apparaissait de façon évidente.

Les expertises psychiatriques avaient révélé, chez Smith et Yates, un état dépressif accompagné de graves troubles de la personnalité. J'imaginais aisément qu'il en était de même pour Mary Wagner, mais pour établir un diagnostique sérieux, il m'aurait fallu bien plus de temps que je n'en disposais.

Je laissai cette question de côté pendant quelques heures.

Puis en cliquant sur une nouvelle page, je tombai malheureusement sur ce que je cherchais.

Un triple homicide commis à Derby Line, Vermont, le 2 août 1983. Les trois victimes appartenaient à la même fratrie :

Beaulac Brendan, 8 ans.

Beaulac Ashley, 5 ans.

Constantine Adam, 11 mois.

Le tueur n'était autre que la mère, âgée de vingt-six ans.

Nom de famille : *Constantine.*

Prénom : *Mary.*

Je cherchai ensuite dans la presse locale un article renvoyant à l'affaire.

J'en dénichai un, paru en 1983 dans le *Caledonian-Record,* un journal de St. Johnsbury, Vermont.

Il y avait également une photo en noir et blanc de Mary Constantine, assise sur le banc des accusés.

Son visage était plus fin, plus jeune, mais on reconnaissait parfaitement son air froid et détaché.

Cette expression qu'elle avait lorsqu'elle s'empêchait de ressentir une émotion, ou que cette émotion la submergeait. Doux Jésus.

La femme que je connaissais sous le nom de Mary Wagner avait tué ses propres enfants plus de vingt ans auparavant, mais pour elle, c'était comme si rien n'était arrivé.

Je m'enfonçai dans mon fauteuil et pris une profonde inspiration.

J'étais enfin parvenu au cœur du labyrinthe. Restait à trouver la sortie.

107.

— 1983, c'est bien ça ? Mon Dieu, carrément le siècle dernier. Patientez un instant. Je vais voir ce que je peux faire.

Je suis resté plusieurs minutes à écouter, à l'autre bout de la ligne, le bruit des touches du clavier et des pages que l'on tourne.

L'homme que j'avais au téléphone s'appelait Barry Medlar, et appartenait au Bureau d'Albany. C'était le coordinateur en charge du Crimes Against Children Unit. Chaque antenne du FBI possède ce type de département, et Albany centralise les données pour l'ensemble du Vermont. Je tenais à remonter le plus possible à la source.

— Voilà, fit Medlar au bout d'un moment. J'y suis : Constantine, Mary. Triple homicide commis le 2 août 1983. Elle a été arrêtée le 10, et reconnue non responsable de ses actes lors du procès. Le verdict a été rendu le 1er février. Elle était défendue par un avocat commis d'office.

— Non responsable de ses actes, marmonnai-je.

Elle n'avait donc pu s'offrir les services d'un avocat. Être reconnu non responsable de ses actes peut s'avérer extrêmement difficile. Ç'avait dû être un procès clair, net et précis.

— Où s'est-elle retrouvée ensuite ?

— Sûrement au Vermont State Hospital, à Waterbury. Nous ne détenons pas ces informations, mais on ne peut pas dire qu'on déborde d'activité ici. Je pourrais vous trouver un nom et un numéro de téléphone, si vous voulez en savoir plus.

Je fus tenté d'adopter le style « Non, c'est VOUS qui allez vous débrouiller pour en savoir plus », mais d'une certaine manière, je préférais m'en occuper moi-même. Je notai le numéro du Vermont State Hospital.

— Quel a été le mode opératoire utilisé ? demandai-je ensuite à Medlar.

Je l'entendis feuilleter son rapport :

— Incroyable.

— Qu'y a-t-il ?

— Votre Mary Smith a bien utilisé un Walther PPK ?

— Oui, pourquoi ?

— Idem dans mon rapport. Un Walther PPK, qui n'a jamais été retrouvé. Elle a dû l'enterrer quelque part.

J'écrivis fiévreusement les renseignements qu'il me communiqua. J'étais sidéré.

— Très bien, agent Medlar, voici ce dont j'ai besoin. Trouvez-moi un contact au poste de police dont dépend le quartier où habitait Mary Constantine. Je veux également que vous me fassiez parvenir tous les documents concernant cette affaire. Envoyez tout ce que vous pourrez par e-mail et faxez-moi le reste. Et quand je dis *tous* les documents, je suis sérieux. Je vais vous laisser mon numéro de portable au cas où. J'arrive dès que possible.

J'avais déjà commencé à ranger mes papiers dans ma mallette.

— Une dernière chose. Quelles compagnies desservent le Vermont ?

108.

Dix-huit heures et cinq mille kilomètres plus tard, j'étais assis dans le confortable petit salon de Madeline et Claude Lapierre, l'ancien shérif, à la sortie de Derby Line, dans le Vermont. Un vrai village de carte postale, littéralement collé à la frontière canadienne. La bibliothèque locale, bâtiment néoclassique du début du XXe siècle, avait même été construite *sur* la frontière, et il arrivait que des gardes y stationnent pour empêcher les traversées illégales.

Derby Line n'était pourtant pas le genre d'endroit où l'on imaginait les forces de l'ordre débordées de travail. Mary Constantine y avait vécu toute sa vie – jusqu'à ce qu'elle tue ses trois enfants, un crime horrible qui, vingt ans plus tôt, avait mis le pays en émoi.

— Quels sont vos principaux souvenirs de cette affaire ? demandai-je à M. Lapierre.

— Je me rappelle très bien le couteau. La façon dont elle avait tailladé le visage de cette pauvre petite, après les avoir tués tous les trois. J'ai occupé la fonction de shérif d'Orleans County pendant vingt-sept ans, et c'est de loin ce que j'ai vu de pire. De loin, agent Cross, croyez-moi.

— Moi, j'ai eu de la peine pour cette jeune femme, intervint Mme Lapierre, assise sur le canapé à côté de son mari. Elle n'a connu que des malheurs. Ça n'excuse évidemment pas son acte, mais...

Elle laissa sa phrase en suspens et se contenta d'un petit geste de la main.

— Vous la connaissiez, madame Lapierre ?

— Tout le monde se connaît, par ici. Nous sommes une communauté très soudée. Nous dépendons tous les uns des autres.

— Pourriez-vous me décrire Mary avant cet événement ?

— C'était une gentille fille, répondit Claude Lapierre. Calme, polie. Je me souviens qu'elle adorait faire du bateau sur le lac Memphremagog. Elle travaillait dans un petit restaurant à l'époque où elle était lycéenne. Elle me servait mon petit déjeuner tous les jours. Une fille très réservée. Tout le monde est tombé des nues quand on a appris qu'elle était enceinte.

— Et on a été encore plus surpris que le père reconnaisse l'enfant.

— Même s'il n'est pas resté longtemps dans les parages, s'empressa d'ajouter M. Lapierre.

— Je suppose qu'il s'agit de M. Beaulac ?

Tous deux acquiescèrent d'un signe de tête.

— Il avait vingt-sept ans, elle à peine dix-sept, mais ils ont fait de leur mieux pour essayer de s'en sortir. Ils ont même eu un deuxième enfant.

— Ashley, précisa Mme Lapierre.

— Personne n'a été vraiment surpris quand il a quitté le foyer. Je m'étonne d'ailleurs que ce ne soit pas arrivé plus tôt.

— George Beaulac était un minable. Il passait son temps à se droguer.

— Savez-vous ce qu'il est devenu ? A-t-il revu Mary ou les enfants par la suite ?

— Je l'ignore, répondit Claude, mais j'ai tendance à penser que non. Comme vous l'a dit mon épouse, c'était vraiment un pauvre type.

— Il va pourtant falloir que je le retrouve, marmottai-je entre mes dents. Je dois absolument découvrir où vit ce George Beaulac.

— Je doute que vous y parveniez, fit Mme Lapierre. Allez savoir ce qu'il est devenu !

109.

Je ne pris pas la peine de noter la fin de notre entretien. J'avais déjà écrit l'essentiel. Depuis plusieurs minutes, une sorte de vrombissement s'échappait de la cuisine et je finis par demander à Mme Lapierre de quoi il s'agissait. Jamais je n'aurais pu deviner qu'il s'agissait d'un déshydrateur et qu'elle était en train de préparer du *jerky*[1] de renne.

— Où étaient les parents de Mary durant toute cette période ? demandai-je ensuite pour revenir à des questions plus pertinentes.

De nouveau, Mme Lapierre secoua la tête d'un air affligé. Elle me resservit une tasse de café tandis que son mari répondait à ma question :

— Rita est morte quand Mary avait cinq ans. C'est Ted qui l'a élevée presque tout seul, même s'il ne semblait pas très préoccupé par la chose. On ne peut pas lui reprocher de l'avoir maltraitée, mais elle n'a pas eu une enfance joyeuse. Je crois qu'il est mort l'année où Brendan est né.

— Il fumait comme un pompier, ajouta Madeline. Le cancer du poumon a eu raison de lui. Vraiment, cette pauvre fille n'a connu que des malheurs.

---

1. Viande marinée et séchée.

Après le départ de George Beaulac, Mary s'était éprise d'un gars du coin, John Constantine, qui travaillait comme mécanicien à temps partiel.

— Il a commencé à lui tourner autour dès qu'elle est tombée enceinte, expliqua Madeline. Ce n'était un secret pour personne. Adam n'avait pas six mois qu'il s'était déjà fait la malle, lui aussi.

Ce fut au tour de Claude de reprendre la parole :

— Je dirais que c'est à cette époque qu'elle a commencé à perdre la tête, mais au fond, qui sait ? On ne voit pas les gens pendant un long moment, on se dit qu'ils sont occupés à tout un tas de choses, et puis un jour, boum. Le drame se produit. Il a dû y avoir un déclic. Ça nous a paru extrêmement soudain, mais ça ne l'était probablement pas. J'imagine que ça couvait depuis un bon moment.

Je sirotai mon café et croquai poliment une bouchée de scone.

— Si vous le voulez bien, j'aimerais en venir au jour où elle a commis les meurtres. Qu'a-t-elle dit au moment de son arrestation ?

— Ce ne sont que mes souvenirs, car nous n'avons jamais pu obtenir la moindre explication de la part de Mary.

Madeline prit une profonde inspiration et posa sa main sur celle de son mari. Tous deux possédaient ce solide tempérament des gens de la terre que j'avais remarqué chez Mary par instants.

— Tout porte à croire qu'elle les a emmenés en pique-nique, ce jour-là. Nous avons réussi à localiser l'endroit par la suite. C'est là-bas qu'elle les a tués, d'une balle dans la tête. Le médecin légiste pense qu'elle les avait fait s'allonger, comme pour la sieste, et je suppose qu'elle a tué les deux grands en premier, puisque le bébé ne pouvait pas s'enfuir.

J'attendis patiemment qu'il poursuive. Je savais que, même après beaucoup de temps, il était douloureux de se remémorer ce genre d'événements, et encore plus d'en parler.

— Elle les a ensuite soigneusement enveloppés dans des couvertures, reprit-il. Je me souviens encore de ces vieilles couvertures de l'armée qu'elle avait utilisées. C'était horrible. Puis il semblerait qu'elle les ait emmenés chez elle avant de taillader le visage de la petite Ashley. Pour une raison que j'ignore, elle n'a fait ça qu'avec elle. Jamais je n'oublierai cette vision, et pourtant, croyez-le, j'aimerais.

— C'est vous qui les avez trouvés ?

Il hocha la tête :

— Son employeur m'a appelé en expliquant que Mary était absente depuis plusieurs jours. Elle n'avait pas le téléphone, alors j'ai décidé de faire un saut à son domicile. Pour moi, il s'agissait d'une simple visite de politesse. Mary est venue m'ouvrir la porte comme si de rien n'était, et l'odeur m'a tout de suite pris à la gorge. Elle avait entreposé les corps dans une malle au sous-sol – en plein mois d'août – et les avait laissés là. J'imagine qu'elle avait occulté l'odeur, comme tout le reste. Je n'arrive toujours pas à m'expliquer son geste, même après toutes ces années.

— Parfois, il n'y a tout simplement pas d'explication.

— En tout cas, elle n'a opposé aucune résistance au moment de son arrestation.

— À l'époque, l'affaire a fait grand bruit, intervint Madeline.

— C'est vrai. Pendant une semaine, Derby Line

s'est retrouvé au centre de toutes les conversations. J'espère que cela n'arrivera plus jamais.

— Avez-vous revu Mary après son incarcération ?

Les deux répondirent par un signe de tête négatif. Plusieurs décennies de mariage avaient visiblement créé entre eux des liens très forts.

— Je ne connais personne qui lui ait rendu visite, fit Madeline. C'est le genre de choses qu'on préfère oublier. Les gens tiennent à leur tranquillité, par ici. Ce n'est pas que les gens lui ont tourné le dos, mais... Je ne sais pas. C'était comme si nous ne l'avions jamais connue.

110.

Le Vermont State Hospital consistait en un immense bâtiment de brique rouge d'apparence modeste, hormis qu'il était gigantesque. On m'avait expliqué que la moitié de l'espace était inutilisé. Le pavillon de sécurité réservé aux femmes abritait, entre autres, les patientes incarcérées suite à une décision de justice, comme Mary Constantine.

— Ce n'est pas un système idéal, expliqua le directeur, mais la conséquence d'une population peu nombreuse et de budgets qui se réduisent comme peau de chagrin.

C'était également la raison pour laquelle Mary avait pu s'échapper.

Le Dr Rodney Blaisdale, le directeur, me fit faire une rapide visite des lieux. L'endroit était bien tenu, avec des rideaux dans la salle commune et des murs fraîchement repeints. Des piles de journaux et de revues étaient disposées sur la plupart des tables basses : *Burlington Free Press, The Chronicle, American Woodworker*.

Il régnait un profond silence.

J'avais déjà visité ce genre de service à plusieurs reprises, et généralement, le niveau sonore était assez élevé, une sorte de bourdonnement permanent.

Je ne m'étais pas rendu compte jusqu'à ce jour à quel point ce bruit pouvait s'avérer rassurant.

Le Vermont State Hospital m'évoquait un aquarium où la vie s'écoulait au ralenti. Les patients semblaient adapter leur comportement à cet univers flottant, parlant peu, ne fût-ce que pour s'adresser à eux-mêmes.

Le poste de télévision, dont le volume était réglé au minimum, diffusait un feuilleton à l'eau de rose que plusieurs patientes, visiblement sous Haldol, suivaient d'un œil vide.

Tandis que le Dr Blaisdale me faisait visiter les lieux, je songeais à l'effet saisissant que produirait un hurlement dans ce silence ouaté.

— C'est ici, me dit-il comme nous arrivions devant l'une des nombreuses portes fermées qui s'alignaient le long du couloir principal.

Je me rendis compte que j'avais cessé de l'écouter depuis un instant.

— C'était la chambre de Mary.

En jetant un œil à travers la petite ouverture vitrée pratiquée dans la lourde porte en métal, je ne vis bien entendu aucun signe indiquant qu'elle avait vécu dans cette pièce. Un lit au matelas nu composait, avec un bureau assorti d'un petit banc et d'une étagère métallique fixée au mur, le seul mobilier.

— Bien sûr, à l'époque, la chambre était différente. Mary est restée dix-neuf ans avec nous, et avec trois fois rien, elle réalisait de très belles choses. C'était un peu notre Martha Stewart à nous.

— Mary était mon amie.

Je me tournai vers la femme qui venait de parler. D'âge moyen, celle-ci se tenait appuyée contre le chambranle de la porte. Sa tenue indiquait qu'elle faisait partie des patientes incarcérées, mais il était difficile d'imaginer quel type de crime elle avait pu commettre.

— Bonjour, fis-je en m'adressant à elle.

La femme leva le menton comme pour essayer d'apercevoir la pièce derrière nous. Je remarquai des traces de brûlures le long de son cou.

— Elle est revenue ? Si elle est là, je dois absolument la voir. C'est très important pour moi.

— Non, Lucy. Désolé, mais Mary n'est pas revenue, répondit le Dr Blaisdale.

Visiblement déconfite, Lucy s'éloigna d'un air abattu en laissant traîner sa main le long du mur.

— Lucy est l'une de nos rares patientes condamnées à des peines de très longues durées. Ça lui a porté un gros coup lorsque Mary a disparu.

— Puisque vous abordez le sujet, que s'est-il passé exactement ce jour-là ?

Le Dr Blaisdale hocha lentement la tête et se mordit la lèvre inférieure.

— Pourquoi n'irions-nous pas poursuivre cette conversation ailleurs ?

111.

Je suivis Blaisdale jusque dans son bureau, au rez-de-chaussée. C'était une pièce au mobilier haut de gamme assez conventionnel. Un poster de Banjo Dan & the Midnite Plowboys attira immédiatement mon attention.

Je pris place sur une chaise face à son bureau, et constatai que tous les objets, de mon côté, étaient situés hors de portée de main.

Blaisdale m'observa un instant, puis poussa un soupir. Je compris aussitôt qu'il allait me livrer une version édulcorée de ce qui s'était passé avec Mary Constantine.

— Très bien, Dr Cross. En premier lieu, je dois vous expliquer que tous les patients peuvent obtenir des autorisations de sortie d'une journée. Ceux du pavillon de sécurité étaient autrefois exclus de ce programme, mais nous nous sommes aperçus que d'un point de vue thérapeutique, il n'était pas bon de diviser ainsi la population. Tout ça pour dire que Mary participait parfois à ces sorties, comme ce jour en question.

— Que s'est-il passé ?

— Six patientes étaient de sortie, encadrées par deux membres du personnel, comme le veut notre règlement. Je me souviens qu'ils étaient allés au lac. Malheureusement, au cours de la sortie, l'une de ces patientes a été prise d'une sorte d'accès.

Une sorte d'accès ? Je me demandai s'il avait jamais eu connaissance des détails exacts. Blaisdale semblait être le type même de l'administrateur qui supervise de haut sans chercher à en savoir plus.

— Au beau milieu de cette crise d'hystérie, Mary a insisté pour aller aux toilettes. Le bâtiment étant situé à seulement quelques mètres, les accompagnateurs l'ont autorisée à y aller. C'était une erreur, mais que voulez-vous, ce genre de choses arrive. Personne ne savait qu'il existait une deuxième entrée à l'arrière.

— Mais Mary, elle, était au courant.

— Toujours est-il, reprit le Dr Blaisdale après avoir tambouriné des doigts sur la table, qu'elle a ensuite disparu dans le bois tout proche.

Je l'observais fixement, attentif à ce qu'il me disait et essayant de ne pas le juger, ce qui n'était pas évident.

— C'était la patiente modèle. Elle s'était toujours bien comportée. Tout le monde a été très surpris.

— Comme lorsqu'elle a tué ses enfants.

Blaisdale me dévisagea, comme cherchant à déterminer si je venais de lui lancer un affront, ce qui n'était nullement le cas.

— La police a entrepris d'importantes opérations de recherche – les plus importantes auxquelles j'aie jamais assisté. Nous leur avons laissé cette mission. Il va sans dire que nous désirions la récupérer et nous assurer qu'elle allait bien, mais c'est le genre d'histoire que nous ne tenons pas à voir s'ébruiter. Pour nous, elle n'était pas...

Il s'interrompit.

— Elle n'était pas quoi ?

— Eh bien, à l'époque, nous ne la considérions pas comme étant susceptible de représenter un danger, à part éventuellement pour elle-même.

Je m'abstins de lui livrer le contenu de ma pensée. La population de Los Angeles possédait une opinion quelque peu différente de la sienne. La plupart des gens la voyaient comme la folle la plus dangereuse et brutale que la terre avait jamais portée.

— Avez-vous conservé certains de ses effets personnels ?

— Eh bien oui. Je suis certain que vous voudrez jeter un œil à ses carnets. Elle écrivait presque tous les jours. Elle en a noirci des dizaines au cours de sa détention.

112.

Un brancardier, prénommé Mac et qui avait l'air de passer sa vie dans le sous-sol de l'hôpital, me rapporta deux boîtes d'archives remplies de carnets d'apparence désuète, semblables à ceux des écoliers dans les années 1950. Mary Constantine avait écrit, pendant toutes ces années, bien plus que je ne pouvais en lire d'ici la fin de la journée. On m'informa que je serais autorisé à emporter l'intégralité de ses journaux un peu plus tard.

— Merci pour votre aide, fis-je à Mac le brancardier.

— Pas de problème, répondit ce dernier, et je me demandai depuis combien de temps, et pour quelles raisons, la formule « de rien » avait disparu du langage courant, même ici, au fin fond du Vermont.

Pour le moment, je souhaitais simplement me faire une idée de la personnalité de Mary Constantine, afin de la comparer avec celle de la Mary que je connaissais. Ces deux cartons pleins à craquer allaient déjà me fournir un précieux matériau.

En parcourant les carnets, je découvris une écriture nette et soignée. Elle avait même pris soin de laisser une marge.

Les mots constituaient son moyen d'expression, et elle n'en manquait pas. Fortement penchés vers la droite, ils semblaient comme pressés d'arriver à leur destination.

La voix, également, s'avérait étrangement familière.

L'écriture ressemblait fort à celle des e-mails de Mary Smith. Mêmes phrases courtes et tourmentées, desquelles se dégageait la même impression d'un sentiment d'isolement.

Parfois, on le devinait en filigrane ; d'autres fois, il apparaissait clairement à la surface.

Je suis comme un fantôme, ici. Je pense qu'ils s'en moqueraient, que je reste ou que je parte. Je ne sais même pas s'il remarquent ma présence.

À part Lucy. Lucy est gentille avec moi. J'ignore si je pourrais être une aussi bonne amie pour elle.

J'espère qu'elle ne partira pas. Ce ne serait plus pareil ici, sans elle.

Je me dis parfois qu'elle est la seule à s'intéresser à moi. La seule à savoir qui je suis réellement. La seule qui me voie.

Suis-je donc invisible pour les autres ? Je me pose sérieusement la question.

En feuilletant les pages au hasard, j'eus également l'image d'une personne qui, bien qu'enfermée dans un hôpital psychiatrique, tenait à rester active. Elle concevait toutes sortes de projets, comme si elle n'avait jamais perdu l'espoir, et semblait désireuse d'endosser le rôle de la parfaite femme d'intérieur, du moins autant que la situation et l'environnement le lui permettaient.

Nous avons commencé à confectionner des guirlandes de papier pour décorer la salle commune. Elles sont un peu enfantines, mais assez jolies. Ce sera très beau pour Noël.

C'est moi qui ai montré aux filles comment il fallait s'y prendre. Presque toutes ont participé à l'atelier. J'adore leur apprendre des choses. Enfin, ça dépend avec lesquelles.

Il y a cette Roseanne, qui vient de Burlington. J'avoue que parfois elle me tape sur les nerfs. Aujourd'hui, elle a osé me regarder droit dans les yeux en me demandant comment je m'appelais. Je le lui ai pourtant répété des milliers de fois. Je ne sais pas pour qui elle se prend, celle-là. Elle n'a rien de plus que nous. Elle n'est personne, comme nous toutes ici.

Je ne savais pas quoi lui dire, alors je n'ai rien répondu. Je l'ai laissée faire ses décorations dans son coin. Ça lui apprendra. Parfois, j'aimerais lui filer une bonne gifle. Mais je ne le ferai pas, n'est-ce pas ?

Être quelqu'un. N'être personne. Ces notions apparaissaient à de multiples reprises dans les e-mails qu'elle avait envoyés à Arnold Griner. Le fait de retrouver ces mêmes idées m'apparut comme un élément d'identification indiscutable. Mary Smith s'était montrée obsédée par les personnalités – des femmes très en vue, des mères de famille idéales qui se distinguaient si nettement de sa propre condition de femme anonyme. Quelque chose me disait qu'en continuant à fouiller dans ces carnets, je m'apercevrais qu'il s'agissait d'un thème récurrent chez Mary Constantine.

En revanche, pas la moindre référence aux enfants. Sur ce point-là, le déni était total. La Mary qui vivait ici, à l'hôpital, semblait n'avoir conservé aucun souvenir de ses enfants, contrairement à Mary Wagner – la femme que Mary Constantine était devenue en Californie, et qui, elle, ne pouvait penser à rien d'autre.

Mais au cours de cette évolution, elle avait occulté le meurtre.

Deux A et un B.

Je ne pouvais qu'émettre l'hypothèse, mais j'avais la nette impression que Mary se précipitait de façon inexorable vers la résurgence de ce terrible souvenir, provoquant dans sa course folle de nombreux ravages. À présent qu'elle était de nouveau incarcérée, la seule personne à qui elle risquait de faire du mal, c'était elle-même.

Et si elle se dirigeait effectivement vers la vérité, j'aimais mieux ne pas songer à ce qui allait lui arriver lorsqu'elle l'aurait trouvée.

113.

J'eus du mal à m'arracher à la lecture du journal de Mary. J'étais sous le choc de ses mots, ses idées, sa colère.

Pour la première fois, il m'apparaissait comme possible, et même probable, qu'elle ait pu commettre tous ces meurtres.

En jetant un œil à ma montre, je m'aperçus que j'étais déjà en retard d'une demi-heure pour mon rendez-vous avec sa thérapeute, Debra Shapiro. *Merde. Il faut que je me magne.*

Le Dr Shapiro était d'ailleurs sur le point de quitter son bureau lorsque j'arrivai sur place. Je m'excusai platement. Elle m'accorda tout de même l'entretien, mais resta assise au bord du canapé, sa mallette sur les genoux.

— J'ai suivi Mary pendant huit ans, m'expliqua-t-elle avant même que je lui aie posé la question.

— Comment la définiriez-vous ?

— Eh bien, pour moi, étrangement, elle n'a rien d'une tueuse. J'envisage le meurtre de ses enfants comme un moment d'aberration survenu au cours de sa maladie mentale. Elle est profondément atteinte, mais ses pulsions violentes ont disparu depuis longtemps. C'est l'une des raisons pour lesquelles elle est restée autant de temps dans cet hôpital.

— Comment pouvez-vous en être aussi sûre ? demandai-je. Surtout après ce qui s'est passé.

Après tout, Mary n'était peut-être pas la seule dans le déni.

— Si j'avais à le déclarer sous serment devant un tribunal, effectivement, je n'aurais aucun élément formel pour appuyer mon propos. Mais huit années de suivi psychologique ne comptent pas pour rien, Dr Cross, qu'en pensez-vous ?

J'étais bien évidemment d'accord avec elle, encore fallait-il qu'elle me démontrât sa perspicacité.

— Concernant les enfants ? demandai-je ensuite. Je n'y ai trouvé aucune allusion dans ses carnets. Pourtant, même si je ne connais Mary que depuis peu, j'ai pu constater qu'elle ne pensait à rien d'autre. C'est une obsession, ils sont bel et bien vivants dans son esprit.

Le Dr Shapiro hocha la tête tout en consultant sa montre.

— Ce point-là est plus délicat à aborder. La seule théorie que je puisse proposer, c'est que la thérapie lui a permis, au terme d'un long processus, de ramener le souvenir de ses enfants à la surface. Ce souvenir devenant de plus en plus vivace, l'un des moyens d'éviter de se retrouver brutalement confrontée à vingt années de culpabilité refoulée a consisté, comme vous l'avez indiqué, à les faire vivre dans son esprit. Cela expliquerait ce qui l'a conduite à s'échapper, afin de retourner vivre avec eux. Ce qui, pour Mary, correspond exactement à ce qui s'est produit.

— Et tous ces meurtres en Californie ?

Shapiro n'arrêtait pas de gigoter, comme si elle avait hâte d'en finir.

Elle haussa les épaules, dans un geste évident d'impatience. Je me demandais si elle se comportait de la même manière avec ses patients.

— Je ne sais pas quoi vous dire. J'ignore comment elle a pu évoluer depuis son évasion.

Elle s'interrompit.

— Dans toute cette histoire, reprit-elle après avoir réfléchi un instant, le seul élément qui m'interpelle, c'est Los Angeles.

— Comment ça ?

— Son histoire a intéressé pas mal de monde il y a quelques années. Des gens du cinéma sont venus lui rendre visite. Mary a toujours accepté de les recevoir, mais étant soumise à un régime carcéral, elle ne disposait pas de l'autonomie nécessaire pour leur accorder davantage que de simples entretiens. Au bout d'un moment, ils ont fini par se désintéresser. Au cours des dernières années, je crois qu'ils sont les seuls à lui avoir rendu visite.

— De qui s'agissait-il ? demandai-je en sortant mon calepin. Il faudrait que j'en sache un peu plus. Existe-t-il un registre que je pourrais consulter ?

— Pour être honnête, je ne me souviens plus des noms. Et au-delà de ça, je n'aime pas trop divulguer ce genre de renseignements. Il vaudrait mieux vous adresser au Dr Blaisdale. C'est lui qui est habilité à répondre à ces demandes.

Tenait-elle à respecter le secret professionnel par égard pour sa patiente, ou bien était-elle tout simplement en retard pour un rendez-vous entre amis ? La pendule affichait 17 h 46.

Je compris qu'elle ne m'apprendrait rien de plus et qu'il me fallait chercher ailleurs, auquel cas j'avais tout intérêt à me dépêcher. Je remerciai le Dr Shapiro pour son aide et repris, en courant, le chemin du bâtiment administratif.

114.

Je me sentais redevenu flic à part entière, ce qui n'était pas pour me déplaire, loin de là. L'horloge murale indiquait 17 h 52 lorsque j'arrivai à l'accueil.

Derrière le comptoir, une jeune femme aux cheveux blonds méchés de rose, parée d'une multitude de bijoux fantaisie, était occupée à recouvrir sa machine à écrire d'un plastique de protection. Je lui adressai un sourire engageant :

— Bonsoir, j'aurais une requête à vous soumettre. Ça ne prendra pas longtemps.

— Vous ne pouvez pas attendre demain ? demanda-t-elle en m'observant des pieds à la tête.

— En fait, non. Je viens de m'entretenir avec le Dr Shapiro. C'est elle qui m'a envoyé ici. J'aurais besoin de consulter le registre des visiteurs. C'est très important, sans quoi je ne vous aurais pas dérangée.

Elle décrocha son téléphone :

— C'est le Dr Shapiro qui vous envoie ?

— Exactement. Elle vient de quitter l'hôpital, mais elle m'a dit que ça ne poserait aucun problème, fis-je en brandissant ma carte. Dr Alex Cross, je travaille pour le FBI dans le cadre d'une enquête criminelle.

— J'ai déjà éteint l'ordinateur, grommela la

jeune femme sans tenter de dissimuler son mécontentement, et je dois aller récupérer ma fille. Mais si vous voulez, je peux vous confier une sortie papier.

Sans attendre ma réponse, elle disparut dans une pièce adjacente et revint avec trois gros classeurs.

— Vous devrez partir en même temps que Beadsie, fit-elle en désignant une autre femme installée un peu plus loin dans un bureau vitré genre bocal à poissons.

Puis elle quitta la pièce sans ajouter un mot.

Les pages du registre étaient divisées en plusieurs colonnes. Je commençai par le classeur le plus récent, à la recherche du nom de Mary dans la colonne *À qui venez-vous rendre visite ?*

Au cours des deux dernières années, personne n'était venu pour Mary Constantine. Je compris dans quelle solitude elle avait vécu ici.

Et puis soudain, toute une liste de noms. Voilà qui avait de quoi interpeller, pour reprendre l'expression du Dr Shapiro. Pendant un mois et demi, les visites s'étaient succédé sans relâche.

J'examinai la liste avec attention. La plupart des noms m'étaient totalement inconnus.

En revanche, il y en avait un que je connaissais.

115.

Mon téléphone portable et le Vermont ne faisaient pas bon ménage : j'étais apparemment en plein cœur du Pays Sans Réseau.

En désespoir de cause, je finis par me rabattre sur une cabine. J'appelai l'agent Page à Los Angeles et lui demandai de contacter le LAPD. Une minute plus tard, nous étions en ligne avec le bureau de Maddux Fielding. Quelle surprise !

— Vous savez quoi ? fis-je à l'intention de l'officier au téléphone. Laissez tomber. Mettez-nous plutôt en communication avec l'inspecteur Galletta.

— Que se passe-t-il ? demanda Page.

— Jeanne Galletta à l'appareil, lança une autre voix. C'est vous, Alex ?

— Oui, Jeanne, c'est Alex. Karl Page, du Bureau de Los Angeles est également en ligne avec nous. Je me trouve actuellement dans le Vermont, et je pense détenir des informations capitales dans l'affaire Mary Smith.

— Quant à moi, je pense avoir une autre piste pour vous, du côté de Vancouver. Que diable faites-vous dans le Vermont ?

— Laissez de côté cette histoire de Vancouver et trouvez-moi Fielding de toute urgence. Que ce soit lui ou vous, dans tous les cas, il faut absolument que quelqu'un aille interpeller Michael Bell pour le soumettre à un interrogatoire. Michael Bell, le mari de Marti Lowenstein-Bell.

— Pardon ? lança Jeanne d'une voix incrédule.

Page lança un juron. Je leur livrai un rapide résumé de mes deux jours passés dans le Vermont, en terminant par ce que j'avais découvert dans le registre :

— Il connaît Mary Constantine. Il lui a rendu plusieurs fois visite à l'hôpital.

— Et alors ? Vous le soupçonnez d'avoir tout manigancé ? Comment aurait-il pu savoir qu'elle était à Los Angeles ?

— Je n'en sais pas plus pour l'instant. Peut-être est-elle venue le trouver en arrivant en Californie ; peut-être entretenaient-ils une correspondance. Je suis certain qu'il voulait obtenir l'exclusivité sur son histoire, et pas seulement pour en faire un film.

— Vous pensez qu'il s'en serait servi comme d'une couverture dans le but de tuer sa femme ? C'est un truc incroyable, Alex.

— Je ne vous le fais pas dire ! Vous avez tout entendu, Page ?

— J'ai entendu, et je suis plutôt séduit par votre hypothèse. Enfin quelque chose à se mettre sous la dent !

— Bien. Dans ce cas, trouvez-moi tous les liens existant entre Michael Bell et les personnes concernées par cette affaire. Je me demande si son programme ne comportait pas, dès le départ, d'autres personnes que son épouse. Dénichez-moi tout ce que vous pourrez, *surfer boy*. Ce qu'il nous faut, c'est suffisamment d'éléments pour le maintenir en garde à vue une fois que la police l'aura arrêté. Maintenant, Jeanne, écoutez-moi. Il est possible que je me trompe, mais pour le moment, je vous demande d'envoyer une équipe au domicile de Michael Bell. Et... Jeanne ?

— Oui ?

— Surtout, n'y allez pas seule. Je suis quasiment persuadé que Bell est notre tueur.

116.

Voilà que l'affaire était relancée.

À une quinzaine de kilomètres de l'hôpital, je m'arrêtai sur le parking d'une antique station-service Texaco. Une Ford F-150 arriva peu de temps après moi. Le seul autre bâtiment visible était un hangar, dans un champ de l'autre côté de la route. Quelques vaches broutaient non loin de là.

J'appelai à nouveau Karl Page depuis une cabine. Je voulais savoir ce qu'il avait découvert concernant Michael Bell.

À cette heure tardive, il semblait improbable d'attraper un vol pour quitter Burlington ; malgré tout, je tenais à rester informé régulièrement. Je me faisais également du souci pour Page et Jeanne Galletta. Qui savait ce que Bell mijotait, là-bas, à Los Angeles ?

— Qu'avez-vous appris pour l'instant ? demandai-je.

— C'est fou tout ce qu'on peut découvrir quand on sait où chercher. Avant sa mort, Marti Lowenstein-Bell avait négocié un très gros contrat avec HBO. En revanche, les trois derniers projets de Michael Bell ont capoté. C'est avec elle qu'il a connu ses seuls gros succès. Et accrochez-vous, elle avait l'intention de divorcer. Ils n'avaient pas encore engagé de procédure, mais un des ses amis était au courant de la situation.

— Bingo, pour reprendre l'une de vos expressions.

— Ce n'est pas tout. La police a vérifié ses alibis, mais ils sont tous basés sur des témoignages de personnes qui disent l'avoir vu au travail, ou chez lui. Ça ne tiendra pas la route, Alex. De plus, j'ai appris que Griner avait descendu en flèche plusieurs des films de Michael Bell, à l'époque où il chroniquait pour le magazine *Variety*. Il l'avait même surnommé Michael Fiasco dans l'un de ses articles. Dans le cas de Griner, on peut donc parler d'homicide justifiable. Antonia Schifman ? L'année dernière, elle s'était retirée d'un projet financé par Bell, après avoir apparemment donné son accord verbal, ce qui, dans ce milieu, équivaut à du vent. Le projet est tombé à l'eau et ça lui a fait perdre un demi-million de dollars.

Je sentais l'adrénaline bouillonner en Page. Il était comme un lévrier dans un *starting-gate*.

— Je vais continuer à creuser, poursuivit-il. Une chose est sûre, la carrière de Michael Bell était en train de s'effondrer, et il comptait entraîner tout le monde dans sa chute.

— Bon travail, Page. À part ça, d'autres nouvelles du LAPD ? Jeanne Galletta ?

— Une équipe s'est pointée au domicile de Bell. Aucune réponse.

— Ils sont allés jeter un coup d'œil ?

— Non, mais ils étaient certains qu'il n'y avait personne. La propriété a été placée sous surveillance.

— Parfait. Je vous recontacterai bientôt.

Sûrement en arrivant à l'aéroport, mais malheureusement, je crains d'être coincé ici jusqu'à demain.

Étant donné les circonstances, je ne tenais pas à passer la nuit dans le Vermont, mais je n'avais pas vraiment le choix. En retournant vers ma voiture, j'hésitai à m'arrêter à la boutique de la station pour y faire le plein de sucreries, mais faisant appel à toute ma volonté, je parvins à me réfréner. *Je m'impressionne, parfois.*

Je repris ma progression, tête baissée pour affronter le vent. Il s'était mis à faire frisquet. Arrivé à quelques mètres de ma voiture, je levai les yeux et me figeai net.

J'avais de la compagnie.

James Truscott était assis sur le siège passager.

117.

Je n'y comprenais rien. Que foutait-il là ? Il m'avait apparemment suivi, mais pour quelle raison ?

Furieux, j'ouvris la portière d'un coup sec, déjà prêt à le traiter de tous les noms, mais aucun son ne sortit de ma bouche.

Truscott n'était pas là pour me causer des ennuis – du moins plus maintenant. Le journaliste était mort, calé contre le siège comme une statue.

— Montez dans la voiture, ordonna une voix derrière moi. Et n'essayez pas de faire le malin, ou je serai obligé d'aller buter la vieille qui tient la boutique. Croyez-moi, je le ferai sans aucun remords.

Je me retournai. C'était Michael Bell.

Il semblait hagard, agité, et avait perdu beaucoup de poids. Pour tout dire, il avait une tête épouvantable. Ses yeux bleu pâle étaient injectés de sang. Avec sa barbe broussailleuse, on aurait pu le prendre pour un bûcheron du coin.

— Depuis quand me suivez-vous ? demandai-je, cherchant à engager une conversation.

Je voulais tâter le terrain et obtenir une éventuelle marge de manœuvre.

— Taisez-vous et prenez le volant. Je vois clair dans votre petit jeu.

Je m'installai sur le siège conducteur. Bell prit place à l'arrière et pointa du doigt la direction opposée à celle de l'autoroute. Je démarrai la voiture et suivit ses instructions. Mon cerveau cogitait à toute allure. Je savais que mon arme se trouvait dans le coffre. Comment faire pour m'en emparer ? Comment faire pour m'introduire dans la tête de Michael Bell le plus vite possible ?

— Quel est votre plan, Michael ?

— Dans mon plan, vous étiez censé rentrer chez vous à Washington, et tout le monde serait retourné à sa petite vie misérable. Mais on dirait que ça a foiré. À propos, vous auriez pu me remercier, pour le journaliste. Si vous l'aviez entendu gémir et me supplier ! Belle performance d'acteur. J'y ai cru d'un bout à l'autre. C'est là qu'on se rend compte quelle mauviette c'était.

J'étais surpris qu'il sache où j'habitais, et qu'il ait eu connaissance de Truscott. Mais après tout, Bell était un guetteur, un conspirateur. Il en savait probablement long.

— Et à présent, Michael ?

— À vous de me le dire. C'est vous, l'expert, non ?

— Les choses pourraient se dérouler autrement, vous savez.

Je disais ce qui me venait à l'esprit. L'important était de continuer à parler.

— Vous plaisantez ? Comment croyez-vous que ça va se dérouler ? Allez-y, j'ai hâte de vous entendre.

Il avait placé le canon de son pistolet contre ma nuque. Je voulus me pencher en avant, mais me ravisai. Il valait mieux que je sache exactement où était son arme. Je me demandais s'il était en train d'exécuter un plan, ou bien s'il improvisait. Mary Smith était connue pour avoir recours aux deux méthodes.

Car j'avais bel et bien affaire à Mary Smith. J'avais finalement rencontré le véritable tueur.

Nous roulâmes encore quelques kilomètres sur une petite route dépourvue d'éclairage, pénétrant toujours plus avant dans les bois. Les branches des sapins formèrent bientôt un tunnel au-dessus de nous. Il me restait peu de temps, et je n'entrevoyais aucun moyen de m'échapper. Mary Smith me tenait à sa merci, de la même manière qu'elle avait piégé ses autres victimes avant de les assassiner.

— Où allons-nous, Michael ?

— Quelque part où ils ne seront pas près de vous retrouver, vous et votre petit correspondant.

— Vous savez, la police de Los Angeles est déjà à votre recherche. Je les ai prévenus par téléphone.

— Eh bien je leur souhaite bon courage. Au cas où vous ne l'auriez pas remarqué, nous ne sommes pas en Californie.

— Et vos filles ? Vous y avez pensé ?

— Ce ne sont pas *mes* filles, grogna-t-il en enfonçant un peu plus le canon dans mon cou. Marti n'était qu'une sale petite traînée avant de m'épouser, avant que je fasse d'elle quelqu'un de célèbre. J'ai été un bon père pour ces gamines ingrates, et tout ça je l'ai fait pour Marti. Mais c'était une traînée et elle n'a jamais pu changer. Là, c'est bien. Arrêtez-vous.

Ça n'augurait rien de bon. Les phares éclairaient une pente boisée qui descendait sur la droite, et je devais me montrer extrêmement prudent pour ne pas quitter la route.

Une idée me traversa soudain l'esprit. C'était

risqué, mais je n'avais pas le choix. J'écrasai l'accélérateur et donnai un brusque coup de volant en direction de la pente.

Bell poussa un cri strident.

— Vous êtes malade ? Arrêtez cette bagnole !

Trois choses se produisirent presque simultanément. Il y eut un coup de feu ; je ressentis une explosion de douleur dans mon épaule droite et la voiture bascula dans le ravin.

118.

Une douleur extrême se propagea dans mon corps tout entier. Je n'étais qu'à moitié conscient des sapins et des branchages qui cédaient au passage de la voiture, laquelle, devenue totalement incontrôlable, dévalait la pente, menaçant de se retourner à tout instant.

Tout cela ne dura que quatre ou cinq secondes, mais le dernier impact se révéla suffisamment violent pour me projeter contre le volant. Ce fut ma poitrine qui amortit le choc. La ceinture de sécurité m'avait sûrement empêché de traverser le pare-brise. Je savais que Bell n'avait pas attaché la sienne, et priai pour qu'il fût sérieusement blessé. Avec un peu de chance, j'allais le retrouver inconscient, ou mort, effondré sur la banquette.

Je tentai de m'extirper de la voiture aussi vite que possible mais, perclus de douleurs, j'avais toutes les peines du monde à me déplacer. Mon bras droit pendait le long de mon corps, inutilisable.

J'aperçus le cadavre de James Truscott, projeté hors de la voiture avec le choc, gisant dans la boue. Puis j'entendis Michael Bell pousser un gémissement. Il était donc vivant. Mauvais point. Rassemblant toutes mes forces, je parvins à me redresser sur un genou. Une douleur aiguë enflamma mon épaule, et je compris qu'elle devait être cassée.

J'avançai d'un pas hésitant, m'attendant à trouver le sol sous mon pied, mais je butai contre un enchevêtrement de branches et m'écroulai pour atterrir dans un petit ruisseau que je n'avais pas remarqué jusque-là. L'eau glacée me foudroya.

Je tentai à nouveau de me relever, mais cette fois, ce fut Bell qui m'en empêcha. Il m'attrapa par le cou et chercha aussitôt à m'enfoncer la tête sous l'eau. Malheureusement pour moi, il était fort comme un bœuf. Avec son pied, il appuyait de toutes ses forces sur mon dos. Je sentis l'eau envahir mon nez et ma bouche.

— Où tu croyais t'enfuir, espèce de..., hurla-t-il.

Je ne lui laissai pas le temps de finir sa phrase. J'enroulai mes pieds autour de sa cheville – un geste qui mobilisa presque toute mon énergie – et réussis à le déséquilibrer. Pris par surprise, il chuta à son tour. J'entendis alors deux bruits distincts dans l'eau. J'espérais que l'un des deux correspondait au pistolet.

Prenant appui sur ma main valide, je me jetai sur lui et, avant qu'il ait eu le temps de réagir, je lui assénai un crochet du gauche.

Il se redressa et tendit le bras pour agripper mon visage. Michael Bell faisait la même taille que moi, seulement il appartenait à la catégorie poids lourd. Malgré son récent amaigrissement, il pesait bien quinze kilos de plus que moi.

Je tentai de le repousser de toutes mes forces, mais en dépit de mes efforts, il ne lâchait pas. Je ne pouvais que m'efforcer d'augmenter la pression que j'exerçais sur sa gorge. Manque de chance, en déplaçant mon pied, je glissai sur une pierre recouverte de mousse. La torsion infligée à mon corps provoqua un élancement de douleur. J'atterris à nouveau dans l'eau glacée.

Michael Bell, de son côté, se releva plus vite que moi. Cela ne présageait rien de bon. Il semblait avoir trouvé un second souffle, et mon bras droit, paralysé, me ralentissait considérablement.

Je le vis soudain ramasser une grosse pierre plate, de la taille d'une encyclopédie, qu'il souleva à deux mains avant de se diriger vers moi.

— Je vais te tuer, enfoiré ! beugla-t-il. Le voilà, mon plan. Voilà comment elle va finir cette histoire !

Rampant à moitié, je reculai aussi vite que possible, mais la situation était désespérée. C'est alors que ma main entra en contact avec un objet dur. Il ne s'agissait pas d'une pierre. *Le pistolet ?*

— Tu vas crever ! hurla Bell. Pas mal, comme final, hein ? Qu'est-ce que t'en penses ?

Oui, il s'agissait bien du pistolet. D'un geste vif, je le sortis de l'eau.

— Bell, ne faites pas ça ! criai-je.

Il continuait à s'avancer en brandissant la pierre.

— Crève !

Je tirai une première fois.

Avec la lueur de la lune pour seul éclairage, je ne vis pas où il fut touché, mais il poussa un grognement et s'arrêta net dans sa progression.

Puis il chargea à nouveau. Je tirai deux autres coups en visant sa poitrine.

La lourde pierre qu'il tenait dans les mains retomba dans le ruisseau. Comme mû par une force invisible, Bell tituba encore un instant avant de s'effondrer lourdement, tête la première.

Puis plus rien. Le silence s'abattit dans les bois.

Pris de violents tremblements, je gardai le

pistolet braqué sur lui. Au prix d'un effort surhumain, je parvins à sa hauteur.

Son corps gisait inanimé. Je contrôlai son pouls ; son cœur avait cessé de battre. Je vérifiai à nouveau. Rien. Rien que les bois silencieux et le froid glacial.

Michael Bell et Mary Smith étaient morts. Et dans mes vêtements trempés, je n'allais pas tarder à y passer moi aussi.

119.

La ravine était profonde et je mis un temps fou à rejoindre la route, dans une douleur insoutenable accompagnée de vertiges et de nausées. Un cauchemar.

Ce fut un étudiant au volant d'une Subaru qui m'aperçut sur le bas-côté. Je ne sus jamais son nom. Je crois m'être évanoui au cours du trajet, sur le siège arrière.

Le lendemain matin, on récupéra le corps de Michael Bell dans le ruisseau. Quant à moi, je me reposais dans un lit d'hôpital, à Burlington, même si le terme « se reposer » n'était peut-être pas le plus approprié. La police n'arrêtait pas d'entrer et sortir pour m'interroger. Je passai des heures au téléphone avec les Bureaux de Los Angeles et Washington, ainsi qu'avec Jeanne Galletta, essayant de reconstituer ce qui s'était passé depuis le début de cette vague de meurtres.

Michael Bell avait élaboré un plan d'une folie et d'une complexité incroyables, mais la stratégie qu'il avait déployée pour se couvrir, consistant à faire porter les soupçons sur une autre personne, s'était finalement avérée d'une extrême simplicité. Et elle avait failli fonctionner. Comme Jeanne me le fit remarquer, le métier de Bell consistait à écrire des scénarios et produire des films. Les intrigues, c'était son truc. Je n'aurais d'ailleurs pas été surpris que cette histoire soit un jour adaptée à l'écran – après avoir bien sûr été remaniée – ni de voir figurer sous le titre la mention « inspiré de faits réels ».

— Et qui interprétera votre rôle ? plaisanta Jeanne au téléphone.

— Aucune idée. Pee-Wee Herman ?

Concernant Mary Constantine, je ne savais trop comment réagir. Le flic et le psy s'affrontaient en moi. J'étais heureux de savoir qu'elle allait à nouveau pouvoir bénéficier de l'encadrement et des soins que nécessitait son état, et si le Dr Shapiro disait vrai, elle se dirigeait peut-être vers une forme de guérison. Du moins était-ce ainsi que je voulais l'envisager.

Aux alentours de 16 heures, la porte de ma chambre s'entrebâilla et je vis apparaître la tête de Nana Mama.

— Voilà qui réchauffe le cœur, lançai-je avec un grand sourire. Bonjour, Nana. Qu'est-ce qui t'amène dans le Vermont ?

— À ton avis ? Le sirop d'érable, bien sûr !

Elle entra timidement, ce qui ne lui ressemblait pas, et grimaça en apercevant le bandage autour de mon épaule.

— Oh, Alex, mon pauvre Alex.

— C'est impressionnant à voir, mais ce n'est pas si terrible. Enfin, peut-être un peu. Tu as réussi à trouver un vol ?

— Sans problème. Il m'a suffi d'aller à l'aéroport et d'acheter un billet !

Elle s'approcha et posa sa main contre ma joue, un geste familier et réconfortant. Que ferais-je sans cette tête de mule de Nana ? ne pus-je m'empêcher de penser. Que deviendrais-je sans elle ?

— Les médecins ont dit que tu allais t'en remettre sans problème, mais je suppose que tout cela est très relatif.

On m'avait déjà tiré dessus par le passé. C'était un événement traumatisant, cela allait sans dire, mais qui n'avait rien d'insurmontable. Du moins m'en étais-je toujours remis.

— Ça va aller, Nana. Physiquement *et* mentalement.

— J'ai demandé aux enfants d'attendre dans le couloir. Avant, j'ai quelque chose à te dire.

— Oh, oh... Je sens que ça va barder pour mon matricule !

Ma plaisanterie ne la fit pas sourire.

— Chaque jour, je remercie le ciel de me permettre de vivre à tes côtés, Alex, fit-elle en prenant ma main dans la sienne. D'avoir la chance de veiller sur toi. Mais je veux que tu repenses aux raisons qui m'ont amenée à t'élever, à ce qui s'est passé entre tes parents avant leur mort. Jannie, Damon et Ali méritent mieux que ce que tu as connu. Ne fais pas d'eux des orphelins, Alex.

120.

J'ouvris la bouche pour répondre, mais Nana ne me laissa pas le temps d'en placer une.

— Je compte bien être la première de nous deux à partir, Alex. Il n'y a même pas à discuter sur ce point.

Je finis par hausser les épaules, ce qui provoqua une douleur instantanée jusque dans mon cou.

— Qu'est-ce que je peux dire ?

— En effet, il n'y a rien à dire. Contente-toi de te fier à ma sagesse. Il faut toujours écouter les anciens, et qui sait, peut-être qu'un jour tu finiras par en tirer les leçons ?

Nous restâmes un long moment à nous observer, les yeux dans les yeux. J'avais la gorge serrée, mais je ne ressentais pas de tristesse. Plutôt de la gratitude, et un élan d'amour incroyable pour cette femme douée d'une telle énergie et dotée d'une sagesse si supérieure à la mienne.

— Crois-le ou non, j'écoute toujours ce que tu me dis.

— Oui, et tu finis toujours par n'en faire qu'à ta tête.

Les bruits venus du couloir envahirent soudain la pièce comme la porte s'entrouvrait. C'était

Damon, qui avait l'air tout impatient. Mon cœur bondit dans ma poitrine.

— Regardez qui est là ! fis-je en m'essuyant les yeux. L'homme de la maison en personne.

— Ils nous ont dit que Jannie n'avait pas le droit d'entrer parce qu'elle a moins de douze ans.

— Où est-elle ? demandai-je en me redressant.

— Je suis là, répondit la petite voix indignée de Jannie derrière la porte.

— Alors viens vite avant que quelqu'un ne te voie. Allez, n'aie pas peur. La police ne va pas t'arrêter. Moi, par contre, je pourrais bien le faire si tu ne te décides pas à entrer.

Jannie et Damon se précipitèrent vers moi, mais s'arrêtèrent net devant mon impressionnante collection de bandages. Je tendis mon bras valide pour les attirer contre moi.

— Tu vas rester combien de temps ? demanda Jannie.

— Normalement, je devrais rentrer dans quelques jours.

— Tu as eu très mal ? interrogea Damon en observant mon épaule.

— Sûrement, murmura Nana.

— Oh, j'ai connu pire, rétorquai-je.

Jannie et Damon me fixèrent du même air réprobateur. Qui était le parent, ici ? D'une certaine manière, ils m'apparaissaient plus vieux que la dernière fois. J'avais moi aussi pris un coup de vieux.

Ces deux-là allaient grandir, évoluer, que je sois là ou non pour y assister. C'était une chose évidente, mais je perçus soudain cette réalité dans toute sa dimension.

— C'est vrai, lâchai-je finalement. J'ai eu très mal.

Et de nouveau, cette terrible phrase me revint – *Ne fais pas d'eux des orphelins, Alex*. Je serrai alors mes enfants contre moi, et même si mon épaule me lançait, je ne voulais plus relâcher mon étreinte. Je ne pouvais pas non plus leur dire quelle était la pensée qui m'habitait.

121.

Je passai presque une semaine en convalescence, mon plus long séjour en hôpital jusqu'alors. Peut-être devais-je y voir un avertissement supplémentaire. Combien en avais-je déjà eu ?

Vendredi, aux alentours de 18 heures, je reçus un coup de fil de Jeanne Galletta :

— Alex, quelqu'un vous a appris la nouvelle ? J'imagine que oui.

— Quelle nouvelle ? Que je sors demain ?

— Non, je ne suis pas au courant. En revanche, Mary Wagner a avoué hier les meurtres de Los Angeles.

— Elle n'est pas coupable. C'est Michael Bell, l'assassin.

— Je sais bien. Même Maddux Fielding le sait. Personne ne l'a crue, mais elle a avoué malgré tout. Et puis dans la nuit, cette pauvre femme s'est pendue dans sa cellule. Elle est morte, Alex.

Je poussai un long soupir.

— Je suis désolé de l'apprendre. Encore une mort dont il faut imputer la responsabilité à Michael Bell. Un meurtre de plus.

Le lendemain matin, à ma surprise, je fus autorisé à quitter l'hôpital. J'appelai à la maison pour les informer de la bonne nouvelle et attrapai un vol pour Boston. De là, je pris la navette pour Washington. Jamais je n'avais été aussi heureux de prendre place à bord d'un avion surchargé.

Je trouvai facilement un taxi en sortant de l'aéroport, et tandis que nous arrivions dans Southeast, sur les coups de 19 heures, une douce sensation de chaleur s'insinua dans mon corps. Rien de tel que de rentrer chez soi. Je savais que ce n'était pas le cas pour tout le monde, mais ça l'était pour moi, et j'avais conscience de ma chance.

Le taxi s'arrêta devant la maison. Je me précipitai à travers la pelouse et grimpai les marches défraîchies du perron en deux grandes enjambées.

Le petit Alex se jeta dans mes bras. Je le soulevai au-dessus de moi. Le geste était douloureux, mais il en valait la peine. Je fis signe au chauffeur. Appuyé contre la portière, il nous observait un peu perplexe, mais même lui avait un petit sourire, malgré son air blasé caractéristique des chauffeurs de taxi de Washington.

— Je suis à vous dans un instant, lançai-je.

— Prenez votre temps. De toute manière j'ai laissé tourner le compteur.

Je me tournai alors vers Nana, qui était sortie en même temps qu'Ali.

— Explique-moi. Que s'est-il passé ?

— Ali revient vivre à la maison. Christine l'a ramené, elle a de nouveau changé d'avis. Elle va également quitter Seattle. Ali revient pour de bon, Alex. Tu te rends compte ? Et toi, es-tu vraiment de retour à la maison ?

— Je suis vraiment de retour, Nana.

Je plongeai mon regard dans celui de mon fils :

— Je rentre pour de bon, Ali. Promis.

Et je tiens toujours mes promesses.

Pour l'éditeur, le principe est d'utiliser des papiers composés de fibres naturelles, renouvelables, recyclables et fabriquées à partir de bois issus de forêts qui adoptent un système d'aménagement durable. En outre, l'éditeur attend de ses fournisseurs de papier qu'ils s'inscrivent dans une démarche de certification environnementale reconnue.

Ce volume a été composé
par Facompo à Lisieux (Calvados)

*Impression réalisée sur CAMERON
par BRODARD ET TAUPIN
La Flèche
en avril 2008*

Imprimé en France
Dépôt légal : mai 2008
N° d'édition : 01
N° d'impression : 47216